女嫌い公爵は
ただ一人の令嬢にのみ
恋をする

南 玲子
REIKO MINAMI

NB
ノーチェ文庫

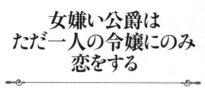

CHARACTER
マーカス
幼い頃に両親を亡くし、
若くしてアシュバートン公爵家を継いだ。
騎士の称号を持ち、英雄とまで呼ばれる
国一番の美丈夫。
非常に女たらしだと有名だが……？
ジュリア
貧乏子爵家の一人娘。
男勝りな性格ゆえに、
三人の婚約者と破局している。
運命の人を探しているが、
なかなか見つからない。
趣味は人間観察。

エドワード
バステール王国の第二王子。王の座を狙っている。
ベルニー
マーカスの部下。男性にしては小柄な体を活かし、女装をすることもある。
ハンナ
ジュリア付きの侍女。彼女のことを妹のように大事にしている。
ジェームズ
マーカスの古い友人。バステール王国の第三王子だが、七歳の頃からボッシュ王国で暮らしている。いつも柔和な笑みを絶やさない。

目次

女嫌い公爵はただ一人の令嬢にのみ恋をする

第一章　女嫌い公爵との出会い

「本当ですか？　お父様！　私、王城の夜会に招待されているのですね！」

「ああ……昨日、招待状が届いた。一か月後に開催されるとのことだ。今度の夜会には、十八歳から二十四歳までの未婚の貴族令嬢が国中から招待されたらしい。もしかしたらジュリアも、玉の輿にのれるかもしれないな」

満面の笑みを浮かべて喜ぶ彼女の名前は、ジュリア・ヘルミアータ。

今回の夜会の招待客リストにぎりぎりで名を連ねたことに、彼女は胸を撫でおろした。

いま、ジュリアは二十四歳だが、あと一か月半後には二十五歳の誕生日を迎えてしまう。

この国の結婚適齢期は、十代後半から二十代前半。婚期を逃しそうなジュリアにとって、この夜会は結婚相手を見つけるための、最後のチャンスだ。

ヘルミアータ子爵家は王都から遠く離れた地を治める、弱小貴族。王城の夜会に招待されることはまずない。こんな機会でもなければ、ジュリアは王城になど一生足を踏み入れることはなかっただろう。

「でも、お父様。どうして突然、大きな夜会を開催することになったのでしょう？」

「なんでも、マーカス・アシュバートン公爵様の結婚相手を探すためだそうだ」

――マーカス・アシュバートン公爵。

現在二十九歳の彼は眉目秀麗《びもくしゅうれい》かつ文武両道で、ジュリアが暮らすボッシュ王国の英雄とまで呼ばれている。

両親を事故で亡くし、若くして公爵位を継いだ彼は、国から騎士の称号を与えられるほどに剣の腕が立つそうだ。それだけでなく、戦争時には軍師のような役割を果たして王国を勝利に導《みちび》いたという。

そのように有名なアシュバートン公爵だが、何故か滅多に公《おおやけ》の場に姿を現さないため、直接彼を目にした人は少ない。

それなのに、彼の噂は常に社交界を騒がせていた。内容はほとんど女性関係。今度の相手は年若い未亡人だとか、どこかの劇場の女優だとか。

浮名を流し続ける彼に、いい加減身元の確かな令嬢と結婚し身を固めてほしいと、国王陛下が今回の夜会を特別に開催することにしたらしい。

(公爵様なら、わざわざ夜会なんて開かなくても、本気で結婚相手を探せば勝手に群がっ

てくるでしょうに……いくらイケメン公爵様でも、私は女たらしの男性なんか絶対にいやですわ）

そう思って、ジュリアは思わず顔をしかめた。

「公爵様には興味がありませんけれども……きっと王城ならたくさんの男性がいるはずです。こんな辺境地では出会いなんてありませんし、私ももう二十四歳です。今回の夜会で、絶対に婿を見つけてきます」

ジュリアはアメジスト色の瞳に力を込めて父を見た。黄色のタフタのドレスが、さらに彼女の生命力を際立たせている。

ヘルミアータ子爵領はボッシュ王国の端に位置しており、森に囲まれている地域だ。牧羊や酪農、畜産業は盛んだが、土地が貧しく作物はあまり育たない。そのため、子爵家は貴族とは名ばかりの質素な暮らしをしていた。

そのうえ、ジュリアは子爵家の一人娘。爵位は男子しか継げないため、父が亡くなってしまったら貴族の称号さえも王国に返還しなくてはいけなくなる。悠長なことは言っていられない。

「婿を連れて帰ってくることにこだわる必要はないわ。子爵家のことは心配しないで。相手は公爵様でもいいのよ？　ジュリアはとても綺麗ですもの、公爵様の目に留まるかもしれないわ」

ジュリアの母が言うと、父であるヘルミアータ子爵もそれに同意する。

「そうだよ、ジュリア。なんでも公爵は、天を流れる星のような輝く黄金の髪に、深海の色を落とし込んだような青緑の瞳を持った美丈夫《びじょうふ》らしい。ジュリアにぴったりじゃないか」

まさか二人とも、本気でジュリアが公爵に見初《みそ》められるとでも思っているのだろうか。

ジュリアは両親の言葉を聞いて、首を横に振った。

「公爵様が頭を下げて頼んできても、絶対に結婚はしませんわ。それに私みたいな弱小貴族令嬢など、最初から相手にしないでしょう」

胸を張って自信たっぷりに言いきるジュリアを見て、子爵はため息をついた。そして彼女の頭からつま先までを眺め、さも残念そうに語る。

「母から受け継いだ黄金色の巻き髪に、アメジストよりも輝いている紫の瞳。陶器のように透きとおった白い肌は人形のようだ。お前の素材は悪くはないはずなんだ……素材は……ただ、口さえ利かなければ、いい縁談もあったに違いないんだ」

そんなことは言われなくても分かっている。ジュリアは気まずそうに父から目を逸《そ》らした。

もう少しで二十五歳になるというのに、男性の影すらない。父が嘆くのも当然だ。

(それもこれも、自分に嘘がつけない私の性格を受け入れてくれる男性が、この世にいないからですわ。どの男性も、従順な妻を求めるのですもの。私は、ありのままの自分を受け入れてくれる男性と結婚したいのです)

これまでに、ジュリアには三人の婚約者がいた。その全員とうまくいかなかったために、現在はこのような状況なのだが。

最初の婚約者は、ヘルミアータ領の商家の息子だった。しかし、彼は複数の恋人がいるにもかかわらず、爵位を求めてジュリアと結婚しようとしていた。

(……ですから、公《おおやけ》の場でそれを赤裸々《せきらら》に暴露《ばくろ》してやっただけですわ。その時に騙《だま》されていた女性を全員呼んでおきましたけれど、彼女たちに袋叩きにされたのは彼の責任で、私のせいではありませんもの)

次の男性は騎士の称号を持っていた。とても気遣いのできる落ち着いた男性でジュリアも気に入っていたのだが、実は男性しか愛せない人だった。

彼とは何度かキスをしたが、ジュリアには一ミリもその気にならなかったらしい。

なのに、いつも子爵家に来るパン屋の息子には、話をしただけでも顔を真っ赤にしていた。結局彼はそのパン屋の息子の手を取り、ジュリアのもとから去っていった。幸せそうな彼の背中を、いまでも覚えている。

（私が彼に真実の愛を気づかせて、恋人との仲を取り持ってあげたから、彼は幸せになったのです。礼を言われてもいいくらいですわ）

三番目の婚約者は大きな町の文官だったが、なんと闇取引をする商人と組んで金を稼いでいた。ジュリアがその不正を暴《あば》くと、彼は逆上して彼女をこの世から始末しようとした。

（間一髪で逃れられました。あの事件の解決は、私のお手柄だったと思います。あの時私が彼らの悪事に気がつかなければ、小麦の値段が高騰《こうとう》して、去年の冬にはたくさんの餓死者《がししゃ》が出ていましたわ。……でも、結局どの男性も私の運命の人じゃなかったってことですわね。ふぅ……）

小さくため息をつくと、ジュリアは気を取り直して顔を上げる。父と母が、百面相をしているジュリアを心配そうに見ていた。

「ジュリア……。ヘルミアータ領から王城までは、馬車で三日はかかる。夜会で知り合った人たちと交流するには少々不便だろう。王都で暮らす遠い親戚のブルボン伯爵に、夜会の期間中、お前を滞在させてもらえるよう頼んでおいた。……くれぐれも問題は起こさないように、おとなしくしていてくれよ」

父の含みのある言葉に、ジュリアは心の中で怒りを燃やす。

（おとなしくですって⁉　私が何をするというのでしょうか！）

けれど父を安心させるため、心とは裏腹にジュリアは満面の笑みを浮かべた。

「大丈夫ですわ、お父様、お母様。必ずヘルミアータに婿を連れて帰ってきます。楽しみに待っていてくださいませ」


——そして、夜会の日が迫ってきた。

ジュリアはいま、侍女のハンナと一緒に乗合い馬車で王都に向かっている。二人の他に七人の乗客がのっていて、馬車は満員の状態。

王都に到着するまでの三日間、町の宿に寄りつつ一緒に王都まで旅をする人たちだ。

ジュリアは目を輝かせながら、隣に座るハンナに小さな声で話しかけた。

「ああ、楽しみですわ。王都に行ったら新しい出会いがあると思うの。私だけを愛してくれて、婿に来てくれる男性が絶対にいます。そうは思わない？　ハンナ」

ハンナは一つにまとめた茶色の髪を揺らして、切れ長の目をジュリアに向けた。

もう三十歳になる彼女は、結婚して子どもがいてもおかしくはない。けれど彼女は、ジュリアが結婚するまではその気にはなれないと、独身を貫《つらぬ》いている。

落ち着いた雰囲気を持つハンナは、ジュリアにとっていつも一緒にいてくれる姉のような存在だ。

そんな彼女が笑いながら、小さな声で返す。

「そうですね、お嬢様。きっと素晴らしい出会いがあるはずですわ」

ガタガタと揺れる馬車の中、ハンナとそんな会話を交わしつつ旅を続けて、二日目。馬が疲れてしまったようで、少しの時間休憩をとることになった。馬車をふたたび動かすまで、みんなはそれぞれ芝生の上で休んだり煙草《たばこ》を吸ったりしている。

ハンナは買い物があると町に行ってしまったので、ジュリアは一人、物思いにふけった。

ジュリアの趣味は色々な人を観察すること。移動の間、ずっと周りの人を観察していた。

馬車には乗客の安全を守るための護衛がのっている。そういう仕事に就くのは、元兵士だと相場が決まっていた。護衛の右腕にある刺青《いれずみ》の模様で、王国の元第三師団の兵士だったことも分かった。

他の乗客は夫婦と子ども二人の家族、年若いカップルに、少しあとで一人でのり込んできた男性。

家族は仕事の都合で王都に移り住むようだ。カップルは結婚前の内緒の旅行をしている。会話を聞いている限り、面白い話題はなさそうだった。

ジュリアは向かい側に座っている一人の男性をじっくり見る。ジュリアは彼に興味を持っていた。彼は観察すればするほど謎が深まる存在だ。

（筋肉のつき方からして、戦いが専門の仕事をしているのだと思いますわ。指にある剣だこもそれを証明していますわね。でも、彼にはそれが両手にあります。通常の兵士に双剣使いは認められていない……としたら、かなり特殊な仕事に就いているということですわ。面白いですわね）

暗殺者かもしれないと、不穏な考えが頭をよぎったがすぐに打ち消す。

簡単に人を疑うのはよくない。ジュリアはもう少し男の観察を続けてみる。

流れるような黒髪に、何を考えているのか分からない漆黒の瞳。着ている服はいかにも普通の旅人といった質素なもの。

それらがますます男の怪しさを引き立たせるが、正体を掴む決め手がない。

男がジュリアの探るような視線に気がついたようだ。じろりとジュリアを見て、低い声を出した。

「お前、いつも俺を見ているな……何を考えている」

（あまりに観察に没頭していたから、不自然な視線でばれてしまったのですわ。どうしましょう。狭い馬車の中、逃げ場はありませんし）

他のみんなは休憩から戻らないため、ジュリアは男と馬車の中に二人きりだ。

「――なんでもありませんわ」

できるだけ平静を装《よそお》って、足を組んで座る男に向かって答える。わざと目を逸《そ》らしているのに、男は射抜くようにジュリアを見据えていた。心臓がドキドキと音を立てはじめる。

「俺を見ていただろう……」

「気のせいですわ」

「何を考えていた？」

ジュリアは内心震えていたけれど、持ち前の気の強さから毅然《きぜん》と男に言い返す。

「よろしいのですか？　私の考えを全て言ってしまっても」

すると男は目を見張った。侍女を連れている育ちのよさそうな令嬢が、急に挑発的な言い方をしてきたので驚いたのだろう。

彼は口角を少し上げて、実に興味深いとばかりに口を開く。

「ああ……構わない。言ってみろ」

男の反応に、ジュリアは驚いた。いままで彼女が関わってきた男性は、彼女が口答えするといやそうな顔をした。それなのに、この男はそんなジュリアを楽しんでいるようだ。

彼女は、正体も分からない男に好感を抱いた。

「……私、あなたを見て、職業を推測してみましたの。いまその答えが出ましたわ」

「ほう……面白いな。俺の職業か……」

「はじめは暗殺者かと思いましたの。でも暗殺者は、乗合い馬車で居合わせただけの女性に話しかけたりしません。怪しい者は、確認する前に殺してしまうでしょうから。そうしたら、あとは一つしかありませんわ」

「――それは、なんだ?」

「我が王国の間諜職《かんちょう》ですわね。だとすれば、おそらく騎士の称号も持っておられるのでしょう。歩かれる時に、体の重心が帯剣する左側に微妙にずれていますわ。騎士の剣は剣士の剣と違ってかなり重いですから、癖が残っていらっしゃるのね。それと現在は双剣使いですわよね。そのマントの下にでも短剣を忍ばせていらっしゃるのでしょう?　こんな暖かい日なのにマントを脱がないなんて、不自然すぎますもの」

男はジュリアの指摘に目を丸くして驚いた。そして、顎《あご》に手をあてて感心したようにジュリアを見る。

「面白いな、お前。名前はなんだ?　俺を見ただけで正体を見破った人間は初めてだ」

ジュリアは心を躍《おど》らせた。自分の推測があたったことと、面白いと褒められたことに。

男性からは、彼女が口を開く度に生意気だと言われてきた。自分を認めてもらったのは初めての経験だ。

（私の言ったことにいやな顔をしないなんて、素敵な男性ですわ。彼は婿になってくださらないでしょうか。あぁ、結婚はされているのかしら？　指輪はしていませんが、職務中ならば外しているでしょうし……）

彼の名前を知りたい欲求に勝てない。ジュリアは浮かれる気持ちを抑えて慎重に話す。

「私の名前をお聞きになりたいなら、ご自分が先に名乗るのが、貴族としての礼儀ではありませんか？　紳士の作法は充分に心得ているようですけれども？」

彼が貴族だという推測には、確信がある。男は普通の旅人を装《よそお》っているが、食事する時などのほんの少しの動作に育ちのよさが隠しきれていなかった。

男は満面の笑みで、楽しそうに語りはじめる。

「ははっ！　そこまで分かるとは、俺より優秀な間諜《かんちょう》になれる。俺の名はマリウスだ。貴族の末席に身を置いていたこともあったが、いまは王国の情報室で働いている」

「あら、すぐお認めになるとは思ってもみませんでしたわ」

ジュリアがからかうように言うと、男――マリウスはニヤリと笑った。どう考えても偽名を使っており、素性も嘘のものだろう。

それでも、この男との会話はとても楽しい。彼はジュリアがでしゃばることを咎《とが》めない。しかも優秀な間諜《かんちょう》になれるだなんて、最上級の褒め言葉だ。

マリウスも楽しくて堪らないというような目でジュリアを見る。

「お前が敵でなくてよかったよ。王都になんの用なんだ？　見たところ、どこかの令嬢なんだろう？」

「私は王都に、婿を探しに行くのですわ。ありのままの私がいいって言ってくれる人を見つけるのです。男性はみな、おとなしくて従順で、か弱い女性ばかりを選ぶのです。世の中って不公平ですわ」

頬を膨らませたジュリアを、男は優しい瞳で見た。

「たしかに普通の男じゃあ、お前をのりこなせそうにないな。その洞察力はどこで身につけたんだ？」

ジュリアはしばらく考えてから、その質問に答える。

「さあ……人に興味があるというのはありますわね。ですから、あなたがこの馬車にのり込んでからすぐに、あとをつけてくる男が三人いるのも知っていますわよ」

「ちょっと待て！　どういうことだ⁉」

急にマリウスの目つきが鋭くなる。優秀であろう彼なら、すでに気がついているものだとばかり思っていた。

圧倒されるほどの迫力を放つマリウスに、ジュリアは背筋を正して向き直った。

「ご存じなかったのですか？　昨日の昼頃からつかず離れず、この馬車を馬でつけてきていますわ。変装していますけど、グルスク人でしょう。骨格で分かります」

グルスク人は亡国の民。様々な国に入り込み、財産を盗んでいく残虐非道《ざんぎゃくひどう》な民族だ。彼らは年月をかけ、計画的にターゲットにする国を選んでいる。目的のためには手段を選ばず、内部に取り入り、国を滅ぼしていく。そのため、彼らは各国に恐れられているのだ。

もしかしたら、グルスク人はこの王国の財産を狙っているのかもしれない。

「見たところ、三人とも追跡には慣れていそうですわね。かなりの手練《てだ》れかもしれません。あなたはお一人で大丈夫なのですか？」

ジュリアがそう続けると、マリウスは険しい顔で大きく舌打ちをした。

「俺としたことが気づかなかった！　俺はここで降りる。お前に迷惑をかけるわけにいかないからな。ところで、お前、名前はなんていうんだ？　まだ聞いてなかった」

マリウスは馬車の降り口に足をかけながら振り向いた。彼の精悍《せいかん》な顔つきは、とても生命力に溢《あふ》れていて、思わず心臓が跳ねる。

「ジュリアですわ。煙玉《けむりだま》に気をつけたほうがいいです。グルスク人のお家芸ですもの」

彼らは古くから薬術に優れているらしい。戦いの際には様々な薬や毒を用いた煙玉《けむりだま》を使うと、ジュリアは本を読んで知っていた。

間諜《かんちょう》職に就いている彼ならばすでに知っているだろうが、どうしても心配になった。

マリウスは満面の笑みを浮かべる。

「忠告感謝するよ……次会えたら必ず礼をする。じゃあなジュリア。王都で変な男に引っかかるなよ」

そう言い残すと、マリウスはどこかに消えていく。ジュリアはすぐに席を立って馬車の外を見るが、さっきまでそこにいた男の姿はなかった。

彼が遠くに行ってしまったと思うと、胸の奥がツキンと痛みを放つ。

(マリウス様はあの男たちと対決するおつもりなのかしら、それとも逃げているのかしら？　心配ですわ……本当に素敵な方でしたもの。あんなに楽しくお話しできた男性は、彼が初めてです)

彼が去っていったほうをしばらく眺めていると、ハンナが買い物から戻ってきた。ジュリアは何事もなかったように振る舞う。

それから、馬車はマリウス抜きで旅を続けることになった。ジュリアも彼のことは誰にも話さないことにした。諜報《ちょうほう》活動をしているということは、彼を知る者が少ないほうがいいだろうと判断したからだ。

（マリウス様……また王都で会えないでしょうか）

ジュリアは切ない思いを抱えながらも、旅を続けた。

その後、馬車は何事もなく王都に着いた。

馬車が王都の門を抜けた瞬間、その街並みにジュリアは感動する。何度王都に来ても、心を奪われてしまう。

「あぁ、またここに来られたのですわ……なんて素敵なの！」

王都には、ヘルミアータ領では見たことのないような高い建物が隙間なく立ち並び、通りを歩く人々も活気に満ちている。

ここに来る機会は滅多にないが、その独特な雰囲気がジュリアは大好きだった。

王都の広場に馬車が停められる。そこにはすでにブルボン伯爵家の迎えが来ていた。ハンナと一緒に伯爵家へ連れていってもらう。

ブルボン伯爵家は広大な領地を所有しており、王都にある屋敷はかなりの大きさだ。廊下に置いてある調度品は全て高級な品。使用人も多い。ヘルミアータ子爵家のアットホームな雰囲気とは、大違いだ。

（さすがは、裕福なブルボン伯爵家ですわ）

まずは当主に挨拶《あいさつ》をするが、伯爵はジュリアのことにあまり関心がないようだ。あっさりとした歓迎の言葉だけで、すぐに仕事に戻っていった。

辺境地に住む弱小貴族の遠い親戚の扱いなど、そんなものなのだろう。幼い頃に数回会ったことがあるだけで、ほとんど関わりはない。

ジュリアとハンナが用意された客間に向かおうとすると、艶《あで》やかな美人が現れた。ブルボン家の令嬢、イザベルだ。彼女も今回の夜会に参加するそうだ。

子どもの頃に一緒に遊んだ記憶はあるが、ジュリアは彼女が少し苦手だった。彼女は自信満々で、常に自分が中心にいないと気が済まない性格なのだ。

「ごきげんよう、イザベル様。お久しぶりですわね」

ジュリアはそう挨拶《あいさつ》したが、イザベルは目すら合わせようとしない。

「貧乏子爵家のジュリア。本当に憐《あわ》れね」

イザベルはそう嫌味を言い残して去っていった。性格の悪さはいまでも健在のようだ。けれど、伯爵家にお世話になっている身としては言い返すわけにもいかない。

ジュリアはぐっと堪《こら》えて、客間に入った。そして、そこにある鏡を見てため息をつく。

たしかにイザベルは美しく、グラマー。ジュリアの容姿では敵《かな》わないと思った。

（夜会にはもっと綺麗なご令嬢もたくさんいらっしゃるでしょう……でも、私も負けていられません。絶対に王都で婿を見つけて帰りますわ）

ジュリアは持ってきたドレスに目を走らせる。

夜会のために特別に新調したドレスは、両親がかなり無理をして用意してくれたらしい。

その期待に応えたい。ハンナも早く結婚させてあげないと、嫁《い》きおくれてしまうだろう。

そんなことを考えていると、頭の中にマリウスの顔が浮かんできた。

（でも……もし……もしもマリウス様に会えたら嬉しいですわ。彼ならそのままの私を認めてくれそうですもの。彼も貴族のようですし、夜会に参加しないかしら）

彼のことを考えると、何故だか胸の奥が温かくなってくる。

ジュリアは春めいた予感を感じて、そうっと胸に手をあてた。

ジュリアがブルボン伯爵家に滞在してから、数日。

イザベルはすれ違う度、ジュリアに嫌味を言ってくる。それをひたすら耐える毎日だ。

けれど、何故かイザベルは王都中の令嬢が集まるお茶会にジュリアを呼んでくれた。

ただの気まぐれか、彼女の権威をジュリアに示すためかは分からないが、色々と勉強にはなった。

どうやら王都の令嬢のネットワークを仕切っているのが、イザベルと彼女の友人のミュリエルらしい。ミュリエルは美人で、イザベルととても仲がいい。

お茶会には数回呼ばれたが、ジュリアが何かを言うとけんかになりかねないので、全てただ微笑んでやり過ごした。

――そして、伯爵家に来てから二週間が経ち、待ちに待った夜会の日がやってきた。

同行する伯爵夫妻に次いで、イザベルが馬車にのり込んでくる。彼女は豪華なドレスに身を包み、薔薇《ばら》の香りをまとっていた。身につけている宝石類はジュリアが見たこともないくらい大きい。

イザベルはジュリアの向かい側に座ると、彼女をじろじろ見てから安心したように息を吐いた。

「ジュリア、アシュバートン公爵様のことは諦めたほうがいいですわよ。彼はわたくしを見たらすぐに、わたくしの魅力に夢中になるに違いないわ」

彼女は大きな胸を見せつけて、肉厚な赤い唇でそう語る。そんな彼女に、ジュリアは微笑む。

公爵のことは、はじめからどうでもいい。でも、イザベルの機嫌を損ねるのはよくないので、ジュリアは精一杯のお世辞を述べた。

「イザベル様ほど魅力的な方なら、どんな男性も放っておかないはずですわ。アシュバートン公爵様は私にはもったいないお方。ですから私は他の男性との出会いを探します」

「そう。そのほうが賢明ね……」

イザベルは満足したように笑った。

夜会に参加している女性は、みんな公爵が目当てなのだろう。けれどもジュリアは違う。

馬車の窓から景色を見ながら、ジュリアはマリウスのことを思い出していた。

（マリウス様がいればいいのだけれど、そんなことを言ってはいられないわ。王城の夜会に参加できるのはこれが最後かもしれないもの。それに会えたとしても、マリウス様が独身だとは限らない。だったらさっさと諦めて、婿になってくれそうないい男性を見つけないと……）

今夜のドレスは、ジュリアの紫色の目に合わせた薄い紫色。アクセサリーも濃い紫のアメジストで統一している。外見は文句のつけようのないレディに仕上がっているはずだ。

それからしばらく馬車に揺られ、ついに王城に着いた。その全貌を見て、ジュリアは目を輝かせた。

彼女は、王都には何度か来たことがあったが、王城は見たことがなかったのだ。

一つの町がすっぽりはまってしまうのではないかと思うほどに大きな建物。豪華な外壁の装飾が蝋燭《ろうそく》の灯《あか》りで浮かび上がり、幻想的な雰囲気を醸《かも》し出している。王城の前では数えきれないほどの馬車が行き交い、今夜の夜会の規模が窺《うかが》えた。

馬車から降りたあと、ジュリアたちは何十分もかけて、やっと城内の大広間に辿《たど》り着く。高い天井には繊細《せんさい》なシャンデリアがいくつも吊るされて、大理石の床に宝石のような輝きを落としていた。

そこには、とても多くの女性が集まっていた。それも、ジュリアよりも年若い令嬢ばかり。彼女たちの熱気に気圧《けお》される。

（みんなアシュバートン公爵様の結婚相手候補なのですか⁉　公爵様が彼女たちの顔を見るだけで夜会が終わってしまいそうです）

イザベルは、すぐにでもアシュバートン公爵に会いに行きたそうだ。ライバルになりそうな令嬢を目線で牽制《けんせい》しながら、父親のブルボン伯爵をせっついている。

人目もはばからず公爵の名を何度も大声で呼ぶ娘を、伯爵がうんざりした顔をして窘《たしな》めた。

「イザベル、アシュバートン公爵様はまだ王城に到着していないようだよ。もう少し落ち着きなさい」

「お父様、これだけの令嬢が来ているのよ。少しでも早く目に留めていただかないと、すぐに他の令嬢にとられてしまうかもしれないわ。出会いは早い者勝ちですもの」

唇を尖《とが》らせながらイザベルが反論する。ジュリアはそんな彼女を他人事《ひとごと》のように眺めた。

（こんなに人数が多いのならば、たしかにそうかもしれませんわね。でも私には関係ないですもの。絶対に私の運命の男性を見つけて、一緒に領地に帰ります！）

ジュリアは両親に用意してもらったドレスを握りしめると、気合いを入れた。

周囲を見回すと、感じのよさそうな青年があちこちにいる。急に緊張してきたので、ジュリアは先に化粧室に向かった。

化粧室で鏡の中の自分を見る。化粧崩れを確認したあと、何度か口角を上げ、笑顔の練習を繰り返した。最後に深呼吸を二回してにっこりと笑う。

（これで大丈夫ですわ。きっと運命の男性に出会えるはず……）

少し緊張が解けたジュリアは、ブルボン伯爵夫妻とイザベルのもとに戻ることにした。

大広間は、先ほどよりも大勢の人で溢《あふ》れかえっている。どうやらジュリアが化粧室に行っている間に、アシュバートン公爵の挨拶《あいさつ》がはじまったらしい。

大広間の中心には、数えきれないくらいの令嬢が左右に分かれて並んでいる。その間をアシュバートン公爵が歩いて、令嬢を選ぶという趣向のようだ。

ジュリアは仕方なく他の令嬢にならい、片側の列の一番後方に立った。

有力な貴族は、自分の娘を売り込もうと熱心に公爵に話しかけている。公爵は時々足を止めて、彼らと会話をしていた。

その様子に、周囲の令嬢が一喜一憂する。

けれどもジュリアは公爵には欠片《かけら》も興味がないので、とりあえずそこに突っ立っているだけ。

公爵の姿はなかなか見えない。かなりの時間待たされて、ジュリアはじれったく思う。

(公爵様が前を通り過ぎれば、私は運命の男性を探しに行くことができますわ。誰でもいいからさっさと選んでくだされればいいのに)

すると、ブルボン伯爵の声が聞こえてくる。どうやらイザベルの前に公爵がやってきたようだ。

「私はレジナルド・ブルボン伯爵です。こちらが私の娘のイザベルで、いま二十一歳です。親の私が言うのもなんですが、本当に淑女の鑑《かがみ》のような娘でして……公爵様にはぴったりかと」

「イザベルといいます。公爵様、お会いできて光栄ですわ」

艶《つや》っぽいイザベルの声が聞こえてきた。そうしてテノールの声がその上に重なる。

「私はマーカス・アシュバートン公爵です。美の象徴である女神、イザベルに負けず劣らず美しい方ですね。ぜひあとで私と一曲踊《おど》っていただけますか？」

「は……はい、喜んで。公爵様」

イザベルの惚《ほう》けたような声と、他の令嬢たちの落胆のため息が同時に聞こえてきた。

（アシュバートン公爵様ったら、大勢の女性の中からイザベル様を選ぶだなんて……あいった色っぽい女性がお好みなのですわね。ならば、万が一にも私が選ばれることはないでしょう）

そんなことを考えていると、ジュリアの立つ最後尾に公爵が近づいてくる。

公爵はさらに数人の女性にダンスを申し込んだようで、その度にため息が聞こえた。

きっと、公爵は選《え》りすぐった令嬢の中から結婚相手を吟味《ぎんみ》するのだろう。

そして、いつの間にか目の前に公爵が来たようだ。ようだというのは、周りの令嬢が、ここぞとばかりにジュリアの前方へ進み出たから。

ジュリアは彼女たちの後ろに隠れる形となり、何も見えない。顔を覗かせようかとも考えたが、すぐに思いとどまる。

（どうせ美形なだけの女たらしの男性ですわ。きっと性格も悪いのでしょう。噂の美しいお顔くらいは拝《おが》んでみたかったですけれど、必死に見るほどでもありませんわ）

ジュリアは令嬢たちの陰に身を隠したまま、公爵が通り過ぎるのを待った。

しばらくすると、アシュバートン公爵が全ての令嬢を見終わったようだ。選ばれた令嬢からは歓喜の声が、選ばれなかった令嬢からは落胆の声が湧き上がった。

「やったわ！　お父様！　わたくし、公爵様とダンスが踊《おど》れるのよ！」

「さすが私の娘だ。はっはっ、この中で一番の美貌の娘だからな！」

イザベルとブルボン伯爵夫妻が大喜びしている声が聞こえる。

彼女たちにお祝いの言葉を述べに行こうとした時、ジュリアの目の前に一人の男性が立ちはだかった。

カールした栗色の短めの髪に、緑色の瞳。甘い作りの顔には、柔和《にゅうわ》な笑みが浮かんでいる。

（誰なのでしょうか……こんな知り合いはいなかったはずですけれど）

「君……名前はなんというの？　さっき見てたけど、公爵に全然興味なさそうだったよね。どうしてなんだい？　君だけだったよ。アシュバートン公爵に媚《こび》を売ろうとしない女性は」

あれを見られていたのかと、ジュリアは視線を外してばつが悪そうに答える。

「私は、公爵様に興味はありませんから」

「そんな女性がいるんだね。女性は皆、公爵みたいな男性が好きなのだと思っていたよ。美しい顔も金も名誉も全部揃《そろ》っているいい男だからね」

（だからといって、女性にだらしない男性だけは無理ですわ――）

そう思うが口には出さない。ジュリアはにっこりと笑って答える。

「私は、ありのままの私を愛してくれる男性がいいのです。誠実で嘘をつかない男性なら、なおいいですわ」

いままでの婚約者の顔を思い浮かべる。彼らのような男はごめんだ。

すると男性は楽しそうに微笑んで、ジュリアに手を差し伸べた。

「はははっ！　君、いいね。僕と一曲踊《おど》ってみないかな？　もっと君の話を聞いてみたい」

彼の申し出を断る理由はない。もしかしたら彼がジュリアの運命の相手かもしれないのだから。

彼女は男性の手をとり、それに応じた。

男性はそつのない動きで、ジュリアをダンスホールまでエスコートする。しばらくすると音楽が流れてきて、二人は踊《おど》りはじめた。

その男性はダンスのリードがうまく、ジュリアは流れるようにステップを踏む。無駄のないスマートな踊《おど》り方は、彼の器用さを感じさせる。好感の持てる男性だ。

しばらく二人で踊《おど》っていると、男性がジュリアの耳元で囁《ささや》いた。

「アシュバートン公爵は三人の令嬢を選んで、まずはみんなとダンスを踊《おど》ってみることにしたらしいよ。ブルボン伯爵家のイザベル嬢に、ヒルサルム侯爵家のミュリエル嬢。キューセル男爵家のハーミア嬢。いままで複数の女性との噂が絶えなかった方だけど、本当に公爵は、今夜結婚相手を決めてしまうのかな？」

「……おかしいですわね」

思わず、ジュリアは呟いてしまう。何がおかしいかというと、その人選だ。

ジュリアは選ばれた令嬢たちをお茶会で見て知っている。そのため、あまりにも一貫性のない選び方に思えた。

イザベルは言うまでもなく、豊満な肉体を持っている色気のある美人。

ミュリエルは、清楚で儚《はかな》い様子の細身の美人。

二人には、美人で家柄がいいという共通点はあるが、正反対のタイプだ。

残るハーミアは、ふくよかな印象で可愛らしさはあるものの、お世辞にも美人とは言いがたい。そのうえ、彼女のキューセル家は、ヘルミアータ家のような貧乏貴族だ。

この三人を好みで選んだというには、あまりにも統一性がない。

しかも女遊びが盛んな公爵の選択。彼は自分の好みの女性を把握しているに違いないのに。

家柄を重視しているというなら、どうしてハーミアを選んだのかが分からない。

（公爵様は軍師のような働きができるくらい、頭脳派としても有名ですわ。この選択に意図が隠されているとすれば、どんな可能性が考えられるでしょうか）

「どうしておかしいと思うの？」

思考に没頭していると、突然、優しい声が頭の上から聞こえた。顔を上げると、澄んだ緑色の双眸《そうぼう》に覗き込まれる。

男性のリードに合わせてジュリアはステップを踏み続けた。

（そういえば、知らない男性とのダンスの最中でしたわ。この男性……近くで見るとかなり整った顔立ちをしているのですわね。一瞬ドキッとしましたわ）

ジュリアは顔を熱くしながら、誤魔化《ごまか》すように咳をしてから答えた。

「もしかしたら公爵様は、何か考えられているのかもしれませんね。それがなんなのかまでは分かりませんけれど」

「面白いね。だとしたら公爵は、この夜会の趣旨を丸ごと覆《くつがえ》そうとしていると思うよ」

「どうしてそう思われますの？」

「女遊びの度が過ぎて、いい加減結婚でもしろと、国王様に今回の夜会の開催を強制されたんだ。本当は公爵は結婚したくないんだよ。回避するためにはなんでもするんじゃないかな」

公爵が結婚したくないというのは初耳だった。ジュリアは驚く。

でも、国王陛下が催《もよお》したこの夜会を、公爵の立場で潰すわけにはいかないだろう。ということは令嬢のほうから断らせるつもりなのか……それとも。

「……争わせるおつもりなのかもしれませんわね」

ジュリアは思わず、考えていたことを漏らしてしまった。

もし、公爵が三人ともに「君と結婚したい」という素振りを見せれば、公爵の望む結果になるかもしれない。

「どういうこと？」

ジュリアの言葉に、彼がすかさず食いついた。

「公爵なら何か企《たくら》んでいても不思議じゃない。もし君に気がついたことがあるなら、教えてくれないかな？」

彼は何故だか焦った口調でたたみかけてくる。この男性は、ジュリアよりも公爵に興味を持っているようだ。ジュリアはその問いには答えず、別の質問を口にした。

「それより私、あなたのお名前をまだお聞きしていませんわよ」

男性は名前を伝えようとしたのだろう。しかし彼が口を開いた瞬間、ちょうど曲が終わった。

彼から誘われたのは一曲だ。ジュリアは彼から体を離す。

すると男性がもう一度ダンスを申し込むポーズをしたので、ジュリアはにっこりと笑ってふたたび彼の手を取った。

楽団が次の曲を奏でるのを待っていると、いきなり男性はジュリアの腰を引き寄せて耳の傍で囁《ささや》く。

「僕はジェームズ・ナスキュリアだよ。君の名は？」

突然近づいた距離に、心臓が早鐘《はやがね》を打つ。ジュリアは男性に免疫《めんえき》のない自分を恨みながら、それでも平静を装《よそお》って答えた。

「私はジュリア・ヘルミアータと申します」

ジュリアは身構えながら、目の前の彼をじっくりと観察する。彼はまだジュリアの腰を抱いたままだ。

（どうしてナスキュリア様は私に構うのかしら。そんなに私のことを気に入られたよう

には見えないわ。私を見ている目が、ちっとも浮《うわ》ついていないですもの）

ナスキュリアという家名は、ボッシュ王国では聞いたことがないので、貴族ではないのかもしれない。

（綺麗な手をしていらっしゃるから兵士でもなさそうですわ。だとすれば商人でしょうか……？　でも、彼の指にはペンだこすらありません。それに王宮の夜会に招待されるほどの商人ならば、貴族でなくとも名前くらいは聞いたことがあるはず。だとしたら偽名なのでしょうか？）

そこまで考えて、ジュリアは体を硬くした。貴族の中には、田舎から出てきた令嬢を騙《だま》して弄《もてあそ》ぶ悪い男性がいると聞く。

警戒心を募らせるジュリアを見て、ジェームズは安心させるように柔和《にゅうわ》に微笑んだ。

「黙って百面相《つの》しているなんて、君は面白いね。気に入ったよ。僕ならありのままのジュリアを愛してあげられる。だから僕にしなよ」

そう言われた時点で、ジュリアの警戒心はマックスになった。さっき会ったばかりの女性にこんな台詞《せりふ》を平然と吐ける男性を、信頼できるはずがない。

しかも彼の様子からは、ジュリアへの愛情は一切感じられない。どの口で愛を語るのだろうか。

冷ややかな目でジュリアは答えた。

「申し訳ありませんが、私が望むのは、誠実で嘘をつかない男性だというのもお忘れなく。ですから失礼しますわ。私、時間を無駄にするわけにはいきませんの」

しかし、音楽が流れ出してしまったので、ジュリアは仕方なくステップを踏む。こんなところで、運命の相手ではない男性に時間をとられている場合ではない。

二曲目が終わると同時に挨拶《あいさつ》をして、彼の前から去ろうとする。すると、いきなり腕を掴まれて無理やり引き寄せられた。

ジェームズの無作法に怒ってやろうとした瞬間、彼が口を開く。

「一緒にアシュバートン公爵を捜しに行かない？　公爵が何を企《たくら》んでいるか興味があるんだ。君も気になるだろう？　まあ、彼ならどんなことでもやりかねない。だって究極の女嫌いだからね」

その言葉に、ジュリアはジェームズに怒っていたことも忘れて目を大きく見開いた。

（え……？　ものすごい女たらしだと噂で聞いていましたけれど？）

「ああ……失言しちゃったね。公爵の女性遍歴はたしかにすごいけど、根は女嫌いで女性不信だから、結婚となるとね。もうあそこまでいくと、女性全般を憎んでいるって言ってもいいくらいだ。でも、これは誰にも内緒だよ」

口を滑らせたというような顔だが、故意に話したとしか思えない。ジェームズは公爵が女嫌いだということを、ジュリアに広めてほしいのだろうか。

彼の意図を知りたくなったので、慎重に言葉を選んで尋ねる。

「女性がお嫌いなのに、女性とお遊びになるだなんて矛盾していますわ」

するとジェームズは考え込みもせず、流れるように笑って答える。

「嫌いだから、遊んで捨てるんだよ。女性が傷つくのを見るのが楽しいらしい。本当に歪《ゆが》んでいるよね」

たしかに理屈としては通っているが、ジェームズのわざとらしさを見るに、真実かどうかは分からない。分かっているのは公爵が女たらしだという事実だけ。

それに、ジュリアにとっては彼が女嫌いでも関係ない。それよりも、ジェームズと公爵の関係のほうが気になってきた。

こんなに詳しく知っているなんて、彼は公爵に何か強い想いを抱いているように見える。

「――ナスキュリア様は公爵様とお知り合いなのでしょうか？」

「それはノーコメントにしておくよ。ジュリアは勘が鋭いみたいだから」

そう言ってジェームズは話を逸《そ》らした。はぐらかされると尚更気になってしまう。

運命の男性を探しに行きたい気持ちよりも好奇心が勝《まさ》り、しばらく彼に付き合ってみようと思った。

彼に手を引かれるまま、ジュリアはそのあとをおとなしくついていく。

ジェームズは王城の中を知り尽くしているようだ。迷わずに様々な場所をめぐって公爵を捜している。

しかも彼の姿を見た王城の使用人が、一様に深々と頭を下げるのだ。ジュリアはさらに混乱する。

（ナスキュリア様って、一体何者なのでしょうか？）

ジュリアの脳内に疑問符が浮かんだ。

「うーん。公爵は一体どこに行ったんだ？　もう令嬢たちとのダンスは終わっていたのに。やっぱりあの中の一人と、どこかの個室にいるのかな？　でもそうすると結婚は確定になっちゃうよね」

ジェームズは焦ってそう言うが、ジュリアは違うと睨《にら》んでいた。

おそらく公爵は今頃どこかに身を隠して、その時が来るのを待っている。

だとしたらのんびりと公爵を捜している暇はない。

「申し訳ありませんが、ナスキュリア様。私、公爵様ではなくてハーミア様を捜しに行きますわ。何かが起きてからでは遅いですから」

「えっ、それはどういう……」

ジュリアは丁寧に挨拶《あいさつ》をすると、ジェームズの言葉を聞き終える前に、彼の手を少々乱暴に振りほどいた。そうして急ぎ足で角を曲がって、大きな柱の後ろに隠れる。

ジェームズが柱の前を通り過ぎたことを確認し、ほっと安堵の息をついた。

予想が外れているかもしれないのに、いつまでも彼についてこられては困ってしまう。

（化粧室は誰が入ってくるか分からないですから、あり得ませんわ。人が来ない休憩所か、テラスか……きっとそのどちらかですわ）

人気《ひとけ》のない場所を選んでハーミアを捜していると、どうやら目的の場所に辿《たど》り着いたようだ。王城の隅にあるテラスから、令嬢たちの言い争う声が聞こえてくる。推測があたったとジュリアは体を硬くした。

「お顔の残念な貧乏貴族のくせに、どうやって公爵様に取り入ったのよ！」

「そうですわ！　ダンスも踊《おど》らずに、足が痛いとか言って公爵様に靴を脱がせてもらっていたじゃないの！　いくら豚のような顔で自信がないからって、体で落とそうとするなんて呆れてしまいますわ！」

片方の声はたしかにイザベルのものだ。ジュリアは急いで足を進める。

「で……でも、公爵様は私のことを可愛いっておっしゃいました。好きな顔だって。私といると心が安らぐとも……他の女性は目が血走っていて怖いともおっしゃっていましたわ」

「なんですって！　公爵様は私が一番綺麗だって言ってくださったわ！　繊細《せんさい》で淑《しと》やかな女性がお好みなのですって。綺麗でもなく、豚みたいに太ったあなたが、公爵様のお気に入りになるはずがないわ！」

「ミュリエル、ハーミア、何を勘違いしているのかしら？　公爵様はわたくしが一番セクシーで美しくて、男心をそそるっておっしゃっていましたわ！　わたくしの顔を毎日見ていたいのですって。あなたたち洗濯板女や豚女になんか負けるわけありませんわ！」

令嬢たちは互いにいがみ合っている。ジュリアは顔も知らない公爵に怒りを燃やした。

（やっぱり思ったとおりですわ。自分の結婚話をなかったことにしたいからって、いたいけな令嬢たちの心を弄《もてあそ》ぶなんて、公爵様は最低の男性ですわね！）

ジュリアが憤《いきどお》っていると、バシッ!!　と大きな張り手の音がした。誰かが誰かを引っぱたいたのだろう。

これが公爵の企《たくら》んだ罠なのだ。ジュリアは慌ててどうしようかと悩む。

（イザベル様が騒ぎに関わってると分かったら、ブルボン伯爵様にだってお咎《とが》めがあるかもしれないです！　いつも偉そうなイザベル様はいい気味ですけれども、伯爵様にはお世話になっているので、なんとかして差し上げないと！）

「お待ちくださいませっ！」

ジュリアは大声をあげながらテラスへと足を踏み入れる。

頬を腫《は》らしたイザベルと怒りに顔を赤くしたミュリエルが、同時に彼女のほうを向いた。ハーミアはおびえたようにガタガタと震えている。

「なんなのよジュリア、止めないで！　この豚が私の頬を殴ったのよ！　貧乏貴族のくせにブルボン伯爵家にけんかを売ろうっていうのかしら！」

同時に、イザベルの友人であるはずのミュリエルがすごい剣幕で怒鳴る。

「イザベル、私を洗濯板女って言ったわね！　ひどいわ！　あなたなんかもう友達じゃない！　あなたなんて胸が大きいだけの牛女じゃないの！」

二人は興奮していて、お互いの言葉を聞いていないようだ。イザベルとミュリエルは感情のままに、高々と右手を上げた。

イザベルはハーミアを、ミュリエルはイザベルを渾身《こんしん》の力を込めて引っぱたこうとしている。

（あぁ、もう！　暴力は絶対に駄目ですわ！）

反射的にジュリアの体が動いた。三人の令嬢の真ん中に割り込んだ次の瞬間、両頬に衝撃がきた。そのままタイルの上に派手に倒れ込む。硬いタイルは冷たく、痛みが走った。

「っっつ！」

タイルの上でしりもちをついたジュリアを見て驚いたのか、令嬢たちは固まってしまっている。

体は痛むが、ジュリアはなんとか立ち上がった。この険悪な雰囲気を変えなくてはいけない。彼女は子どもを諭《さと》すように話した。

「きっとアシュバートン公爵様は、イザベル様のような妖艶《ようえん》な女性や、ミュリエル様のような淑《しと》やかな女性、ハーミア様のような安らげる女性の間で心が揺れ動いてるのですわ。あなたたちといた時間は、目の前の女性こそ、この世で一番素敵だって思ったに違いないですもの」

令嬢たちは少し落ち着いた様子で、ジュリアを見つめた。彼女たちの心に響くであろう言葉を慎重に選ぶ。

「いま、アシュバートン公爵様はお一人じゃないのかしら？　お寂しい時に誰かに慰《なぐさ》められたら……もしかしたら公爵様も、その女性に心を奪われてしまわれるかもしれませんわよ」

途端にイザベルとミュリエル、ハーミアはハッとして互いに顔を見合わせた。

そうして三人とも無言で踵《きびす》を返すと、いそいそとテラスから出て別方向に歩いていく。

きっとそれぞれにアシュバートン公爵を捜しに行ったのだろう。

そうして人気《ひとけ》のないテラスには、ジュリア一人だけがぽつんと取り残される。ジュリアは大きくため息をついた。

「ふう……よかった、うまくいきましたわ。これで公爵様の悪だくみを防ぐことができましたわ——いたっ！　みんな深窓のご令嬢のはずなのに意外と力が強いのですわね」

よく見ると、右ひじにうっすらと血が滲《にじ》んでいる。それを見た途端、じんじんと痛みが増してきた。

「どうして俺の計画の邪魔をした。一体お前は何者なんだ？」

その時、突然背後から聞き覚えのあるテノールの声がした。

驚いて振り向くと、月の光に照らされて輝く金色の髪に、緑がかった青い目をした美貌の男性が立っている。

赤い詰襟の騎士服が端整な顔をさらに引きたたせていて、心臓が大きく跳ねた。ジュリアにはすぐに彼が誰だか分かる。髪と目の色が違うが、ずっと捜していた彼に間違いない。

胸が大きく打ち鳴らされて、一瞬で全身の血液が沸き立つ。

（また、彼に会えたのだわ！　これって運命なの⁉）

やはり彼——マリウスは王城にいたのだ。

だがマリウスはジュリアを睨《にら》み続けていて、何故だかかなり怒っているようだ。別れる時に何かしてしまったのかと思い返すが、心当たりはない。

ジュリアが躊躇《ちゅうちょ》していると、彼は突然驚いたように目を見張った。

「お前……あの時の、ジュリアか……？」

「ええ、そうですわ。マリウス様！　あのあと、ご無事でしたのね。心配しましたのよ」

しかし、マリウスの近くに駆け寄ろうとした瞬間、ジュリアは気がついた。

彼の騎士服に縫いつけられている家紋は、獅子《しし》。それはたしか、ある名家の家紋だった。

思わず、一歩あとずさる。嫌な予感がじわじわと広がっていく。

もう一度マリウスの顔をまじまじと見る。馬車で会った時の彼は、黒髪に黒目だった。

けれど、いまの彼は。

——天を流れる星のような輝く黄金の髪に、深海の色を落とし込んだような青緑の瞳。

その特徴は、ジュリアが聞いたことのある人物にそっくりだ。

それに、先ほどの彼の「どうして俺の計画の邪魔をした」という発言。

（まさか……！）

ジュリアは大きく息を吸って心を落ち着かせた。どうか間違いであってほしい。

「……もしかしてマリウス様が、アシュバートン公爵様なのですか？」

「まあ、そういうことになるな。俺はマーカス・アシュバートン公爵だ。マリウスは諜報《ちょうほう》活動をする時の名だ」

マリウスがあっさりと答える。その言葉に、ジュリアは浮かれた心を地の底まで一気に沈ませた。

（そんな……！　マリウス様がアシュバートン公爵様だったなんて！）

ショックで頭の中が整理できない。思わずジェームズの言っていた言葉が口から零《こぼ》れた。

「――アシュバートン公爵様は女嫌いでいらっしゃる……？」

マリウス――改め、マーカスが苦笑いを浮かべながら言い放つ。

「言ってくれるな。俺は女なんか最低だと思っているだけだ。女は平気で嘘をつくし、すぐに裏切る」

憎々《にくにく》しそうに語るマーカスを見て、ジェームズの言っていたことは真実なのだと確信した。ジュリアは負けじと彼を睨《にら》みつける。

「公爵様こそ女性の敵ですわ。ご自分が結婚したくないからって、女性たちを互いに争わせようとするなんて。選ぶ女性までよく考えたものですわね」

彼が選んだのは、王都のネットワークを仕切っている二人と、家柄でも容姿でも明らかに劣る令嬢。

まず、彼はそれぞれの令嬢に、自分だけが愛されているのだと勘違いさせる。

マーカスの好意を信じた彼女たちが邪魔に思うのは、他に選ばれた令嬢たちだ。

そこで最初に責められるのは、力の弱いハーミア。イザベルとミュリエルが、揃《そろ》ってハーミアを攻撃することは分かっていただろう。

さらに、気の強いイザベルがミュリエルを怒らせて、二人が反目すれば願ったり叶ったりだ。

家柄のよい二人が敵対すれば、それぞれに味方する取り巻きの令嬢も黙っていないだろう。途中でジュリアが止めに入らなければ、きっと前代未聞《ぜんだいみもん》の大乱闘になっていたはずだ。

そんな大きな騒ぎが起きれば、夜会は中止せざるを得ない。

そしてマーカスが、「選んだ女性がまさかけんかするだなんて思っていなかった。もう結婚は考えられない」と被害者ぶった言い訳をすれば、誰とも結婚せずに済むのだ。

そうなるという確証はなかっただろうが、やってみる価値はある。どちらにせよ、誰か女性を選ばなくてはいけないのだから。

（本当に、なんて策士なのかしら。女心を弄《もてあそ》ぶだなんて許せませんわ！）

一瞬でも彼をいい男性だと思った自分を馬鹿だと思う。彼は独身だったが、誠実な男性ではなかった。

ジュリアはマーカスを睨《にら》みつけるが、彼はものともしない。余裕の表情で彼女を見た。

「まさかジュリアがここにいるとは思わなかった。大広間では見かけなかったが……もしかしてジュリアにはもう決まった男がいるのか？」

「さぁ、ご想像にお任せしますわ」

そうジュリアが言うと、マーカスは何故だか傷ついたような表情をした。けれどそれは一瞬のことで、彼はふたたび口を開く。

「だが困ったな。お前のせいで、もうあの三人が諍《いさか》いを起こすことはないだろう。それどころか、全力で俺に媚《こび》を売ってくるだろうな。どうしてくれるんだ」

「ご愁傷様ですわね。個人的にはイザベル様を推しますわ。彼女は私の遠い親戚ですの。ああ、でも、女癖が悪いうえに女嫌いの男性と結婚させられるのは、お気の毒ですわね」

そう言うと彼は鋭い目つきで睨《にら》んできたが、ジュリアはひるまずに睨《にら》み返す。

「おい、お前は俺にけんかを売っているのか？　俺があんな自意識過剰女どもを相手にするわけがないだろう」

「そうでしょうか？　あなたのような不誠実な方は、気の強いイザベル様の尻に敷かれているのがちょうどいいですわ。観念してイザベル様と結婚して、子どもでも作って幸せに暮らしてくださいませ」

彼はその言葉に怒りを覚えたようで、ジュリアの肩を掴んで体を壁に押しつけた。

「……っっ！」

大きな音がして背中に痛みが走る。逃げ場がないジュリアの顔を、マーカスが鋭い目で覗き込んだ。

「俺は権力も名誉もある公爵だ。逆らったらどうなるか、分かっているだろうな」

ジュリアも負けじと睨《にら》み返す。

「色々とおっしゃっていますけれど、いまの私とあなた、どちらが優勢だと思っていらっしゃるの？」

ジュリアを追い詰めたとでも思っていたのだろう。マーカスが戸惑いの表情を浮かべる。

ジュリアは誘うようににっこりと笑うと、いきなり彼の唇にキスをした。

唇を唾液で濡らし、何度も繰り返しそれを重ねる。くちゅり、くちゅりと、かすかに卑猥《ひわい》な水音を響かせた。

危険な賭けだが、王国でも有数の権力を持つ公爵に勝つにはこれしかない。

女嫌いで女性を弄《もてあそ》んで捨てている、非情な男性。

そんな女慣れした公爵様が、キスすらあまり経験のないジュリアに誘惑されるものなのか不安になるが、気丈なふりをして唇を重ね続ける。

ジュリアは一度唇を離して、マーカスの下半身にそれとなく目をやる。ズボンの中のそれは、充分大きくなっていた。機は熟したようだ。

安心して顔を上げると、ようやくマーカスの表情を窺《うかが》うことができる。彼の頬は赤く染められていて瞳は熱で満たされ、激しい息を何度も繰り返していた。

(公爵様は男性だというのになんて美しいのでしょうか……そのような人が、こんなに興奮してくれているのですね……)

ついほだされそうになったが、ジュリアはなんとか理性を取り戻す。

「……ジュリア……」

マーカスが、切なそうな声を出した。熱に浮かされている彼を見てどきりと心臓が跳ねたが、いまが形勢を逆転できるその時だ。

ジュリアはマーカスを見て、にっこりと微笑んだ。

「公爵様。いま私が叫び声をあげたら、みなさんどう思われるでしょうか」

「――！　ジュリア……まさか……」

勘のいい公爵はすぐに気がついたらしい。

国王の開いた夜会で令嬢を襲ったとなれば、地位も名誉もある公爵だとしても、お咎《とが》めはあるだろう。

ジュリアの頬は殴られて赤く腫《は》れているし、右腕に至っては擦り傷から血が出ている。どちらもマーカスのせいではないが、股間を膨らませた彼がいくら弁明をしても、そういう結論が下されることは想像に難《かた》くない。

そうでなくともマーカスの女遊びは有名なのだ。ジュリアが告発すれば、誰もが信じるはずだ。

マーカスの顔から惚《ほう》けた表情が消えた。代わりに悔しそうな目でジュリアを睨《にら》みつける。

その迫力に一瞬気圧《けお》されそうになったが、ジュリアはなんとか堪《こら》えた。

「で……ですから私がここから乱れた格好で飛び出せば、いくら公爵様でも申し開きはできませんわよね。ここはお互い何事もなかったことにしませんか？」

「何事もなかっただと……本当にそう思っているのか、ジュリア」

ジュリアを見るマーカスの瞳に、ぞわぞわと胸がざわついて、思わず目を逸《そ》らした。

すると、ふわりとマーカスが身を寄せてくる。心臓がドキドキと音を立てはじめた。

（ど、どうしたのかしら。公爵様にとっても、何もなかったことにしたほうがいいはずですのに……）

「ジュリア、これはお前のせいだ。お前が俺を煽《あお》ったんだから後悔するなよ」

低いテノールの声に思わず視線を戻すと、マーカスは先ほどよりも興奮を深めているようだ。

彼は火照《ほて》る体を持て余すように荒い息を繰り返すと、ジュリアの体を抱き寄せて唇を重ねてきた。

いきなり歯列を割られ、マーカスの舌がそのわずかな隙間にねじ込まれる。

「ん……んんっ！」

文句を言おうとしたが、口を塞がれているのでくぐもった声しか出ない。あっという間に口内いっぱいに温かさが広がった。

突然のことに、戸惑いが隠せない。そんなジュリアの気持ちなど知らず、マーカスの舌は容赦なく彼女の口内を攻め続ける。

歯列をなぞって舌を絡ませ、口内の全てを味わいつくす。唾液が絡まり合って、ぐちゅりという淫《みだ》らな音が何度も聞こえてきた。

ジュリアの膝はがくがくと震えて力が入らない。いまにも気絶してしまいそうだ。

それに気づいたマーカスがジュリアの腰を支え、さらに強く抱きしめた。息が止まりそうなほどの心地よさに、頭がぼうっとしてくる。

そんな気分に酔いしれていると、突然呼吸がしやすくなった。ジュリアは大きく息をする。

「はぁっ……はぁっ……ぁ……」

ジュリアとマーカスの体は、隙間もないほどに密着していた。

どくん、どくん、どくん。

互いの心臓の音が重なるのを聞き、さらに興奮が高まっていく。

瞳を潤《うる》ませてジュリアが桃色の吐息を繰り返していると、マーカスは形のいい目を細めた。

「ジュリア、お前は一体何者なんだ……どうして俺はお前にだけ……」

マーカスはその先を続けず、代わりにジュリアの頬に唇を落とす。柔らかくて温かい感触に、体中に電気が走ったのかと思った。思わず悦楽の声が漏れる。

「……あぁっ！　ぁん」

同時にマーカスが体をびくりと震わせた。ジュリアが薄く目を開けると、目の前には真っ赤に染められたマーカスの首元。

マーカスも緊張しているのか、艶《つや》やかな金髪がかすかに上下に動いている。それを見て、ジュリアは途方もなく切ない気持ちになった。

「ジュリア……」

熱い声でマーカスがジュリアの名を呼ぶ。

頬にあてられた唇はそのまま下降して、ジュリアの首筋にまで辿《たど》り着く。ドレスの隙間から、ジュリアの胸元にマーカスの荒い息が吹き込まれた。背筋からぞくっと快感がのぼってくる。

「ああ……はぁっ……ぁん」

ジュリアはビクリと大きく体を震わせると、全身の力を抜いた。

マーカスは彼女の体を抱いたまま、その場に崩れ落ちるようにして座り込む。

静かな夜、人気《ひとけ》のない王城のテラスで抱き合いながら、互いの荒い息だけが夜の帳《とばり》に響いていた。

「はっ……はっ……ジュリア――」

顔を上げると、月を背にして熱っぽくジュリアを見つめるマーカスが見える。

金髪が月の光に照らされてキラキラ光り、まるで宝石のよう。マーカスは恍惚《こうこつ》として、湿った吐息を繰り返している。

美しいとしか形容しようがないその表情に、ジュリアの全身が痺《しび》れた。

でも、すぐに現実を思い出して心を引きしめる。

(公爵様は女性にだらしがないお方。きっと私を誘惑して捨てるつもりなのだわ。騙《だま》されては駄目っ!)

ジュリアは心を覆いつくそうとする甘い感情を抑え込んで、冷静になるよう努める。

自分に言い聞かせるかのように、ジュリアはマーカスに話しかけた。

声が上ずってしまうが、一刻も早くマーカスの傍を離れなければ、本気になってしまいそうだ。

「……っもうこれで満足されましたか?　でしたら私はここで失礼します。今夜、素敵な男性を見つけるつもりですの。ではさようなら、マリウス様」

「ジュリアっ……」

傷ついたような瞳でジュリアを見るマーカス。けれどもジュリアは彼の胸を、両手で思いきり突き飛ばした。

そうしてなんとか立ち上がると、ジュリアは後ろを振り返らずにテラスを出る。

「待てっ！　ジュリア！」

遠くからマーカスの悲しげな声が聞こえてツキンと胸が痛むが、すぐにその場を離れて、城内の廊下を走った。

心臓の音がバクバクと……どうしようもなく激しく打ち鳴らされている。

化粧室を探して、早足で駆け込んだ。先にいた令嬢から不審な目で見られるが、仕方がない。ジュリアは息を整えながら、鏡に映る自分の姿を見つめた。

紅潮した頬に手をあてるとほんのりと温かい。そして唇にはまだマーカスのキスの感触が残っていた。

（……すごく情熱的なキスだったわ。まるで、本当に愛されているみたいでしたもの……）

でも、きっとそれが女を弄《もてあそ》ぶためのマーカスの手なのだ。ジュリアは全部忘れてしまおうと、唇が痛くなるほど何度も手で擦《こす》った。

（マリウス様……素敵だと思っていましたのに。まさか彼があの女たらしのアシュバートン公爵様だなんて思いもしませんでしたわ）

貴族が間諜《かんちょう》職に就くことはあるが、高名な公爵だというのは異例だ。

間諜《かんちょう》は、危険と隣り合わせの仕事。その身に何かあれば、爵位を継ぐ者がいなくなるから。

（そんな職に就くなんて、何か理由があったのでしょうか……）

じっくり考え込んでしまうが、ジュリアはこんなことをしている場合ではないと顔を上げた。

夜会は永遠に続くわけではないのだ。王城にいる間に、婿になってくれる男性を見つけなければいけない。

イザベルとミュリエルにぶたれた頬は、それほど腫《は》れてはいないようだ。

右腕の擦り傷もすでに血は止まっているし、ドレスも土埃《つちぼこり》がついているだけで破れてはいない。

口紅は全て取れてしまっていたので、改めて紅をさし直した。

（とにかく夜会が終わるまでは頑張らないと、ドレスを新調してくれたお父様やお母様に悪いですもの）

ジュリアは気を取り直し、鏡の前で笑顔の練習を何度かしてから化粧室をあとにした。

ダンスホールに戻ろうと足を進めた時、目の前に人影が現れてジュリアの行く手を遮《さえぎ》る。

「ジュリア。僕を置いていくなんてひどいね。どう？　アシュバートン公爵とは会えた？」

いたずらっ子のような目をしたジェームズが、微笑みながら立っていた。先ほどと同じ軽い調子で、ジュリアの肩を抱いて引き寄せる。

けれどもジュリアは腕を突っ張って、できるだけジェームズから距離を取った。ジュリアがマーカスと会っていたことを、知られるわけにはいかない。

「いいえ。でも、どうしてそんなことをお聞きになるのですか？　私はハーミア様を捜しに行ったのですわよ」

「おかしいな。ジュリアと会わなかったはずはないんだけどな。君が廊下を走っていったあと、公爵が君のあとを追いかけていったよ。しかもジュリアって名前も呼んでいたしね。二人の間に何かあったんでしょう？　君の髪もかなり乱れてたしね」

テラスを出てきた時の様子を見られていたらしく、思わずギョッとする。

（どこまでナスキュリア様に見られていたというのでしょうか？　まさか、その前にあった出来事までは見られてませんわよね⁉）

ジェームズの言葉に取り乱しそうになったが、平静を装《よそお》う。彼の口調からすると、おそらくその心配はないだろう。

「それより、もうこの手を離してくださらないかしら。他の男性に、ナスキュリア様との関係を誤解されてしまいそうですもの。そうなればナスキュリア様もお困りになるでしょうし」

　ジュリアはそう言うが、彼は首を横に振った。

「僕は誤解されても構わないよ。ねえ、ジュリアは公爵にとってなんなの？　知り合い？　友達？　いや、違うよね。公爵があんな表情をしたところを初めて見たよ。しかも女性の名前を呼んでいるなんてね。まさか、恋人？」

　ジェームズは探るようにジュリアの目を覗き込んでくる。彼女はわざと答えずに、逆に質問で返した。

「あら、ナスキュリア様。やはり公爵様とは、かなり親しい関係ですのね。王城の内部にもお詳しいようですし、本当のお名前を名乗ってはくださらないのかしら？　嘘つきは嫌いですと言ったはずですわ」

「ははっ、参ったな。ジュリアには何も隠し事はできないね。そんな調子でマーカスとも話したの？　あいつがあんな取り乱すなんて。いつも澄ました顔をして余裕たっぷりの男だからね。ありがとう、ジュリア。その調子でもっとマーカスを困らせてくれない？　マーカスの歪《ゆが》んだ顔がもっと見てみたいんだ」

　やはりジェームズはマーカスをよく知っているようだ。呼び方が公爵からマーカスに変わった。

しかも、彼はとても歪《ゆが》んだ思考を平然とした顔で語る。

ジュリアに声をかけてくるのも、マーカスに関心があるからに違いない。彼はジュリアを通して彼の何かを知りたいのかもしれないが、彼女はこれ以上彼と関わるつもりはさらさらなかった。

ため息をついてジェームズの顔を見上げてから、ジュリアは重い口を開いた。

「ナスキュリア様、私は公爵様とは……」

「ジュリア！」

その時、背後から聞き覚えのあるテノールの声が響いてきて会話が中断される。振り向かなくても声の主は分かった。

あんなことがあったあとで、どんな顔をすればいいのか分からない。ジュリアは困った顔でジェームズを見上げる。

するとジェームズはジュリアの腰に両腕を回して抱き寄せた。そして大きな声で言う。

「マーカス、ちょうどよかった。君に紹介したい女性がいるんだ。彼女はジュリア・ヘルミアータ子爵令嬢だよ。たったいま、僕の恋人になったんだ。祝福してね」

（え――？　なんですって？）

ジュリアはジェームズの突拍子もない発言に驚いて、思わず叫び声をあげそうになった。いつの間にジェームズの恋人になったというのだろう。

「ちょ……ちょっとお待ちください！　それは違いますわよね！」

大きく目を見開いて抗議の視線を送るが、ジェームズはものともしない。まるで本物の恋人のように熱い視線を浴びせてくるだけ。そして、大丈夫だと言わんばかりに柔和《にゅうわ》な笑みを浮かべた。

そのいたずらっ子のような態度に、ジュリアはからかわれていることを確信する。ジェームズにがっちりと腰をホールドされているので、彼女は上半身をねじってなんとかマーカスのほうを振り返る。

「あのっ……」

訂正をしようと口を開いたジュリアだったが、そのまま固まった。マーカスが怒りの表情を向けてきたからだ。あまりの剣幕に、怖気《おじけ》づいてしまう。

ジュリアの頬にジェームズがキスをする。ちゅっという軽い音が耳元で鳴った。

動けないままのジュリアに構わず、ジェームズは話し続ける。

「まさか、こんな風に一瞬で恋に落ちるなんて思わなかった。誰かを好きになるっていうのは時間じゃないんだね。大好きだよ、ジュリア。結婚式はいつにする？」

「ちょっと待ってくださいませ……ナスキュリア様。一体どういう……」

とにかく間違いを正そうとした時、マーカスはジェームズの腕を掴んだ。

「ジェームズ、ジュリアははねっかえりの強い生意気な女だぞ。こんな女と結婚したら、お前の人生は終わりだ。考え直せ」

彼のその態度に、ジュリアは怒りを燃え上がらせた。腰に絡められたジェームズの腕をほどいて、マーカスに向き直る。

「そうですわね。私ははねっかえりの強い生意気な女ですけれど、結婚相手を絶対に後悔させたりしませんわ。愛を尽くして旦那様だけを慕い、一生を幸福で満たすことをお約束します。女嫌いを隠して結婚しなければならない方よりも、ずっと幸せで温かい生活を送るつもりですわ」

「女の愛なんて信じられるわけないだろう！　ジュリアだって、ジェームズの金と地位に目がくらんだだけだ！　女は世界で一番信用できないからな！」

さらに睨《にら》みつけてくるマーカスに対して、ジュリアは胸を張って宣言した。

「私はナスキュリア様が何者なのかも知りません。でもあなたよりは彼のほうが、よほど優しいですわ。それに、私の愛はとってても真剣でとっても貴重な、唯一無二《ゆいいつむに》のものです。一度愛を誓った以上は、必ずその方を一生愛し続けますわ」

するとマーカスは、心の底から傷ついたような顔をした。その表情に、言い過ぎたかとほんの少し反省する。

けれどもマーカスはすぐに表情を変え、冷たい目でジュリアを見た。

「俺にけんかを売ってただで済むと思うな。ヘルミアータ子爵家なんかすぐに取り潰してやる。覚えておけ」

地の底から響くような怒りの声でそう言うと、マーカスは踵《きびす》を返してその場を去っていった。

突然の出来事にしばらく呆然としていたが、我に返ったジュリアは淑女らしからぬ声をあげる。

「ど、どうしましょう！　ヘルミアータ子爵家が取り潰されてしまいますわ！　あんなこと言うんじゃありませんでした。いまからでも土下座して謝れば、許してくださるかもしれませんわね。いくら女嫌いでも騎士なのですから、人情くらいはあるでしょうし……」

完璧にマーカスを怒らせてしまったようだ。パニックになって焦るジュリアの両手を、ジェームズが握りしめた。そうしていたずらっ子のような顔を、ゆっくりと近づけてくる。

またキスでもするつもりなのだろうかと、ジュリアは体を硬くして顔を背けた。

「土下座をする必要はないよ。ジュリア、信じられないけど、君はマーカスにとって特別な存在らしい。心配しなくていい。僕の傍にいれば、僕が君を守ってあげられるよ」

「……どういう意味でしょうか？　ナスキュリア様」

その言葉に背けた顔を戻す。ジェームズは栗色のカールした髪をふんわりと揺らしながら、にっこりと上品な笑みを浮かべた。

「ナスキュリアは僕の母方の姓なんだ。本当の名は、ジェームズ・バステール。僕はバステール王国の第三王子だ」

バステール王国といえば豊富な資源で巨万の富を築き上げた国。ボッシュ王国の一番の友好国だ。

（ま、まさか、私は勘違いとはいえ、他国の王子と恋人になる宣言をしてしまったのですか⁉）

ジュリアは気を失いそうなほど驚いてしまう。

そんな彼女を、ジェームズはただ微笑んで見つめていたのだった。

そうして夜会が終わる頃、ジュリアとジェームズは一緒に馬車で揺られていた。

ジェームズがジュリアをぜひ屋敷まで送りたいと、ブルボン伯爵夫妻に申し出たからだ。

伯爵夫妻はとても驚いていたが許可は下りたので、ジェームズにエスコートされて、ジュリアは伯爵家に戻ることになった。

向かい側に座ったジェームズが、突然思い出したように笑う。

「ははっ、僕とジュリアが恋人になったって言った時のマーカスの顔、面白かったね」

自分を睨《にら》みつけるマーカスの顔しか思い浮かばないジュリアは、苦笑いを零《こぼ》す。頭の中はヘルミアータ子爵家が取り潰されることへの不安でいっぱいだ。

そんなジュリアに、ジェームズは提案をした。

「どう？　このまま、マーカスの前で僕の恋人のふりをするっていうのは。そうしたらマーカスだって、ヘルミアータ子爵家には絶対に手を出せない。だって、ジュリアはバステール王国の第三王子の恋人なんだからね」

「それは心の底から嬉しいですけれど、そんなことをする理由が、あなたにはありませんわ。私のことを本気で好きでいてくださるようにも見えませんし……」

ジェームズは柔和《にゅうわ》な微笑みを浮かべ、ジュリアの発言を否定せずに続けた。

「そうだね。でも、君といたらマーカスのもっと面白い顔が見られそうだから」

そう言うジェームズの顔は、子どものようにワクワクしている。ということは彼にとっても悪い話ではなさそうだ。もう少し条件をつけてもいいのかもしれない。

ジュリアはジェームズの様子を窺《うかが》いながら慎重に言う。

「……でしたら、あの、図々しいお願いかもしれませんが、アシュバートン公爵様の怒りが収まりましたら、私に誰か男性を紹介してくださいませんか？　できればヘルミアータに婿に来てくれて、私のことを理解してくださる男性がいいのですけれど」

「婿？　どうしてなの？」

「私は子爵家の一人娘なのです。子爵である父の他にヘルミアータ家の血を継ぐ男性の親戚はおりません。ですので、父が亡くなる前に婿を迎えなければ、ヘルミアータ子爵家は終わってしまうのです」

　それを聞いたジェームズは、大きく頷く。

「もちろんいいよ。でも、マーカスの怒りが収まるまで、僕との恋人関係は解消しない。それでいいよね、ジュリア」

　これ以上の好条件はないだろう。ジュリアは一も二もなく頷いた。

第二章　マーカスの三人の結婚相手候補

夜会の翌日。

ブルボン伯爵家の客間には、爽やかな朝の日差しが差し込んでいる。

小鳥のさえずりを聞き、ジュリアは重たい瞼《まぶた》を開けた。

すると、ベッドの傍にハンナが立っているのに気づく。彼女は何故だか涙を目にいっぱい溜め、真っ赤な顔で震えていた。

あまりのことに、ジュリアの目は一気に覚めてしまう。

「な、なぁに!?　ハンナ、何かあったのかしら!?」

「お嬢様、すごいですわ。まさか王子様の心を射止めて帰っていらっしゃるなんて、思いもよりませんでしたわ！」

ハンナは涙を吸ったハンカチを握りしめて、力強く言った。

昨夜、伯爵家に帰ってきたジュリアとジェームズを迎えたのはハンナだった。ジュリアの隣に立つジェームズを見て、彼女が何を期待してどれほど喜んだのかは想像に難《かた》くない。

　でも、ハンナには申し訳ないが、ジェームズはジュリアに恋していない。それは、彼の目を見れば一目瞭然《いちもくりょうぜん》だ。

　彼が執着しているのは、ジュリアではなくアシュバートン公爵なのだ。

　スプリングの利いた最高級のベッドの上に身を起こして、ジュリアはため息をつく。

「はぁー……違います。ハンナ、これはあの方のただの気まぐれだから、あまり期待しないで」

「でもお嬢様。気まぐれでもなんでも構いません。とにかくお嬢様が無事に結婚してくだされば、私は安心なんです。ですから、何がなんでもジェームズ様を射止めてくださいませ」

　そもそも、ジェームズがヘルミアータ子爵家のような弱小貴族に婿に入ってくれるはずもない。第三王子であるから国を継ぐ可能性は低いとはいえ、隣国の王族だ。

　それに、ジュリアはジェームズとどうにかなる気はなかった。

　ハンナは時々鼻をすすりながら、いつものように朝の支度を手伝ってくれる。今日は淡い黄色のドレスを選んだ。髪はハーフアップにして、ドレスと同じ生地のリボンを結ぶ。

　その後、ジュリアは軽めの朝食を一人で食べて、ブルボン伯爵家のサンルームのベンチで読書をする。

伯爵家の図書館には興味深い本がたくさんある。それなのに、昨夜のことが気になって本の内容が全く頭の中に入ってこない。

（アシュバートン公爵様は、ヘルミアータ子爵家を潰すとおっしゃっていました。ナスキュリア様は大丈夫だとおっしゃっていましたけれど、本当なのでしょうか。子爵家が取り潰しになったら、領民に顔向けができませんわ）

最後に会った時のマーカスの様子から察するに、彼はとても怒っているようだ。

（もしかしたら、女性からキスをされたのが初めてで、悔しかったのかもしれませんわね。でも、彼は女性を傷つけるのを楽しむ最悪の男性ですもの。それくらいは許されるはずですわ）

だとしても、今回のことはやり過ぎたかもしれない。ジュリアは深く反省する。

好感を抱いていたマリウスが女たらしの公爵だったと知って、混乱していたのが原因だろう。

馬車の中で話した時は、誠実で真面目な男性だとばかり思っていたのに、ジュリアの観察眼も落ちたものだ。

（だからといって、ヘルミアータ子爵家を取り潰させるわけにはいきませんわ。……それにしても、心底怒った公爵様はものすごく怖かったですわ。美形の男性が怒ると、もっと恐ろしい形相になるということを初めて知りました。もう彼を怒らせるのはやめておきましょう……）

イザベルに聞いた話だと、マーカスは三人の候補とのお付き合いを余儀なくされたらしい。

三か月以内にはそのうちの誰か一人との結婚を決めなくてはいけないと、国王陛下から直々にお達しがあったという。どう考えてもジュリアが計画の邪魔をしたせいだ。

マーカスはいま、ジュリアに対して猛烈に怒っているに違いない。女嫌いなのに結婚させられるわけだから、想像できないほど苦しいだろう。

そう考えると、ほんの少し悪いことをした気持ちになってくる。

（でも、公爵様だって、いままでわざと女性を傷つけてきたのですわ。そのくらいの苦しみは当然だと思います！）

すぐに罪悪感を払拭《ふっしょく》して、ジュリアはマーカスに対する怒りを再燃させた。

「どうしたんだい？　眉間に皺《しわ》が寄っているよ、僕のプリンセス」

気がつくと目の前にジェームズの顔がある。突然の彼の出現に、ジュリアは驚いた。

「ナスキュリア様！　どうしてあなたがここにいらっしゃるの？」

彼は洗練された流行の服に身を包み、柔和《にゅうわ》な笑みをたたえている。

そして、隙のない動作でジュリアの手を取ってキスをした。その様子に、やはり本物の王子様なのだと実感する。

「冷たいな。僕の最愛の恋人に会いに来ては駄目なの？　まあ、そんなジュリアも可愛くてチャーミングで好きだけどね。でも、僕のことはいい加減にジェームズと呼んでほしいな」

ジェームズが軽い口調で迫ってくるので、ジュリアは失礼のない程度に、自分の体を後方に引いた。

「わざわざ屋敷にまで会いに来てくださらなくても構いませんのよ。時々、デートしてくだされればいいのですから」

恋人になるという提案は受けたが、公爵の前限定だ。見るべき人のいない場所でまでイチャイチャする必要はない。

いつの間にか、ハンナもサンルームに来ていたようだ。ハンナの期待に満ち溢《あふ》れている視線を感じて居たたまれなくなる。

ジェームズは栗色のカールした髪をふわりと揺らしながら、大切なものでも扱うかのようにジュリアの手を両手で握りしめる。そうして柔和《にゅうわ》な微笑みを浮かべた。

「だったら、いまからデートしよう。みんなにジュリアが僕の恋人だって分かってもらわないと駄目だよ。さぁ、一緒においで。ジュリアに面白いものを見せてあげる」

「結構ですわ。今日は先約が……」

ジュリアはなんとか誘いを断ろうとするが、ハンナがにっこりと笑って言った。

「お嬢様！　今日は一切ご予定は入っていませんわ。どんなところに連れていっていただけるのでしょうか。楽しみですね」

唖然としているジュリアを横目に、ハンナはにこにこしているだけ。何がなんでもジェームズとジュリアをくっつけたいらしい。

ジェームズの顔を見上げると、いつもの柔和《にゅうわ》な笑みを浮かべている。そして、ハンナと目くばせした。その含みのある動作は、どういうことなのだろうか。

「ハンナはとてもいい侍女だね。サンルームまで案内してくれた時、君のことをたくさん教えてくれたよ。お陰で君がますます好きになった。ジュリアみたいな素敵な女性は、どこを探しても見つからないよ」

大慌てでハンナを振り返ると、得意げな顔でこちらを見ている。

一体、ハンナはジュリアのどんな話をしたのだろう。心当たりが多すぎて胃が痛くなりそうだ。

結局、ジュリアはジェームズに手を握られたまま外に連れ出され、昨夜と同じ豪華な馬車にのせられた。

真っ暗だったので昨夜は気づかなかったが、オークの木で作られた馬車には繊細《せんさい》な細工が施《ほどこ》されており、あちこちに金箔が貼ってある。余裕のある広さの座席に、隣同士に並んで座った。

(この手はいつまで握っておくつもりなのでしょうか？　恋人のふりをしているだけのはずですけれど)

握られた手のほうを気にしながら、隣に座るジェームズを眺める。

すると彼もジュリアを見ていたようで、すぐに目が合った。彼の目は鮮やかな緑色。まるで月の光に輝く宝石のように綺麗だと思う。

「ナスキュリア様は、アシュバートン公爵様と親しいのでしょうか？　公爵様とはお名前で呼び合う仲のようですけれど」

「ジェームズだよ、ジュリア。そうだね、もう十二年近くの付き合いになるかな。僕は七歳の時にバステール王国からボッシュ王国に来た。そうして、僕が十歳の頃にマーカスと知り合ったんだ。だから、彼のことは誰よりも一番よく知っているよ」

よほど彼は名前で呼んでほしいらしい。次からはジェームズと呼んであげようと、ジュリアは心の中で考えた。

それにしても、二人がそんなに長い付き合いだとは思ってもみなかった。

道理で、彼がマーカスのことを気にするはずだ。そんなに仲のいい間柄なら、本当になんでも知っているのかもしれない。ジュリアはジェームズに尋ねた。

「では、公爵様のことを教えていただいてもよろしいでしょうか？　どうして公爵様があんなに私に敵意を向けるのか知りたいのです」

公爵の作戦を潰しただけで、あんなに憎まれる覚えはない。それに、ジュリアは馬車でのり合わせた時に彼を助けている。憎まれるどころか感謝されてもいいはずだ。

ジェームズは面白そうに笑い声を零《こぼ》す。

「ふふ。本当に分からないの？　ジュリア、僕はだんだんマーカスが可哀想になってきたよ。面白いね」

可哀想だけど面白いという意味が分からない。ジュリアは首を傾げた。

しかし、これ以上何を聞いてものらりくらりとはぐらかされるだけだったので、ジェームズの真意を探るのは断念する。

二人は馬車で二十分ほど揺られ、目的の場所に着いた。

そこは、城下町のはずれにある有名なデートスポットのフォンデル公園。いま貴族の間で一番人気の公園だ。

王城から近い位置にあるうえに珍しい花や植物が所狭《ところせま》しと植えられていて、まるで大きな花の町のようだと評判だ。公園の中には様々なアートが飾られ、大きな池ではボートにものれるらしい。

今日は天気もいいし、絶好のデート日和だ。

この公園の噂は聞いていたが、訪問するのは初めて。ジュリアの心が躍《おど》る。

ジェームズに手を引かれて馬車から降りると、眼前には見渡す限り一面の花の絨毯《じゅうたん》が広がっていた。

ゼラニウムやクレマチス、ペチュニアなど、世界中に存在する花を全て集めたような風景に息を呑む。

「素敵……素敵……！」

花の絨毯《じゅうたん》の隙間を縫うように、黒曜石《こくようせき》のタイルが敷き詰められた遊歩道が設けられている。

ジュリアは遊歩道を駆け、白い花の前で立ち止まってジェームズを振り返った。

「アングレクムもありますわ。とっても珍しい花なのです。蘭の一種で、星のような形をしているのが特徴的なのですけれど、こんなにたくさん咲いているのは初めて見ましたわ！」

ジェームズは一瞬戸惑ったような顔をしたが、すぐに笑顔に戻ってジュリアの隣までゆっくりと歩いてきた。

「ジュリアは変わっているね。貴族の令嬢はこんなマイナーな花の名前なんて知らないと思うよ」

「あら、申し訳ありません。つい興奮してしまいましたわ」

エスコートの男性を置いて、先に走ってきてしまった。貴族の令嬢としては礼儀に欠ける。

ジュリアは反省して軽く頭を下げた。

(でもこんな場所で、希少なアングレクムの花を見られるなんて思ってもみなかったのだもの)

そう自分に言い訳してジェームズを見ると、彼は全く怒ってはいなさそうだった。

それればかりか満面の笑みをたたえている。彼はジュリアに自分の腕を取らせると、公園の奥のほうに歩きはじめた。

「花を見ているジュリアを見るのも楽しいけれど、それはあとにしてね。今日は花よりもっと面白いものを見に来たんだから」

そう言ってジェームズは、いつものいたずらっ子のような笑みを浮かべた。ジュリアもつられて笑顔になる。

花の庭園を過ぎると、木々が密集している場所に来た。木々の間を抜けると広大な草原が広がっていて、真ん中に池が見えてくる。

池の上には何艘《そう》ものボートが浮かんでいた。ボートの上には、色とりどりのドレスを着た女性がパートナーと一緒にのっている。まるで池の上に花が咲いているようで、とても華やかな光景だ。

「あ、いた！　ジュリア、早く。こっちだよ」

ジェームズは目当てのボートを見つけたようだ。ボート番の男性にお金を渡して、ジュリアと一緒に一艘《そう》のボートにのり込んだ。

腰を落ち着けると、ジェームズは唇に人差し指をあてて、ジュリアに声を出さないよう指示した。ジュリアは素直に従う。

オールを握ると、ジェームズは静かにボートを漕《こ》ぎはじめた。

水面に太陽の光が反射してキラキラと輝いている。その光が顔にあたって眩《まぶ》しそうなので、ジュリアはハンナに持たされた日傘を、ジェームズの顔が陰になるように差した。

するとジェームズはにっこりと人懐っこい笑みを浮かべて礼を言う。そのあと互いに言葉を交わさないまま、水の上で揺れるボートに身を任せる。オールが水を掻く音と鳥の鳴き声だけが、辺りに響いていた。

しばらくすると、何故かジェームズはある一艘《そう》のボートにゆっくりと近づいていった。そして日傘でジュリアと自分の姿を隠す。

どうやら、彼は隣のボートの会話を盗み聞きするつもりらしい。

（ジェームズ様ったら、曲がりなりにも王子様なのに、こんなことをしてもいいのでしょうか？）

それに、うっすらと彼の目的が分かってきていた。ジュリアはしかめっ面をしたが、ボートの上からは帰ることもできない。仕方がないので、彼女はジェームズと顔を寄せ合い、耳をそばだてた。

「あ、あの。公爵様、先ほどから一言も話されませんが、何か怒っていらっしゃるのですか？」

「……そんなことはない。返す言葉がないだけだ。王国で流行《はや》っている遊びや誰かの噂話には全く興味はない」

聞き覚えのあるテノールの声に、やっぱりと思いながらジェームズの顔を見た。彼はマーカスがデートしているところを覗きに来たのだ。どれほどマーカスにこだわっているのだろうかと呆れる。

弱々しい小さな声を聞く限り、お相手はハーミアだろうと予想できる。

「やっぱり私に不満があるのでしょうか。だったらおっしゃってください。公爵様のためなら私、なんでもしますわ」

「俺のために自分を変えるような女には、全く興味を持てない。逆に聞くが、君は俺のどこがいいんだ？」

「あのっ、それはっ！　お優しくて、紳士でいらっしゃって、みなさんに尊敬されていらっしゃるところですわ！」

「……それは間違いだ。俺は優しくもないし紳士でもない。君の存在を心から嫌悪しているくらいだ。俺と結婚しても何もいいことはない。悪いことは言わないから考え直すんだな」

「そ、そんな！」

女嫌いのマーカスが結婚したくない気持ちは分かるが、相変わらず身《み》も蓋《ふた》もない言い方をする。断るにしても言い方というものがあるだろう。

「こ、公爵様。ひどいことをおっしゃらないでくださいませ。ハーミアは悲しくて涙が出てきましたわ。うううううぅ」

ハーミアのすすり泣く声が聞こえてくるので、さすがに居たたまれなくなる。こんな会話を盗み聞きしていていいのだろうか。

問うようにジェームズを見ると、ふたたび指を唇にあてて、おとなしくしろと指示された。仕方がないので、そのままの状態でいることにする。

「君が泣いても俺の気持ちは変わらない。誰かを選ばなければいけないと言われたから、適当に決めただけだ。俺は君を好きではないし、これからも好きになることは絶対にないと断言できる。興味すら持てない」

（あぁ……きつい言い方をしますわね。中途半端に期待を持たせるよりは数段いいのかもしれないのでしょうけれど……いつもこうやって女性を傷つけて楽しんでいらっしゃるのですね。最低です！）

ジュリアが心の中で憤慨していると、ハーミアの意を決したような声が聞こえてくる。

「わ、私……今日は覚悟をしてきましたの。公爵様は女性がお好きなのだとお聞きしましたわ。ですから、今日は私の全てをもらってくださいませ」

「ハーミア嬢、男にそんな格好を見せるものじゃない！」

（え？　え？　お、お待ちくださいませ。ボートの上に二人きりだとはいえ、ここは公園ですわよ。ハーミア様ったら一体何をしようとしているのかしら⁉）

どんな格好なのか気になって日傘の横から覗くが、マーカスの背中であまり見えない。

するると、突然マーカスの体が二つ折りになってボートの中に倒れ込んだ。彼が手に持っていたオールが池に投げ出されて、流れていく。

「アシュバートン公爵様！」

盗み聞きをしていたことを忘れ、ジュリアは思わず日傘を下ろして大声をあげた。

ハーミアがジュリアたちの存在に気がついて、顔をさっと赤く染める。ジェームズは急いでボートを漕《こ》いで、マーカスたちののっているボートに横づけた。

ジュリアは隣のボートに移り、彼の体調を見る。マーカスは顔を真っ青にしていた。

両目は見開いたままで、視点が定まっていない。脂汗《あぶらあせ》をかいているうえに、呼吸も荒くなっている。

「マーカス様、落ち着いてくださいませ。手や足の先が痺《しび》れていませんでしょうか？」

マーカスがゆっくりと頷く。ジュリアは、彼の症状が本で読んだことのある過呼吸状態だとすぐに気がついた。なんらかのストレスが引き金になり、息を吸う回数が増えてしまった状態だ。気分を落ち着かせて、ゆっくり息をすることを意識させれば治るはず。

「私の目を見てくださいさい、マーカス様。いいですか？　私と同じように呼吸をしてくださいませ。大丈夫、たいしたことないですわ。大丈夫です」

そう言って息を吸い、その二倍の長さで吐いて見せた。

彼は言われたとおりに、息をゆっくりと吸って吐くのを繰り返す。しばらくするとだんだんと顔色がよくなってきて、冷たかった手にも体温が戻ってきたのが分かった。

「よくなったみたいですわね。でも、念のためお医者様に診《み》ていただいたほうがいいですわ。このボートのオールは流されてしまいましたから、公爵様はジェームズ様に岸まで送ってもらったほうがいいですわね。私はハーミア様と一緒に、ここでお待ちしておりますわ」

マーカスは早く医者に診《み》てもらうほうがよいため、最優先で戻らなければならない。かといって女性がボートを漕《こ》ぐわけにいかないので、ジェームズが彼を連れていくのが得策だろう。

このボートは二人のり。いまマーカスとハーミアがのっているボートには、ジュリアものっているのでかなり安定感がない。

なので、はじめにハーミアがジェームズの手を借りてジュリアたちがのってきたボートに移る。そのあと、ジュリアも彼女の向かいにのり込んだ。

最後に、ジェームズがマーカスのいるボートに移ればよいのだが、その前に彼はジュリアの手を取って、純真な子どものように瞳を輝かせた。

「必ず僕が戻ってくるから、ジュリアはハーミア嬢とここでじっとしていてね」

ジュリアはにっこりと笑って答える。

「私たちは大丈夫ですわ。天気もいいし、風で流されても池の上だから、帰れないという事態にもなりません。いざとなれば私は泳げますし……それより、ジェームズ様は公爵様についていてあげてくださいませ。私はハーミア様と、ボート番がオールを持ってきてくれるのを待っていますわ」

彼らののったボートが去っていくのを見届けてから、ジュリアはハーミアに挨拶《あいさつ》をした。彼女はジュリアの顔を見て顔を赤くしたかと思うと、突然声をあげて泣きはじめる。

「う……ぅぅ！　私、公爵様に嫌われてしまったのだわ。公爵様は女性がお好きだというから覚悟を決めてきましたのに……！」

そう言いながら、ドレスの胸のボタンを留めはじめた。マーカスを助けることに必死で気づかなかったが、ハーミアのドレスは大きくはだけていたようだ。

脂肪のついたぷるぷるの白い肌に食い込んでいる、赤い紐のようなものがちらりと見える。

どうやらかなり際どいセクシーな下着を身につけているようだ。それを見て、ジュリアは顔を熱くする。

何を言っていいか迷っていると、ハーミアはますます大声をあげて泣き崩れた。

「どうしましょう。公爵様と結婚して、ようやくキューセル男爵家を守《も》り立てることができると思いましたのに。これではお父様に叱《しか》られてしまうわ。屋敷も古くて雨漏りする屋根の修繕費も出せないのよ。一体どうしたらいいの！　うううぅ……」

その気持ちは、同じ貧乏貴族としてよく理解できる。ジュリアは泣き続けている彼女の背中をさすってあげた。

彼女の顔は化粧が涙で流されていて、見ていられないほど。ジュリアはハンカチでハーミアの顔を綺麗に拭《ぬぐ》う。

「ハーミア様、あなたは間違っていますわ。あなたのような家族思いで心優しい方は、誠実でもう少し年上の包容力のある男性がお似合いだと思いますの。ハーミア様ほど、笑顔が可愛らしい方はいらっしゃいませんもの。必ず、いつかあなたの魅力にお気づきになる男性が現れます。私もそんな男性を待っておりますの。私なんか、二年間で三人もの男性に逃げられましたのよ」

「……まあ、三人もですの？　あぁ、なんてお気の毒なのでしょうか……」

ハーミアは先ほどまで、まるで世界が終わるかのように泣いていたのに、急に態度を変えて、憐《あわ》れんだ目でジュリアを見た。必死で慰《なぐさ》めていた自分が馬鹿のように思えてくる。

気を取り直したハーミアは、涙を拭いて空を見上げた。つられてジュリアも空を仰《あお》ぐ。

雲一つない澄んだ青空には鳥が飛んでいた。静かな水音は心を和《なご》ませてくれる。

なんとなくぼんやりしていると、ハーミアがゆっくりと口を開いた。

「私、公爵様の結婚相手候補から辞退させていただきますわ。だってこの下着、細い紐が食い込んでものすごく痛いのですもの。やっぱり私、痛いのは嫌いですわ。ですから公爵様とは結婚できません。女好きの公爵様は、私にふさわしくありませんわ」

それを聞いて、何故かホッとした。そして、そんな感情を抱いた自分に驚く。

たぶんこれは、自分がマーカスの計画を壊してしまったせいで、したくもない結婚を彼に強《し》いてしまったことに罪悪感があったせいだろう。

マーカスからは三人の令嬢との交際を断ることはできないだろう。国王陛下の提案なのだから。でも三人とも辞退すれば、彼は望まない結婚をしなくて済む。

（そうです。きっとそう思ったから安心したのですわ。絶対にそうに決まっています！）

しばらくすると、約束したとおり、ジェームズがボート番と一緒に予備のオールを持ってやってきた。

ジェームズがジュリアたちのボートにのり込んできたので、二人のりのボートはずいぶんと手狭になる。

「ジュリアは僕の前に座るといいよ。そのほうが二人でのるよりも、バランスが取れるでしょう」

そうジェームズに言われて納得する。

ハーミアは低身長だけれども、彼女の体重は九十キロを超えているだろう。ジュリアとジェームズがハーミアの向かい側に座ると、うまくバランスが取れるはずだ。

ジュリアがもたもたしていると、ジェームズは彼女の背後に回り込み、足の間に体を挟むようにして座った。

「きゃあっ！」

ジェームズと密着して、背中全体に熱を感じた。耳元にジェームズの顔が近づいてきて、温かい息が耳をかすめる。次の瞬間、首のつけ根に鋭い痛みが走った。

「きゃぁっ！　何っ？」

いきなり振り向いたので、危うくジェームズの唇があたりそうになった。あまりの恥ずかしさに、耳まで真っ赤であろうことが自分でも分かる。

「どうしたの？　ジュリア」

「な、なんでもないですわ。虫に刺されたみたいです。申し訳ありません」

ハーミアの冷やかすような目線が痛くて、できるだけ平静を装《よそお》う。だというのにジェームズは、にやにやと笑いながらジュリアをじっと見つめた。

「な……なんですの？　ジェームズ様」

「ふふふ、君はすごいね。君のお陰でマーカスは、いまは落ち着いている。きっと、いつもの発作が出ちゃったんだね」

いつものということは、彼は過呼吸を繰り返しているということなのか。

（あんな傍若無人《ぼうじゃくぶじん》な公爵様でも、ストレスがあるのですわね。興味深いですわ）

感心しているうちに、ボートは無事に岸に到着する。

それから、三人で公園の管理小屋で休んでいるマーカスの様子を見に行くことになった。

ハーミアははじめは迷ったようだったが、結婚相手候補の辞退を直接伝えて謝罪をしたいと言って一緒に来た。

ジェームズの案内で木々の間を抜けると、巨大な彫刻が置かれている広場に出た。その向こうに見える建物が管理小屋らしい。

広場の中には有名な彫刻家の作品もあったが、いまはマーカスの状態の確認が優先だ。ジュリアは涙を呑んでそれらを通り過ぎ、管理小屋に入った。小屋だというが、ちょっとした屋敷と言っていいほどに広い。

三人は長い廊下を歩き、奥にある扉を開けて中に入る。

そこには窓際のベッドに半身を起こして座っているマーカスがいた。顔色はずいぶんよくなっている。

ホッとしたジュリアは、思い出したようにジェームズの陰に隠れた。まだマーカスは、ジュリアに対して怒っているかもしれない。

マーカスはジェームズの顔を見るが、にこりともせずに座ったまま。一方のジェームズは、機嫌の悪そうな彼を見ても普段どおりの態度だ。

「マーカス、ずいぶんよくなったみたいだね。驚いたよ、あんなところで君に会うなんて思ってもみなかった」

「嘘をつくな、ジェームズ。お前、俺をつけていたんだろう」

ジュリアは二人の会話を聞きながら苦笑した。

とにかくマーカスに最低限の挨拶《あいさつ》でもしようと思い、ジェームズの背後から顔を出そうとした時だ。

ハーミアがマーカスにのしかからんとする勢いで、ベッドの脇に両手をついた。

「あ、あの。アシュバートン公爵様！　私……やっぱり公爵様に――」

「ちょっと待て！　近くに来ないでくれ！」

マーカスは顔を青くしてシーツを引き寄せ、ハーミアとの距離を取ろうとしながら叫ぶ。けれどもハーミアは気にも留めずに、どんどんマーカスに体を寄せていった。

「でも、公爵様！」

「あっちに行ってくれ！　気分が悪い！」

マーカスはもう我慢の限界だとばかりに、勢いよくベッドから飛び出した。みんなが呆気《あっけ》に取られているうちに、彼は裸足のまま部屋から走って出ていく。

「えっ？　な、何？」

あまりの急展開に理解がついていかないが、とにかく逃げるものは追わなければいけない。

何故だかそう思い込んだジュリアは、唖然としているジェームズに向かって叫んだ。

「ジェームズ様！　ハーミア様をお願いします！」

「ジュ、ジュリア⁉」

ジュリアは後先考えないままに、外に出ていったマーカスのあとを追う。

しかし、彼はさすが騎士の称号を持つだけあって、足の速さはジュリアの想像を超えていたようだ。

「はあっ……はあっ……も、無理ぃ……」

すぐに彼の姿を見失ってしまい、ジュリアは息を切らしながら大きな彫刻の傍に座り込んだ。

（そうだわ、彼は王国の騎士なのですもの。私が追いつけるわけがなかったわ）

彫刻にもたれかかると、ジュリアは空を仰《あお》いで目をつぶった。

この広場にはあまり人が来ないようだ。ジュリアの荒い息だけが聞こえる。太陽の光が強いので、目をつぶっていても眩《まぶ》しいように感じた。

どのくらいそうしていたのだろうか。突然その光が遮《さえぎ》られる。驚いて目を開けると、金色の髪を垂らし、額に汗を浮かべた整った顔がジュリアを見下ろしていた。

その瞳に、心臓が大きく跳ねた。

管理小屋で寝かされた時に上着は脱がされていたのだろう。彼はシャツ一枚の姿だ。そのうえ、ボタンが全て外されているので、逞《たくま》しい腹筋の隆起がこれでもかというほど目に焼きつく。

「アシュバートン公爵様……」

そう呟くと、マーカスは頬を赤らめて、憤《いきどお》りの声を絞り出した。

「あの女……ボートの上で、俺の手を胸に直接触れさせたんだ。手に気持ちの悪い感触が残っていて、気分が悪くなる！」

彼はそう言って、自分の右手を彫刻に何度も叩きつける。肌が裂けて血が出てきているのに、まだやめようとはしない。

ジュリアは慌てて立ち上がり、彼の右手を両手で握りしめた。その瞬間、マーカスと視線が絡まる。ジュリアは諭《さと》すように力強い声を出した。

「公爵様……もうおやめくださいませ。剣が握れなくなりますわ！」

するとマーカスはさっきまでの勢いをなくし、捨てられた猫のように不安げな顔をする。その表情に、ジュリアの心臓はもう一度どきんと鳴った。

「……ジュリア……だったらどうしたらいい。もう俺は限界なんだ」

「そ、それは。あのっ、そう言われても……私にはどうすればいいか……」

握りしめた手からは血が垂れてきている。マーカスの顔色は青白く、呼吸の回数も増えてきた。このままではまた過呼吸になりそうだ。

「俺はまだジュリアに怒っているんだ。お前のせいでハーミア嬢と公園に来る羽目になったんだからな。だから、代わりにジュリアの胸を触らせろ。このままだと気持ちの悪い感触が手に残ったままになる」

「——え……？」

マーカスは真剣な表情でジュリアを見つめた。いまなんと言われたのだろうか。脳が処理できない。

（――胸をさ・わ・ら・せ・てほしい……？）

ジュリアは彼の言葉を心の中で繰り返して、すぐにそれを否定した。

（な、何を言っているのでしょうか公爵様は……もしかしたら私が困るのを見て楽しもうとしているのかもしれませんわ。絶対に嫌です！　――でも、でも本当にお気分が悪そうですし……もしそうなら……）

反応に困っていると、マーカスが強引にジュリアの肩を掴んだ。彼女は反射的に、彼の体を押し戻す。

「ちょっとお待ちくださいませ！　私はジェームズ様の恋人です。どうして私がそんなことをしなければいけないのですか！」

そう言って彼の腕から逃れようとしたが、マーカスはジュリアの肩を離さない。

そして、何故だかマーカスは切ない声を絞り出すように、ジュリアに語りかける。

「ジュリアは、本当にジェームズが好きなのか？　あいつがお前の大事な男性だというのか？」

「そ、それはもちろんですわ！」

そう即答すると、マーカスは目を細めて眉根を寄せた。そうして悔しそうに唇を噛みしめる。

どうやらまた怒らせてしまったらしい。

(あぁ、もうどうしたらいいのでしょうか？　これ以上、公爵様を怒らせるわけにはいかないけれど、だからといって、どうして私が胸を触らせてあげなければいけないのでしょう！)

でもマーカスは本当に苦しそうだ。彫刻に寄りかかりながら立っているのが精一杯のよう。

ジュリアが逸《そ》らした視線を戻し、まっすぐにマーカスを見据えると、彼が一瞬息を止めたのが分かった。

「ドレスの……ボタンを外せ……ジュリア」

マーカスはジュリアを逃がしてくれそうにもない。ジュリアは覚悟を決めた。

「で、では、これでヘルミアータ子爵家を取り潰すのは諦めてくださいね」

ジュリアがそう言うと、マーカスは力なく頷いた。

ここはもともと人通りが少ないうえ、円状に配置されている大きな彫刻と生垣《いけがき》に囲まれているので、外からは死角になっている。きっと、誰にも二人の姿は見られないはずだ。

ジュリアは、念には念を入れて彫刻の陰になるように、マーカスを地面に座り込ませる。そして、その前に膝をついた。ちょうど目の高さが彼と同じくらいになる。

マーカスが興奮して、段々と息が速くなっているのが分かる。ジュリアの心臓も、まるで早鐘《はやがね》を打つようにドクッドクッと鳴り響いてきた。

真綿《まわた》で締めつけられているような緊迫する空気の中、ジュリアはゆっくりと胸のボタンを外す。

胸元の布が緩められ、前立ての間に隙間ができた。

マーカスはじっとジュリアの指先だけを見ていたが、しばらくすると顔を近づけてきた。頬に吐息があたるほど、互いの距離が近くなる。

甘い息の熱を耳に感じて、背筋にゾクリと温かいものが湧き上がる。すると、いきなり彼の指が胸元の隙間を割って中に入ろうとした。

男性に胸を触れられた経験のないジュリアは、反射的に身を硬くして拒否する。

「お、お待ちください！」

思わず声をあげると、マーカスは指の動きを止めた。けれども、すでに指先がジュリアの乳房の上部に触れている。

ジュリアは震える指でマーカスの手を取ると、思いきって自分で誘導してみることにする。ほんの少しだけ触れれば、きっと終わりだ。

「私がやりますわ。そのまま動かないでください」

さっきは気づかなかったが、思ったよりも大きくて節くれだった手に驚いた。ジュリアの胸くらいはすっぽりと包んでしまいそう。

ジュリアは自ら胸の前立てと肌の隙間に、マーカスの手を滑り込ませた。

その瞬間、乳房が温かい感触で覆われる。肌がピリピリと敏感になってきて、彼の指の節の一つ一つまでをつぶさに感じた。

恥ずかしさで気が遠くなりそうだが、唇を噛みしめて堪《こら》える。これでマーカスが怒りを収めてくれるのならば、仕方がない。

マーカスがあまりにもジュリアの顔をまっすぐに見ているので、思わず瞼《まぶた》を伏せる。

すると胸にあてられていた手がほんの少し動いた。

マーカスの指が乳房の先端に触れて、ゾクリと全身に電気が走る。

「あぁっ……！　ん……」

慌てて両手で口を押さえるが、漏れ出る声は抑えられなかった。

恥ずかしさに薄目で彼を見ると、マーカスは切れ長の目を見開いてジュリアを見つめている。

興奮を深めたマーカスは、ジュリアの嬌声《きょうせい》を合図に指全体を動かしはじめた。少し触れるだけだと思っていたのに、乳房を揉みしだかれてジュリアは混乱する。

いつの間にかドレスははだけられて、二つの乳房は露《あら》わになっていた。

すると突然マーカスが、乳房に手を触れたままで唇を胸に寄せて、そのピンク色の頂《いただき》を口の中に含んだ。舌が肌を覆う生まれて初めての感触が、胸から全身に広がる。

「あ……駄目ぇっ！」

ジュリアは腰をびくりと動かした。ねっとりとした生温かい舌の感触に、これ以上ないくらいに心を乱される。

マーカスはそれでもやめようとせず、左手でもう一つの膨らみを弄《もてあそ》びながら、一番敏感な先っぽを舌の先で転がすように舐める。

途端に強烈な快感が背骨の中心を駆け上がってきた。

「あぁっ……ふっ……んっ！」

マーカスの舌の動きはさらに激しくなる。

舌全体で乳首を包んでは吸って、舐め上げる。

くちゅ……くちゅ……と唾液が絡む音が聞こえてきた。

与えられる快感に酔いしれながら俯《うつむ》くと、必死に乳房にむしゃぶりついているマーカ

スが目に入る。その姿は、まるで獣のよう。

食べ尽くされてしまいそうだと、ジュリアはぼんやりとした頭で思った。

「ふ……んっ……あぁぁっ……！」

その気持ちよさに、いつの間にか彼女はマーカスの頭を抱え込んで、自分の胸に押しつけていた。それに気がついて、力を弱める。

すると、マーカスが口に含んでいた乳房の突起をゆっくりと離した。唾液が滴《したた》り落ちるほどに濡らされた乳首は太陽の光を反射し、その存在をこれでもかというほど主張している。

ジュリアはマーカスに、改めて目を奪われた。

欲望を孕《はら》み、縋《すが》るような目でジュリアを見る、美しい生き物。彼の表情は、野生の獣のような強《したた》かさと、葉の上の水滴のような壊れやすさの両方を含み、どこか危うさを感じさせた。

ドキリと大きく心臓が跳ねて体中が熱くなる。でもジュリアはその感情をすぐに押し殺した。

（駄目よ！　これがきっと公爵様の手なのだわ。こうやって女性を弄《もてあそ》んで傷つけてきたに違いないですもの！　彼を見ては駄目！　騙《だま》されてしまうわ）

「ジュリア……お願いだ、ジュリア」

ジュリアが顔を背けようとすると、マーカスが彼女の名を切なそうに呼ぶ。その声に全身が痺《しび》れるように熱くなる。

「アシュバートン公爵様。胸を触らせるだけといった約束のはずですわ」

すると彼は顔を一瞬歪《ゆが》めたかと思うと、ふたたび縋《すが》るような目をして言った。

「胸だけならいいんだろう？　なら胸だけで我慢する。それと俺のことはアシュバートン公爵ではなく、マーカスと呼べ。さっきもそう呼んだだろう、ジュリア」

（ああ……発作を起こしていた時、たしかにマーカス様とお呼びしたわ。覚えていたのね）

マーカスがボートの上で過呼吸になった時、ジュリアは少しでも彼を安心させるために、名前を呼んだのだ。

「ジュリア……」

彼がもう一度、大事そうにジュリアの名を呼ぶ。テノールの甘美な響きに、眩暈《めまい》がするほど甘い気持ちになる。

金色の髪の間から見え隠れする熱を持った瞳に、胸がきゅううぅんと痛みを覚えた。

この感情は間違いだ。そう分かっていても、彼の腕をほどけない。

「マーカス様、私は他の令嬢と同じようにに簡単にあなたの言いなりにはなりませんわ」

強がってそう言うけれども体に力が入らない。そのことをきっとマーカスも気がついているのだろう。

マーカスがジュリアの頬に、右手をそっと優しく添えた。その手には、さっき彫刻にぶつけてできた小さな傷が無数についている。

ジュリアは、無言でその手の上に自身の手を重ねた。

「ジュリア……ジュリア……俺はお前が嫌いだ。あぁ……大嫌いだ！」

あんまり熱っぽい目つきで言うものだから、逆に愛しているというようにしか聞こえなくなる。

「まーかす……さま」

抑揚のない声で彼の名を呟くと、ジュリアは吸い寄せられるように彼の唇に唇を重ねた。

夜会の時の絡み合うようなキスではなく、今回は唇を重ねるだけのキスだ。何度も繰り返し寄せては離れる。

その度に、マーカスの硬い胸筋に乳房の先っぽがあたる。それだけの行為なのに、互いの官能は高まっていくばかりだった。

「ジュリア……あぁ……お前はなんて気持ちがいいんだ……」

そうしてマーカスは情熱的に何度もジュリアの名を呼んだ。ジュリアは狂おしいほどの感情を抑えて唇を離す。

ここで拒否しないと、マーカスに全身を食べられてしまいそうだと頭の片隅で思う。このまま弄《もてあそ》ばれるわけにはいかない。ジュリアはマーカスを睨《にら》みつけた。

「私はあなたの言いなりにはならないって言いましたわよね。これ以上は……」

「いいから黙っていろ！」

突然、マーカスがジュリアの体を引き寄せて抱きしめた。彼の逞《たくま》しい胸に頬が押しつけられて、その筋肉の硬さを体で思い知る。

すると彼はジュリアの首筋に頭を寄せ、そこにキスをした。熱がそこから広がっていく。

「ジュリア……！」

「あ……ん」

首筋へのキスは思ったよりも心地よくて、思わず声が漏れ出した。

マーカスの温かい息を、何度も耳元で感じる。マーカスの香りに包まれ、何も考えられなくなってきた時、いきなりマーカスがジュリアの体を引き離した。

そうして、信じられないといった驚きの表情でジュリアを見る。その目には非難の色がありありと浮かんでいた。

「ジュリア……お前……」

「な、なんでしょうか？」

彼がどうして怒っているのか分からない。ジュリアはキョトンとして彼の様子を窺《うかが》う。

すると、先ほどまでの甘い態度とは一転し、マーカスは彼女を憎しみを込めて一瞥《いちべつ》した。

「やはり俺はお前が嫌いだ……女なんか俺の前から消えていなくなればいい。恋人がいるのに、他の男とこんなことをするなんて、お前は最低な女だ」

マーカスの急な態度の変化に、ジュリアは驚くことしかできない。

ジュリアは駄目だと言ったのに、勝手に暴走したのはマーカスのほうだ。なのに、いきなりそんなことを言うなんて、理解できない。

まるで天国から地獄に堕《お》とされたような気持ちになった。それと同時に怒りが湧いてくる。

「ひ、ひどいですわ。どうして急にそんな言い方をするのですか？　私は、マーカス様が頼んできたから仕方なく胸を触らせてあげただけですわ。そんなに私が嫌いなら、もう放っておいてください。それに、私だってあなたなんか大嫌いですわ！」

ジュリアは胸元のボタンを留め、ドレスを整えると立ち上がった。怒りのあまりに足が震えているのが分かる。

こんな屈辱を受けたのは初めてだ。やっぱりアシュバートン公爵は、最低最悪の男だった。

「あなたはまた私に怒っているようですけれど、子爵家を取り潰さないという約束はキッチリと守ってくださいませ。そうして、二度と私に近寄らないでください！」

ジュリアは激しくマーカスを睨《にら》みつけると、すぐに踵《きびす》を返す。振り返りもせず、その場から走り去った。

どこを走っているのか自分でも分からない。

公園を訪れている恋人たちの間をどんどん通り過ぎて、気づけば薔薇《ばら》の庭園に入り込んだようだ。

ヒールのある靴で走ったので、踵《かかと》の部分が擦《こす》れてかなり痛む。近くにあるベンチに腰を下ろし、まずは息を整えた。

「はあっ……はあっ……」

ぐちゃぐちゃになったジュリアの心とは反対に、庭園の風景は穏やかだ。小鳥の鳴き声がして、相変わらず太陽は頭上で光り輝いている。花々の香りがほのかに漂《ただよ》い、ジュリアを包み込むように風が吹いた。

ベンチを囲むように植えられた色とりどりの薔薇《ばら》を見て、ジュリアは心を落ち着かせる。

（ゆっくりと冷静に考えましょう。きっと、マーカス様ははじめから私を傷つけるつもりで胸を触らせてくれと頼み込んだのだわ。マーカス様の魅力に抗えなかった自分が悔しい。私を愛しているかのように振る舞ってからてのひらを返すだなんて……なんて最悪な男なの！）

たしかに、マーカスはジュリアのせいで結婚を余儀なくさせられようとしている。だとしても、こんな仕打ちはひどすぎる。

（もうあんな非情な男なんかに慈悲はかけません。ミュリエル様かイザベル様と結婚して、一生苦しめばいいのですわ！）

頭の中で、思いつく限りマーカスの悪態をつく。それでも心に澱《おり》を残したままだったが、彼のことでこれ以上悩むことすら悔しい。

ともかく、これで子爵家の取り潰しはなくなったのだ。もう何も考えないようにして、ベンチから立ち上がる。

「せっかく、ヘルミアータにいては絶対に来られなかった公園にいるのですもの。王都の思い出に、少し楽しんでから帰りましょう。それにきっと、ジェームズ様も私を捜していらっしゃるわ」

そう呟いて大きく息を吸う。少し気が晴れてきたので、公園の出口に向かってゆっくりと歩き出した。

管理小屋に戻ると、またマーカスに会う可能性がある。公園に来る時にのってきた馬車が、公園の出入り口の馬留めで待っているはず。馬車の中にいれば、ジェームズもいずれはそこに戻ってくるに違いない。

公園の花々を観賞しながら、ジュリアは馬車に戻った。それから十五分ほどして、ジェームズが馬車に戻ってくる。

ジュリアは彼と一緒にマーカスがいないことを確認して、胸を撫でおろした。

（ふう、よかったですわ。もう二度と顔も見たくないもの）

ジェームズは少し怒った顔をした。いつも微笑んでいる彼の、そんな表情を見るのは初めて。

「ジュリア、どれほど僕が君を心配したか分かっているの？　突然出ていってしまってから、散々捜したんだよ！　マーカスもなかなか戻ってこないし……しかもやっと戻ってきたと思ったら、機嫌が悪いままどこかに行っちゃったよ。まあ、無事でよかったけど。ジュリアはどこで何をしていたの？」

ジュリアは答えに詰まる。

（い、言えない……。とてもじゃないけど言えませんわ。マーカス様とあんなことをしたうえに、けんか別れしたなんて口が裂けても言えません。でもたしかに、ジェームズ様には悪いことをしてしまいましたわ）

ジュリアは反省し、しゅんとして俯《うつむ》いた。そして、ジェームズに誠心誠意《せいしんせいい》謝る。

「申し訳ありません、ジェームズ様。マーカ……いえ、公爵様のあとを、反射的に追いかけてしまったのですけれど、道に迷ってしまいました。ご心配をおかけしてしまったようで申し訳ありません」

マーカス様と言おうとしてふと気がついた。彼と会っていないというのに、呼び方が変わっているのはおかしい。

ジェームズの前では、これまでどおりの呼び方にすることにした。

向かい側に座ったジェームズは怒った顔のまま、一度深いため息をついた。そうして馭者《ぎょしゃ》に馬車を出させると、やっといつもの優しい顔に戻る。

「そんなに気にしなくていいよ。僕が君を勝手に心配していただけだから。そんなことより、もう少し僕と気軽に話してくれないかな。もっとジュリアのことを知りたいんだ……。僕は、君をずいぶん気に入ったみたいだよ」

気軽に話せと言われても相手は隣国の王子様。なかなかハードルが高いお願いだ。

「善処いたしますわ……」

ジュリアは俯《うつむ》いたままの状態で答えた。すると、ジェームズはジュリアの隣に移動して座る。そして彼女の顎《あご》に指をかけ、視線を彼に向けさせた。緑色の瞳がジュリアを捉《とら》える。

「ジュリア……本当はマーカスと何かあったんじゃない？　管理小屋に戻ってきた時、彼にしては珍しいくらい取り乱していたよ。夜会の時もジュリアは否定したけど、あの時と同じで、君と何かあったとしか思えないんだけどね」

射抜くような視線でジュリアを覗き込む。相変わらず優しく微笑んだままだが、その表情は鋭く、ジュリアの心の中を読み取ろうとしていた。

ジェームズが執着しているのは、マーカスだ。だから、彼はマーカスとの関係を執拗《しつよう》に聞いてくる。

子爵家を取り潰さないとマーカスと約束をしたので、もうジェームズの恋人のふりをする必要はない。だから、ジェームズとの関係をここで終わらせても問題ないのだが、それをジェームズに伝えてしまうと、マーカスと会っていたことがバレてしまう。

（それはそれで、面倒なことになりそうですわ。もう少し様子を見てから恋人のふりを解消したほうが、賢明ですわね）

ジュリアはできるだけ平静を装《よそお》いながら答えた。

「あの……公爵様には会っていませんわ。公爵様はまだ私のことを怒っているのでしょうか」

「そうだね。でも僕がいるから安心して。僕はジュリアを愛しているから、全力で君を守るよ」

ジェームズは熱っぽい目でそう語るが、心がこもっていないのが丸分かりだ。そんな薄っぺらい台詞《せりふ》に簡単に落ちたりしない。

(そうだわ。こんな風に嘘っぽくない、すごく情熱的な目で……熱くてとろけそうな吐息と肌で、ためらうような拙《つたな》い手つきで抱きしめてくださるの。そんな男性と一緒になりたいですわ)

そこまで考えて、自分がマーカスを思い描いていることに気がついた。すぐに想像を打ち消す。

ジュリアは気を引きしめてから、ジェームズに返事をした。

「ありがとうございます。でもいまは二人きりなので、付き合っているふりをする必要はありません。公爵様がいらっしゃる時だけで結構ですわ。もう、彼とは二度と会うこともないでしょうけれど」

「はは、ジュリアは面白いね。人のことはよく分かるのに、自分に関係するとさっぱり分からなくなるんだから。ジュリアを前にしたマーカスはあんなに分かりやすいのに、何も気がついていないなんて。賭けてもいい、ジュリアはまたマーカスに会うことになるよ」

ジュリアはジェームズの言う意味が分からず、問いかけるように彼を見る。

「僕はマーカスとジュリアを見ているのがすごく楽しいんだ。今日だって、管理小屋で君に気がついたマーカスが、どんな表情をしていたか知っているかい？」

それなら、説明されなくても想像できる。

「彼は、そんなに憎らしそうに見ていらっしゃったのですか？　いやですわ。最低ですわね、あの方は」

「あはははははっ……！」

ジェームズはいきなり、お腹を抱えて大声で笑いはじめた。そんなにおかしいことを言ったのかと思い返してみるが、笑う要素は一つもない。

「はははっ、ジュリアはいいね！　僕がジュリアを気に入っているのは本当だよ。実に愉快《ゆかい》だ」

そう言うと、ジェームズはまた大きな声で笑う。

そうこうするうちに、馬車がブルボン伯爵家に到着したようだ。

わけの分からないまま笑い続けるジェームズに、気持ちが苛立ってくる。ジュリアは、彼のエスコートも待たずに一人で馬車を降りた。彼女は黄色のドレスを優雅に翻《ひるがえ》して振り返る。

「ジェームズ様、今日はとても楽しかったですわ。ありがとうございます。素晴らしい公園に連れていっていただいて、とても興味深い体験をしましたわ」

そうしてジェームズが返事をする間も与えずに、屋敷の門をくぐって中に入った。すると、背後からジェームズが噴き出したのが聞こえる。どこまで人をからかえば気が済むのだろうか。もやもやが収まらない。

そんな気持ちのまま、部屋に戻るために廊下を歩いていると、イザベルにばったり会った。

（あ……また何か嫌味を言われるのですわ……）

ジュリアはうんざりとするが、顔には出さない。

常にジュリアを見下しているイザベルだが、昨夜ジェームズと一緒に屋敷に戻ってからというもの、それが一段とひどくなった。予想したとおり、イザベルは馬鹿にしたような目でジュリアを見た。

「あら、ジェームズ様とお出かけだったのですわね。田舎娘がそんなに興味深かったのかしら？　そんな猿のようなみっともない格好で、よく王子様の隣に立てますわね」

「そうですわね。イザベル様」

ジュリアはにっこりと笑うことしかできない。

反論したいのはやまやまだが、居候の身だ。ヘルミアータの両親に迷惑はかけられない。

「いやですわ、なんだかお山の匂いがします。ジェームズ様も本当に奇特な方ですこと」

イザベルは鼻をつまんでそう言うと、ジュリアの肩にわざとぶつかってから去っていった。

イザベルの姿が見えなくなったのを確認して、ジュリアは呟く。

「……本当にどなたも自分勝手でいらっしゃって、もうイライラしますわ！　あの方法でストレスを解消しないとやってられません！」

何かとつっかかってくるイザベルに、ずっとジュリアをからかってくるジェームズ。

そして、やはり一番腹が立つのはマーカスだ。甘い飴でジュリアを釣っておいて、少しその気になったら突き放すなんて、趣味が悪すぎる。

（もうマーカス様には二度と会いたくないですわ！）

ジュリアは怒りを募《つの》らせて、部屋へと戻ったのだった。

◇　◇　◇

「ああ、イライラする！　あの女！」

そう叫んだのは、マーカス・アシュバートン公爵。諜報《ちょうほう》部隊の隊長だ。

彼は憤《いきどお》りを隠そうともせずに、書類を机に叩きつける。彼はここ数日、ずっと苛立っているようだ。

ここはボッシュ王国の王城にある諜報《ちょうほう》部。

この部屋は、会話が漏れないよう窓のない造りになっている。また、人が潜めないように、無駄なものは一切置かれていない。机が二つと木製の硬いカウチがいくつか置いてあるだけ。壁一面には資料の入った棚がずらりと並んでいる。

マーカスの部下であるベルニーは、彼の向かいの席につきながら、肩をすくませた。

ベルニーは焦げ茶色で短い髪の、男性にしては小柄な青年だ。

一見、どこにでもいる凡庸《ぼんよう》な貴族に見えるが、シャツの袖からは隠しナイフが覗き、カフスボタンには毒針が仕込まれている。他にも、彼の服の下には暗器が隠されていた。

ベルニーはエリートクラスの諜報《ちょうほう》員で、マーカスの直属の部下。

そんな彼は、ひっそりと上司の様子を窺《うかが》った。

(何があったんだろう。きっとまた女関係に違いない。隊長は仕事はできるけど、本当に女好きだからな)

マーカスが諜報部《ちょうほう》に入って五年になる。

先月の任務中に彼は三人のグルスク人に襲われたらしい。けれど、優秀な騎士でもある彼は全員を捕らえたうえに、無傷で帰ってきた。

しかし、そんなに強い彼の右手には、先日から傷がある。

(隊長が誰かに傷つけられるなんて、そんなことはあり得ない。きっと女性関係のいざこざに違いない。噂に聞いているように女性と遊んでいたら、いずれはそうなると思っていたよ)

ベルニーの観察によると、マーカスの機嫌が目に見えて悪くなったのは二週間ほど前。彼の婚約者を探す夜会が開かれた、その次の日からだ。そうして時々、女性の悪口を一人で呟いている。

ベルニーは、皮肉交じりにマーカスに話しかけた。

「マーカス隊長、どうかしたんですか? またどこかの女性をつまみ食いしたんじゃないでしょうね。それに、もう女遊びは控えたほうがいいですよ。王の命令で三か月以内に一人の女性に決めなくてはいけないのでしょう？　あぁ、もう二か月と半分ですかね」

マーカスはベルニーに視線を向け、目を通していた書類を机の上に広げた。

それには、先月マーカスが捕らえたグルスク人の尋問の結果がまとめてある。彼らはどんな尋問を受けようとも、何も漏らさずに牢で自害したらしい。

マーカスは重いため息をついた。

「彼らはこの王国で何かを企《たくら》んでいるはずだ。なのに、それがなんなのか見当もつかない」

ベルニーの質問には答えず、彼は言う。話題を変えようとしているようだがそうはいかない。この女たらしの隊長が本当に結婚してしまうのか、ベルニーは興味津々《きょうみしんしん》なのだ。

「隊長が結婚してしまうと、諜報《ちょうほう》活動は難しくなりますね。これを機に隊長を辞職するとか言わないでくださいよ。それでやっぱり、本命はブルボン家の令嬢なのですか？

彼女は本当に男心をそそる体つきをしていますよね」

「そんなつもりはない。それに、絶対に結婚しないから余計な心配はするな。だから明日、明日の夜は頼んだぞ」

マーカスは、どうにか結婚を回避しようと必死のようだ。そのための手伝いをしてほしいと頼まれた。

「分かっていますよ。お任せください。それよりも、キューセル家の令嬢から正式にお断りの書類が送られてきたようですね。一体どんな手を使ったんですか？」

「俺は何もしていない。正直に彼女には興味がないと言っただけだ」

マーカスは苦々しい顔をする。よほど一人の女性に縛られるのがいやなようだ。ベルニーは呆れ顔でマーカスの顔を見る。

「隊長はあれほど女性と遊んでおいて、まだ遊び足りないんですね。英雄色《いろ》を好むと言いますが、隊長はまさにそれですね」

「なあ……ベルニー。お前はキスしようと思った女の首筋に、キスマークがついているのに気がついたらどうする？」

脈絡もなしに、マーカスがベルニーに質問をする。

彼が遊び人であるのは周知の事実だが、女性のことで相談をされたのはこれが初めてだ。よほど面倒な女性に引っかかったに違いない。

顔を上げると、マーカスは先ほど机の上に投げた書類を手に持ち、読んでいるふりをしているようだ。どうやら自分の顔を見られたくないらしい。

（そんなにその女性が気になるんだろうか。これは興味が湧いてきたぞ。女性にモテモテの隊長が、初めてフラれるんじゃないかな）

ベルニーは目を爛々《らんらん》と輝かせて、彼の質問に答えた。

「首筋にキスマークですか？　そりゃ怒りますね。浮気されたってことですからね。ってことは隊長、浮気されちゃったんですか？　こんなにいい男がいるのに、浮気するなんていい度胸してますね、その女性」

冗談を言ったはずなのに、マーカスは浮かれた口調で話しはじめた。

「ああ……彼女の度胸は抜群だな。俺を目の前にしても凛としている」

はじめはその女性を褒め称えるように話していたが、途中で苛立ちのこもった口調に変わる。

「彼女は友人の恋人なんだが、会う度に俺のことを嫌いだと言う。なのに俺は彼女の傍にいると胸がざわついて、まともな判断ができなくなるんだ。体は熱くなるし心臓が壊れそうに痛む。一体俺に何をしたんだ、あの女は！」

感情的になったせいか、マーカスは手に持った書類をくしゃりと折り曲げた。彼の顔が丸見えになる。

マーカスは、頬を真っ赤に染めて眉根を寄せていた。と同時に、端整な顔には愁《うれ》いが満ちている。

一度も見たことがないマーカスの表情に、ベルニーは驚きが隠せない。思わず声が裏返る。

「そ、それは本気で惚れちゃったってことじゃないですかね。嫌われているうえに他に男がいる女に惚れるなんて、隊長ってば意外と純粋だったんですね。俺、もう結構長く隊長の下で働いていますけど、そんな風に嫉妬する隊長を見るのは初めてですよ。自覚してますか？」

「俺が嫉妬なんかするはずがない！　惚れるとは愛するということだろう。俺はどんな女も愛したことはない。だから間違いだ。この感情が愛だなんて馬鹿げている。大体、世の中の男女が常にこんな状態だったら、まともに生活できるはずがない！」

まるで初めて恋をした少年のような発言に、ベルニーは苦笑するしかない。

もしかしてマーカスは、いまになって初恋を覚えたのかもしれないとふと思う。でもこれは、どう考えても失恋決定だ。

（気の毒だけれど、初恋は実らないと言うからな。いままで女性と遊んできた罰だね）

そんなことを考えながらマーカスの顔を見て、ベルニーは体を硬くした。なんだか臍《へそ》がムズムズしてくる。

彼女との情事を思い出していたのか、マーカスの顔には欲情がありありと浮かんでいたからだ。

「その女性に恋しているのは分かりましたから、俺と二人きりの時にそんな熱っぽい目をしないでください！　他の隊員が見たら誤解しますよ！」

するとマーカスはすぐに席を立ち、ベルニーに背を向けた。しばらくそうしていると落ち着いたのか、何事もなかったかのように仕事の話に戻る。

「……先月捕まえたグルスク人が、俺の命を奪おうとしていたのは確かだ。俺がいると不都合なことがあるに違いない。あの民族は国の中枢に入り込んで攪乱《かくらん》させ、狙った国を内部から崩していく。次の狙いは我がボッシュ王国ということか……」

ベルニーがマーカスの意見に頷く。グルスク人の恐ろしさは、長年諜報《ちょうほう》部で聞かされている。

「グルスク人の外見は、ボッシュ人と見分けがつきにくいですからね。入り込みやすかったのでしょう。しかも、あいつらは十年以上も時間をかけて、密かに間諜《かんちょう》を送り込んでくる。それにしても、よく隊長は気がつきましたね」

「……とにかくいまは、情報を集めるのが先だ。人員を増やして、おかしいと思ったことはなんでも報告しろ。それと、明日の件の準備もよろしく頼む」

諜報《ちょうほう》部の長《おさ》として、マーカスは本当に有能だ。彼に任せておけば、グルスク人の企《たくら》みなどすぐに分かるに違いない。

ベルニーはマーカスにうやうやしく敬礼をすると、命令を遂行するため部屋を出たのだった。

第三章　衝撃の仮面舞踏会

フォンデル公園での出来事から二週間ほどが過ぎた。

ジェームズはブルボン伯爵家を頻繁に訪問し、ジュリアに会いに来ている。

先日、ジュリアは二十五歳の誕生日を迎えた。

その日ジェームズは、レストランを貸しきって盛大にお祝いをしてくれた。ジェームズはマーカスにも招待状を送ったらしいが、もちろん彼は来なかった。

そして弱小貴族のジュリアでは、生涯関わることのなかったであろう有力な貴族からも話しかけられるようになった。

その変化に戸惑う。でもバステール王国の第三王子の恋人とは、そういうことなのだ。

そのお陰で、社交界はジェームズとジュリアとの身分差を超えた熱愛の噂でもちきり。

ジェームズはジュリアを溺愛しているかのように振る舞う。仕方ないので、ジュリアはジェームズに付き合うことにした。

彼と一緒にいる時間が長くなり、最近では彼がジュリアにつきまとう理由は、マーカスへの執着だけではないと考えるようになった。そこでバステール王国について情報を集めてみる。

バステール王国では現在、第一王子と第二王子が王位継承権を巡って争っているらしい。双方の派閥が彼を取り込もうとしているという噂もある。

(もしかしたら彼は政治的に利用されないよう、享楽的で女に夢中な……そんな軽薄な王子を演出しているのかもしれないわ)

彼はまだ七歳の時に、バステール王国からボッシュ王国にたった一人でやってきたのだという。

バステール王国の第三王子という中途半端な立場を利用され、いわば人質のように他国に送られたのだ。

彼はいつも柔和《にゅうわ》な微笑みを浮かべ、お調子者のような雰囲気をまとっているが、それはおそらく彼がこの国で生きていくための知恵。

彼は見知らぬ国で、無害な男を演じる必要があったに違いない。

友好国であるから扱いは丁重だっただろうが、幼くして家族から引き離された彼の気持ちは計りしれない。だから、彼は政治争いに巻き込まれないよう、ジュリアとの熱愛を演出しているのだろう。

ジェームズは自分が政治的に利用されることを、一番に嫌っているから。

彼の心を想うと、悲しい気持ちになってきた。

（無下《むげ》に恋人関係を解消するとは言いにくいですわ。彼が満足するまでは、この恋人ごっこを続けましょう。私はあとで、婿を紹介してもらえばいいのですもの）

陽が落ちた時刻、そんなことを考えて、ジュリアは薄暗い空を見つめながら呟く。

「あぁ、この世のどこかに私だけの男性がいるのかしら……」

「あら、お嬢様。ジェームズ様は駄目なのですか？　この間、ジェームズ様がおっしゃってましたよ。ジェームズ様が婿入りすることは難しいけれど、二人以上男子を作って一人がヘルミアータ子爵を継げばいいって。ですから早く結婚して、子作りをはじめたいと言っておられましたわ。ふふふ」

いつの間にそんなことをハンナと話していたのかと、げんなりする。

ジェームズは、ただジュリアを利用しているだけ。恋人関係は一時的なものなのだ。けれどもハンナにはそんなことは言えない。

思わずため息をつくと、ハンナは思い出したように口を開いた。

「お嬢様、先日ハーミア様がアシュバートン公爵様の結婚相手候補を辞退されたそうですわ。いま公爵様は、別の候補者のミュリエル様と何度もデートをされているそうです。

これは彼女で決まりかもしれませんね」

「そうなの……ミュリエル様はお淑《しと》やかですけれど、とても芯が強い方だから、マーカス様とお似合いかもしれませんわね。そのせいでイザベル様の機嫌が悪いのね。道理で、今朝の嫌がらせが強烈なわけですわ」

ジュリアは公園の一件以来、ずっと顔を見ていないマーカスに想いを馳《は》せた。

(淑女の鑑《かがみ》のようなミュリエル様だけど、内面は少し違うような気がします。でも、女たらしのマーカス様とはお似合いですわ。……私にあんなことまでしておいて、すぐに他の女性に行くだなんて……大嫌いですわ。早く結婚でもなんでもすればいいのよ)

なのに、マーカスの熱っぽい視線を思い出してしまい、思わず胸がときめく。

ジュリアに覆いかぶさるようにして見下ろす彼の整った顔。ジュリアの頬を撫でた金色の柔らかい髪。

濡れた青い目がほんの少し細まって、ジュリアだけをまっすぐに見つめていた。

それも、まるで愛しい女性を見るかのような切ない目で……

(——でも、それは全て演技だったのですわ)

胸の奥が、ずきんと大きく痛んだ。

そんな時、執事がジェームズの訪問を告げた。ジュリアは大きなため息をつきながら彼のもとに向かう。

今日のデートは夜だ。

行き先は到着するまで教えてもらえない。でも、今夜のためのドレスをジェームズから贈られてしまっては、断るわけにはいかなかった。

ジュリアは毛足の長い絨毯《じゅうたん》を踏みしめて、軽やかに螺旋《らせん》階段を下りる。大理石の美しい回廊を抜け、天井の高い応接間に足を踏み入れた。

途端に、いつもの明るい笑顔と声がジュリアを迎える。

「ああ、ジュリア！　久しぶりだね。君に会えなくて寂しかったよ」

この二週間というもの、ジェームズはほぼ一日おきにやってくる。ジュリアは呆れた顔を隠せなかった。

「ジェームズ様、一昨日も会ったばかりですわ」

「そうだっけ？　今夜はジュリアを、すごくいい場所に連れていってあげる」

そう言ってジェームズは意味深に笑った。

ジェームズにプレゼントされた淡い水色のドレスは、すっきりとしたラインのシックなもの。それに合うように、今日は髪をアップにして編み込んでもらっている。

しばらく馬車に揺られ、ジュリアがジェームズに連れてこられたのは、王都の西側にある大きな館。木々が生い茂る庭に囲まれていて、中の様子は分からない。

普通、貴族の館であれば、建物のところどころに家紋が描かれているものだ。しかし、この建物にはどこの家紋も見られなかった。一体誰が所有している館なのだろうかと疑問に思う。

ジュリアが物思いにふけっていると、ジェームズが笑顔であるものを手にのせた。

「これ、ジュリアもつけてね。仮面をつけてないと入れないよ」

それはてのひらほどの大きさで、金色の繊細《せんさい》な模様が施《ほどこ》されている仮面だった。目と鼻のみを覆うタイプのもので、頭の後ろで結ぶためのリボンもついている。

それを見て、すぐにジュリアはピンときた。

「ま、まさか、仮面舞踏会の会場ですわね。そんな破廉恥《はれんち》な場所！　あ……そんなところにわざわざ行くということは、アシュバートン公爵様がいらっしゃるのですわね！　でしたら私、屋敷に帰らせていただきますわ！」

「すごいね、ジュリアは！　まるで諜報《ちょうほう》員みたいだ」

ジェームズが目を丸くして褒めてくれるが、そのくらいは少し考えれば分かるので、さほど嬉しくない。

これまでデートに連れていかれた場所は、全て人目の多い場所。軽薄な王子を演出するにはもってこいだった。でも身分を隠して参加する仮面舞踏会は、全く彼にとってメリットはない。

彼が異常に執着しているマーカス絡みだろうことはすぐに推測できた。

絶対に行かないとごねたものの、ジェームズに諭《さと》される。

「マーカスに、僕たちが恋人同士だと見せつけないと駄目なんじゃないの？」

そう言われたら反論できないので、しぶしぶ了承して仮面をつけた。

（イザベル様は今夜は屋敷にいらっしゃったわ。ということは、マーカス様はミュリエル様とご一緒なのかしら。ハンナもそんなことを言ってましたし……）

「ほらジュリア。おいで、こっちだよ。君のことだから初めてでしょう？　これが仮面舞踏会だよ」

同じく仮面をつけたジェームズに連れられて扉の前に立つと、真っ白な仮面をかぶった使用人が数人出てきた。そうして彼らは、うやうやしく頭を下げると館の扉を開く。

狭い廊下を抜けた先にある天井の高い大きな部屋では、色とりどりの仮面をつけた人々が音楽に合わせて踊《おど》っていた。

蝋燭《ろうそく》の数が少ないのか室内は薄暗く、香水の匂いに混ざってほのかに煙草《たばこ》の匂いも漂《ただよ》う。

社交界でははしたないとされている、足首を見せるドレス姿の女性もいた。ダンスを踊《おど》りながらキスをしている男女さえ見られる。

その光景に圧倒され、ジュリアは呆然とその場に佇《たたず》んだ。

(す、すごいですわ。さすがは王都……話には聞いていましたけれど……な、なんて破《は》廉恥《れんち》な場所なのでしょうか)

「ジュリア、僕の傍を離れないでね。ここは安全じゃないから」

ぼうっとしているとジェームズに手を取られ、ダンスを踊《おど》りはじめる。音楽の途中でダンスに参加しても全く構わないらしい。

(どこまで無礼講なのでしょう。仮面をしているから誰だか分からないとはいっても、ここにいらっしゃる方のほとんどが財力のある貴族でしょうに……)

そんなことを考えながら周囲を観察していると、ジェームズが悔しそうに頭を振った。

「あぁ！　皆、仮面をつけているから誰がマーカスか分からないじゃないか。僕は馬鹿だ！」

そういえばジェームズは、わざわざジュリアを連れてマーカスを冷やかしに来たのだった。

「――いいえ、分かりますわよ。私の趣味は人間観察なのです。人の識別は顔ではなくて、耳の形と骨格でするものですわ。ほら、あそこにホイットニー伯爵様がいらっしゃいますし、コニー侯爵夫人はとても若い男性二人と踊《おど》られていますわね」

「本当なの？　仮面をつけていても分かるなんて、すごいねジュリア！　じゃあ一緒にマーカスを捜そうよ！」

ジュリアは気まずくて、喜ぶジェームズから目を逸《そ》らす。実は、ジュリアはもうすでにマーカスとミュリエルを見つけていた。

マーカスのことは大嫌いなはずなのに、館に入るなり一番に彼の姿が目に飛び込んできた。駄目だと思っても彼の存在が気になって、つい見てしまうのだ。

（どうしてマーカス様のことだけ、こんなにもすぐに分かってしまうのかしら。他の方はじっくりと観察してからじゃないと分かりませんのに。おかしいですわ）

ジュリアは戸惑う。仮面をつけたマーカスの隣には、ミュリエル以外にもう一人女性がいた。

小柄で清楚なミュリエルとは正反対で、女性にしては背が高くて派手な服装をした人だ。

（マーカス様ったら、本当に女性にだらしないのですわね……女性なら誰でもいいのですわ。ですから私にあんなことを……あ、あら……？）

　ふとジュリアはその女性に違和感を覚えた。

　そういえばマーカスは、いまはなんとしてでも結婚を回避したいはず。女遊びをしている余裕はないのだった。

（――そうなのですわね。ミュリエル様から結婚の話を断ってもらうために、マーカス様は今夜ここに来たのですわ。女嫌いの彼が強制的に結婚させられるのは不憫ですし、そっとしておきましょう）

　ジュリアは、マーカスの存在に気づいていないふりをすることに決めた。しばらくジェームズと踊《おど》り続けて、残念そうに呟いてみせる。

「ジェームズ様、公爵様はここにはいらっしゃらないのじゃないかしら」

「おかしいな、そんなはずはないんだけど……」

「もしいらしたとしても、こんなに人が大勢いるのですもの。見つかりそうにありませんわ」

　ガッカリしたように演技すると、ジェームズはしばらく考えているようだった。でも、すぐに気を取り直すと、ジュリアの手を両手で握りしめた。

「まっ、いいか。せっかくだから仮面舞踏会を楽しもう。ここでは個室も用意されているんだよ。僕と一緒にどうかな？」

どう考えても男女のそういう目的のためだろう。なんていかがわしい場所なのだ。心の中で嫌悪しながらも、ジュリアは淑女の笑みを浮かべた。どう考えてもジェームズが本気で言っているとは思えない。

「ふふ、遠慮しておきますわ。ジェームズ様が部屋でお休みされたいなら、どうぞお一人でごゆっくりなさってきてください」

「相変わらずジュリアはつれないね」

ジェームズはさも残念そうに答えた。なのにちっとも心がこもっていない。ジュリアがちくりとそこを責める。

「私をほんの少しも愛してくださらない男性とは、そういうことはできませんわ」

「ははは、ジュリアは面白いね」

相変わらずの軽口が返ってくるが、彼は否定はしなかった。なんて男なのだろうか。

(本当にジェームズ様は私のことを利用しているだけなのですわね。軽すぎますわ)

ジュリアが呆れ返りながらジェームズと踊《おど》っていると、誰かに思いきり腕を引っ張られる。ジェームズの手があっさりと離れてしまった。

「えっ？　誰ですの？」

掴まれた手を辿《たど》ると、ジュリアをどこかへ連れていこうとする男性の大きな背中が見えた。彼女はすぐにそれが誰なのかを理解する。

（彼だわ……！）

でもジュリアがその名を呼ぶ前に、彼は人波を掻きわけてジュリアを引っ張っていく。

「あ、あの。お待ちくださいっ！」

ジュリアが叫んでも彼は全く歩みを止めない。

彼は混雑した広間を抜け、人のまばらな廊下にまでジュリアを連れてきた。そしてある扉の鍵を開けると、部屋の中にジュリアを引きずり込む。

窓のない狭い部屋は、壁と天井一面にごてごてとした装飾が施《ほどこ》されていた。部屋の真ん中に大きなマットレスが敷かれているだけで、それ以外の家具は見当たらない。きつい お香の匂いが立ち込めている。

突き飛ばすように手を離されて、ジュリアは柔らかいマットレスの上にしりもちをつく。彼女は怒りを隠さずに彼の名を呼んだ。

「マーカス様！　何をなさるのですかっ！」

口元以外は仮面で隠されているが、間違いない。ジュリアが叫ぶのを聞くと、彼は彼女の体にのしかかった。いつものテノールの声が耳に響く。

「やっぱりジュリアか。仮面までつけてこんな場所に男と来るなんて、やっぱりお前は尻軽な女なんだな」

「そ、そんなわけありませんわ！　あなたと一緒にしないでくださいませ！」

ジュリアが暴れても彼の腕はびくともせず、あっという間に体をマットレスに押さえつけられてしまう。ジュリアはマーカスをキッと睨《にら》み返した。

「ジェームズという恋人がいるのに……やっぱりジュリアも他の女と同じなんだな。金と権力だけが欲しいんだ。だから女は大嫌いだ」

どうやらマーカスはジュリアのことは分かったらしいが、ジェームズのことには気がついていないようだ。慌てて否定する。

「なっ！　マーカス様は誤解されていますわ。あの方はジェームズ様ですわよ！」

するとマーカスは一瞬動きを止めた。ジュリアは彼を見つめ返す。仮面のせいで表情は見えない。

「なら、ジェームズとこういうことをしに来たのか。もっと駄目だ。お前みたいな女はあいつにふさわしくない。恋人がいるのに他の男に胸を触らせるような女だからな」

「あれはマーカス様がそう頼まれたからですわ！　あなた以外の男性に、胸を見せたことも触らせたこともありません！　私がふしだらな女性だというような言い方は、やめてくださいませ。マーカス様のように不特定多数の人と遊んでいるわけではありません！」

ジュリアがきっぱり言いきるとマーカスは押し黙った。しばらくそのまま動かない。

（どうしたのでしょうか……私、何か変なことでも口にしてしまったのでしょうか？）

ジュリアが戸惑っていると、マーカスは小さな声を出した。

「俺が最初なのか……あの白桃みたいで、手に吸いつくような乳房に触れたのは俺が最初なんだな。桜色の小さな乳首を見たのも、俺が……そうなんだな」

あまりに具体的に言うので、ジュリアの羞恥心が増してくる。

まさか、女慣れしたマーカスがそんなことに感動するわけがない。ということは、ジュリアを見下して嘲《あざけ》っているに違いないのだ。

ジュリアはマーカスから顔を逸《そ》らし大きな声で言った。

「え、ええ。そうですわ！　でもそれだって、あなたがあまりにも青い顔で頼むから、お可哀想で仕方なくです！　それに触るだけって言いましたのに……な、舐めるだなんて……」

あの日、燃えるように熱い舌がジュリアの肌の上を撫でていった。あの時の感触を思い出して、恥ずかしさに全身が震えだす。

そんなジュリアを、テノールの声が嘲《あざけ》った。

「お可哀想か……お前は可哀想な人にだったらなんでもするんだな。やっぱり最低の女だ。もう二度とジェームズに近づくな」

「そ、そんなの無理です。だってジェームズ様が誘いに来られるのですもの！　……あ、あの何をするつもりなのですか⁉」

マーカスがおもむろに上着を脱ぎはじめたので、ジュリアは動揺する。厚い布で作られた上着がばさりと音を立てて落とされ、マーカスの金髪が揺らめいた。

（女性を傷つけて喜ぶ男性ですもの。私を襲うつもりなのかもしれませんわ！　ど、どうしましょう！）

ジュリアが体を硬くしていると、マーカスは平坦な口調で話しはじめた。

「怒りに任せて連れてきてしまったが、こうなった以上は、ジュリアにも協力してもらう。本当は他の女との情事をミュリエル嬢に見せつけるつもりだったんだがな。ジュリアでも支障はないだろう」

「じょ、情事ですって！」

マーカスは器用に片手でタイを緩めると、シャツのボタンまで外しはじめた。ジュリアは自分のドレスをしっかりと握って首を横に振る。

「わ、私は脱ぎませんわよ！」

「分かっている。それは俺が許さない。お前は俺の体にキスマークをつけてくれればそれでいい」

「え……？」

そう言うと、マーカスはシャツの前を広げた。逞《たくま》しい体が露《あら》わになって、ジュリアの心臓がどきりと大きく跳ねる。筋肉をのせた胸板は、彼が呼吸する度に隆起していた。どうしても彼から目が離せない。ジュリアはお腹の奥から、ゾワリと何かが湧いてくるのを感じた。

（お顔も非の打ちどころがないほど整っているのに、体までこんなに完璧だなんて信じられませんわ……！　こ、ここに、私がキスマークをつけるのですか？　そんなの無理ですわ！　それにキスマークなんてつけたことありませんもの！）

ジュリアが動かないでいると、マーカスはやれやれとため息をついた。

「はぁ……もしかしてできないのか？　口をつけて吸うだけだ。もしかして、俺の裸を見て淫《みだ》らな想像でもしているんじゃないだろうな」

そこまで言われて引き下がるわけにいかない。ジュリアは負けじと嫌味を交《まじ》えて言い返す。

「や、やりますわ。あの女性にしては背の高い方では、女たらしで有名なマーカス様にキスマークをつけられませんものね」

マーカスがかすかに微笑んだ気がして、また胸がどきりと跳ねた。

狭い空間に二人きり。扉を閉めていると、部屋の外の音はほとんど何も聞こえてこない。自分の心臓の音が、頭の中にガンガン鳴り響いているだけだ。

マットレスの上に座り込んで、ジュリアは唇をマーカスの胸にそっと寄せた。仮面をつけたままなので少しやりにくい。

仮面の鼻先があたらないように顎《あご》をできるだけ上げると、マーカスと目が合った。

(仮面をつけていても、青緑色の透きとおった瞳は綺麗なのですわね。吸い込まれそうですわ)

まずは唇を肌に這わせ、それからゆっくりと唇を開く。

舌の先が肌に触れてしまったようだ。慌ててひっこめると同時に、マーカスの口から切ない吐息が零《こぼ》れた。

「は……ぁっ……」

その声があまりにも官能的だったので、なんだかジュリアも妙な気分になってくる。

彼の肌を吸ってみたが、ほんの少し赤くなっただけでキスマークは残らなかった。

(駄目ですわ。もっと強く吸わなくてはいけないのですわね)

頑張って何度か試すが、どうもうまくいかない。すると業《ごう》を煮やしたのか、マーカスはジュリアの腰を掴んで引き寄せると、いきなり彼女の首筋にキスをした。

「下手くそだな。こうするんだ」

「きゃぁっ！」

炎があてられたかと思うほどの熱さを感じると同時に、ジュルッという音が聞こえる。

ジュリアは思わず首に手をあてて顔を赤くした。胸の鼓動が増していき、どうしようもなく心が乱れる。

「だ、大丈夫ですわよ！　こんなふしだらなことをやれなどと言う殿方は、あなたが初めてなだけですわ！　もうコツは掴めましたもの！」

つい見栄を張ってしまう自分が怖い。するとジュリアの肩はマーカスの腕にきつく締めつけられた。

ジュリアはマーカスがやったように彼の胸に唇を密着させ、じゅるると一気に吸い上げる。

するとマーカスがまた苦しそうに息を吐いた。

ジュリアが顔を離すと、彼の胸には赤い痣《あざ》ができている。初めてのキスマークが成功して、なんだか嬉しい。

「これで一か所ですわ。もっと……ですわよね。どこがいいのでしょう？　服を着ても見える場所もいいですけれど、普通ならあり得ない部分というのもいいですわね。たとえば、こことか……」

ジュリアは、まずはマーカスの首に指先を触れ、ゆっくりと下降させていく。そして、臍《へそ》のところで止めた。

マーカスの顔は、仮面で口元以外全く見えないが、首から胸にかけて、すでに真っ赤になっているので、興奮していることが分かる。

ほんの少し体が震えているのも、なんだか可愛らしく思えた。

ジュリアが臍《へそ》に顔を近づけると、マーカスはびくりと体を震わせた。先ほどの挑発への仕返しをする。

「どうかされました？　まさか淫《みだ》らなご想像でもなさってはいませんわよね？」

「――くっ！」

悔しそうな声が聞こえてくる。調子にのったジュリアは、それから何か所もマーカスの肌にキスマークをつけた。

首筋から腹まで、マーカスの体が赤い斑点《はんてん》で埋め尽くされる。

（あぁ、なんだか楽しくなってきちゃいましたわ）

「も、もういい。ジュリアっ！」

マーカスの大きな声で意識が戻される。キスマークをつけるのに夢中になりすぎて、いつの間にかマーカスの体の上にのっかっていたようだ。

上半身を起こすと、下半身に硬いものが触れる。

ベルトの位置にしてはなんだかおかしい。ジュリアはすぐにその正体に気がついて、顔を熱くした。

「ま、マーカス様っ……んっ！」

マーカスに左手首を掴まれ、叫ぼうとした唇をあっという間に塞がれる。柔らかい唇の感触が広がった。

（あ……すごく気持ちいい）

彼の腕に抱きしめられながら、何度も何度も唇を合わせる。

すると、コツッと小さな音がして、いきなり部屋の扉が開いた。

ジュリアはマットレスの上でマーカスと抱き合ったまま、扉の方向に顔を向ける。

そこには、先ほどマーカスと一緒にいた背の高い女性が立っていた。彼女の後ろにはミュリエルの姿が見えて、ジュリアの胸がどきりと跳ねる。

（マーカス様とキスしていたのを見られてしまいましたわ。ど、どうしましょう……）

仮面をつけているのでジュリアとは分からないはず。けれど、どうしても落ち着かない。

「ここにいらっしゃったのですわね。お捜ししましたわ」

背の高い女性が低い声を出しながら、ミュリエルとともに部屋に入ってくる。

マーカスは上にのるジュリアの体を持ち上げると、自分の隣に座らせた。彼が体を起こすと同時に、ミュリエルが息を呑むのが聞こえる。マーカスの体中に散っている赤い斑点《はんてん》が見えて、驚いたのだろう。

その様子を見ていたマーカスは、面白そうに笑った。

「ははっ、せっかくだから四人で楽しもうか。ミュリエル嬢、これができないなら俺とは結婚できない。俺は一人の女だけでは勃たない体質になってしまったからな。複数人いないと女を抱けないんだ」

その言葉に促《うなが》されるように、背の高い女性が身をかがめて、マーカスの左側に身を寄せた。彼は右腕でジュリアを、左腕で背の高い女性の肩を抱きながら、ミュリエルに手を伸ばした。

「俺の子が欲しいならこっちに来い」

これがマーカスの作戦なのだろう。ジュリアは何も言わずに彼の肩に顔をのせる。

それを見たミュリエルは、怒りの声を出した。

「なんて汚らわしい！　こんな女たちと同時にだなんて、無理ですわ！」

そして、ミュリエルは手に持っていた扇をジュリアに向かって放り投げる。

「きゃあっ！」

ジュリアは思わず声をあげたが、顔に直撃する前にマーカスがそれを受け止める。すごい反射神経だ。

肩を震わせながら、ミュリエルは声を絞り出す。

「こ、こ、こんな悪趣味なことはできません！　私は屋敷に戻らせていただきます！」

そして、すごい勢いで扉を開けて走り去っていく。マーカスがすぐさま叫んだ。

「ベルニー、ミュリエル嬢のあとを追え！　屋敷まで戻るのを確認して報告しろ！」

「あ、はいっ！」

背の高い女性は、弾かれたように立ち上がると、彼女のあとを追いかけていった。

薄暗い部屋の中、ジュリアはマーカスとふたたび二人きりになる。彼が乱れた服のボタンを留めているのを見て、ジュリアはホッとため息をついた。そして、ゆっくりと口を開く。

「……先ほどの背の高いあの方は、男性なのでしょう？　マーカス様はよほど女性に弱みを見せたくないようですわね」

「やっぱり、ジュリアは分かっていたのか。あれは俺の部下のベルニーだ。女は信用できないからな。ミュリエル嬢は清楚な顔の裏でずいぶん男と遊んでいたようだ。俺がなかなか手を出さないからって、彼女が俺を仮面舞踏会に誘ったんだ。ここで迫ればなんとかなると思ったんだろう。お陰で変な性癖を持っていると誤解させるしかなかった。女に関わると本当にろくなことがない」

憎々《にくにく》しく語るマーカスを見て、まるで自分も否定されたようで悲しくなる。

（こんなにもマーカス様は結婚したくないのですわ……女嫌いですものね。私ったらまた流されてしまいましたわ。なんて馬鹿なのでしょうか）

三人の婚約者に逃げられた時は、こんな気持ちにはならなかった。なのに、いまは胸が引き裂かれるように痛い。瞼《まぶた》に力を入れていないと、涙が零《こぼ》れてきそうだ。

さすがは女たらしの公爵様。ジュリアの心はこれ以上ないほどに掻き乱されて、マーカスのことで頭がいっぱいだ。

気持ちを鎮めるためにゆっくりと息を吐くと、ジュリアはドレスの皺《しわ》を直した。

「……私、もう行きますわね。きっとジェームズ様が心配されていますわ」

「待てっ！」

できるだけマーカスの顔を見ずに部屋を出ようとすると、いきなり腕を掴まれる。

「なんですの？」

マーカスはじっとジュリアを見つめた。しばらくすると、唐突に話しはじめる。

「……他の女では駄目なのに……どうしてお前だけは平気なんだ。こんなのはおかしい。ジュリア、お前は俺に何をしたんだ」

「どういう意味ですの？」

マーカスはジュリアの全身を舐めるように見る。そして、真剣な顔でこう言った。

「そうだ。お前、もしかしたら男じゃないのか？　だから俺は……」

「お、お待ちください！　どうしてそんなお考えになるのでしょうか⁉」

あまりに突拍子もないことを言いはじめるので、ジュリアは彼の話を途中で遮《さえぎ》ってしまう。とんでもない言いがかりなのに、マーカスはひるまない。

「だったら証明しろ。そうでないとおかしいんだ」

(何を言っているのかしら……もしかして本当に私を男性だと思っていらっしゃるの⁉)

マーカスが何を考えているのか分からず、ジュリアは動揺する。そして、ハッと思い出した。

「こ、この間、私の胸を見ましたわよね！　それでも私が男性だとおっしゃるのですか？」

「男の胸を大きくする薬を、どこかの国で売っていると聞いたことがある」

確信を持った声でマーカスが言う。そんな話を聞いたこともあるが、あまりにもひどい。大体、ジュリアにそれを証明する義務はない。呆れ返って扉の取っ手に指をかけると、マーカスの声が背中から追いかけてきた。

「やっぱりそうなんだな、ジュリア」

これ以上の侮辱《ぶじょく》はもう我慢ならない。ジュリアの負けん気に火がついた。

「分かりましたわ。でしたら触って確かめてみればよろしいですわ」

ジュリアは一度息を吸って覚悟を決めると、マーカスの左手を取った。右手は先日、公園で怪我をしていたことを思い出したからだ。しばらく経ったとはいえ、まだ痛むかもしれない。

そうして、彼の左手をドレスの上に誘導する。けれど、向かい合っていると難しいことに気がついた。仕方がないのでマーカスに背を向け、後ろから抱きつかせるようにする。

勇気を出して、ジュリアは自分の股間にマーカスの手をあてた。初めての破廉恥《はれんち》な行為に、顔から火が出そうなほど恥ずかしい。

「ほ、ほらっ！　何もないですわよね！」

すぐに手を離させようとするが、マーカスは腕に力を込める。そして、彼は体をより密着させた。彼の荒い息がジュリアの頬を撫でていく。

「これじゃあ、ドレスが厚すぎて分からない。めくるぞ」

「えっ？　きゃあっ！」

マーカスは左手でドレスをまくり上げると、右手をその中に突っ込んだ。あっという間の出来事に、ジュリアはなすすべもない。

ドレスの下にはペチコートを穿《は》いていて、その中にショーツがある。

マーカスは女性の下着のことをよく知らないのか、何度もペチコートとドレスの間で右手を行き来させている。

はじめは体に力を込めていたジュリアだったが、その拙《つたな》い動きに脱力した。むしろなんだか微笑ましく思えてくる。

（いやですわ、女たらしなのにペチコートの存在も知らないのでしょうか……）

あまりに触られるのでこそばゆくなってきた。思わず笑い声が口から出てしまう。

「ふふっ……くすぐったいですわ」

するとマーカスは気を悪くしたのか、裾を持ち上げていた左手を、いきなりドレスの中にペチコートごと押し込んだ。マーカスの大きな手が、薄いショーツの下に潜り込む。

「あっ！　やぁっ、そこはっ！」

突然秘所を触られ戸惑うジュリアをよそに、マーカスの温かい指先は花弁を探りあてて刺激する。

ジュリアが叫び声をあげようとした瞬間、彼の指先が敏感なところに触れる。体中に電気のようなものがじんわりと広がった。

「んんっ……あっ、はぁっ！」

ビクビクッとジュリアが腰をくねらせる。

（な……なぁにっ……これって――！）

ジュリアは何度も小さな桃色の吐息を零《こぼ》した。頭の中がぼんやりとして、倒れてしまいそうなほど。

「ま、マーカスさまぁ……」

彼を咎《とが》めるつもりなのに、情けない声しか出ない。生まれて初めての感覚に、ジュリアは戸惑っていた。

自分がどうなるのか分からない恐怖が、ジュリアを埋め尽くす。思わず体をよじったが、マーカスは離してくれない。

「いやっ……やぁっ！」

「ジュリア……ジュリア……」

熱のこもったマーカスの声が頭の中にこだまする。

ジュリアは助けを求めるように、マーカスに顔を向けた。仮面越しにマーカスと目が合う。その瞬間、お腹のほうからじんわりと温かい感情が湧いてきて、心が満たされた。

「ここがジュリアの感じる場所なのか……」

マーカスは指をふたたび動かしはじめた。それはジュリアのいい場所を愛撫し続ける。とめどなく襲ってくる快楽に、だんだん体が痺《しび》れてきた。

(どうなってしまうの……こんなの初めて……)

次第にぐちゅぐちゅと水音が聞こえてきて、マーカスに触れられている場所にしか意識が向かなくなっていた。

「はぁっ……はぁっ……ぁ……」

ジュリアは荒い息を繰り返す。足がガクガクと震えて、何かがじわじわと腰の辺りに溜まっていくのを感じた。

「ジュリアっ！」

マーカスがふたたびジュリアの名を呼んだ瞬間……予告もなしに部屋の扉が大きく開かれた。

ぼうっとしていた頭が現実に引き戻される。

先ほどミュリエルを追いかけていったベルニーだ。女装をしてるというのに大股で部屋に入ってくる。

「ミュリエル嬢はジルニー・マウリシオ卿の屋敷に馬車を向かわせました。こんなことがあってすぐに別の男の家に行くなんて、今時の令嬢はすごい……あっ、すみません。お邪魔でしたか」

はじめは淡々と報告していた彼だが、二人の状況にようやく気がついたらしい。

ジュリアはマーカスに背中から抱きしめられ、彼の手はドレスの中にある。何をしていたのかは一目瞭然《いちもくりょうぜん》だろう。

ベルニーは驚きもせず、呆れたようにため息をついた。

「はぁ、本当に相変わらずの絶倫なんですね。僕はもう帰ります。女遊びもほどほどにしておいてくださいよ。明日も仕事なんですから」

そう言ってベルニーは踵《きびす》を返し、部屋の外に出ていった。

それを見たジュリアは反射的にマーカスの体を突き飛ばし、閉まりかけていた扉の間に体を滑り込ませる。

「わ、私も帰りますわ！」

「ま、待てっ！」

マーカスの言葉が追いかけてくるが、ジュリアは振り返らなかった。そのまま全力で走る。

人のまばらな廊下を抜けて、混雑している広間にふたたび戻る。ジュリアはたくさんの人々の間に入り込んで、ようやく足を止めた。

（なんてこと！　ベルニー様は女遊びって言っていましたわ……そしていま遊ばれていたのは、まさに私なのだわ！）

女遊びのひどい絶倫男性。それがマーカスなのだ。噂だけでなく、マーカスの部下が言ったのだから間違いない。

分かっているはずなのに、彼に会うとその事実を忘れてしまいそうになる。ジュリアだけを愛して求めてくれているように感じるのは、きっとマーカスが女性を知り尽くしているからなのだろう。

まんまと引っかかりそうになった自分が悔しい。

（なんて馬鹿なの！　『お前だけ』だなんて女たらしの常套句《じょうとうく》ですのに！）

目の奥が熱くなってきて、胸の奥が苦しくて切なくてどうしようもない。

そんな気持ちを振り払うように、ジュリアは首を左右に振る。そして、ジェームズのことを思い出した。きっとジュリアを心配しているはずだ。

捜しに行こうと思って顔を上げると、目の前にジェームズの顔があって驚く。

仮面で顔が半分見えないが、笑顔なのはすぐに分かった。ジェームズは両腕を組んで、陽気に話しはじめる。

「ジュリア、ずいぶん君を捜したけど、どこにも見つからなかった。おかしいよね。個室は貴族でも常連じゃないとそう簡単には使えないらしいよ。どこに行っていたのかな？　恋人の僕を置いていくだなんてひどいね」

「も、申し訳ありませんわ。どうしても……どうしても仕方のない用事で……」

ジェームズの態度からは感情が読み取れない。

（怒っているのでしょうか、それとも面白がっているのでしょうか……もしくは両方……？）

ジュリアがどう答えたものか迷っている中、ジェームズがたたみかけてくる。

「そういえば、女性が怒りながら廊下を走っていったのを見たよ。顔は仮面で分からなかったけど、銀色の髪だった。たしか、マーカスの結婚相手候補のミュリエル嬢も銀色の髪だったよね」

この台詞《せりふ》に、意味深な言い方。彼はジュリアがマーカスと会っていたことを感づいているに違いない。

それならば、会っていないと嘘をつくのは得策ではないだろう。言いづらいところを除いて、あとは本当のことを話そうと心に決めた。

「あ、あの。先ほどマーカ……公爵様にお声をかけていただいて、部屋で少しお話をしたのですわ。そうしたらミュリエル様がいらして、何か誤解をされて出ていかれたのです」

「ふぅん、何の誤解かな？　そんなに誤解されるような行為をしていたの？」

「部屋で抱き合っているように見せただけですわ。もちろん、演技ですけれども。ミュリエル様と離れるためにそうしてほしいと、公爵様にお願いされたのです。とても困っておられましたので、仕方がなかったのですわ」

ざわめく胸の内を悟られないよう、できるだけ落ち着いて答えた。

ジェームズはいつもの軽い調子でふーんと言うと、もう帰ろうとジュリアを促《うなが》した。

ジュリアもこんな破廉恥《はれんち》な場所にいつまでもいたくないので、すぐに賛同する。

幸い、マーカスに会わずに館を出ることができた。ジェームズと馬車にのり込んで、ジュリアはようやく胸を撫でおろす。邪魔だった仮面もやっと外すことができた。

向かいに座ったジェームズが窓枠に頬杖をつきながら、にっこりと笑う。

「……ジュリアは僕に何も聞かないよね。僕自身のこととか、それにマーカスとのこととかも……」

なんの前触れもなくそんなことを言うので、ジュリアは驚いた。てっきり、さっきのマーカスとのことを詳しく質問されるとばかり思っていたのに。

彼女は戸惑いながらも質問に答える。

「そうでしょうか？　ジェームズ様のことはかなり伺っておりますわよ。クラシックよりも異国風の音楽がお好きだとか、ワインは白よりも赤がお好みだとか……」

「……そんなのじゃなくて、バステール王国の話だよ。王族や他の貴族と交流することにも興味ないみたいだし、本当に変わってるね。普通の女性は一番に質問してくるよ。そうしてこう言うんだ。『私も、ぜひあの方に会わせてくださいませ』ってね」

ジェームズが女性の声色を使っておかしく話すので、思わず笑ってしまう。

「ふふふ、そうなのですわね。でも私はあなたがお話ししたくないことを、わざわざ聞きたいとは思いません。それに、私はジェームズ様とお話をしているのですもの。他の誰かにお会いする必要はありませんわ」

「ははっ。ジュリアはやっぱりジュリアだよね。だから、あのマーカスだって君に……」

ジェームズが会話を途中で止める。

（マーカス様がどうしたのでしょうか？）

ジュリアが続きを待っていると、ジェームズがいつになく真剣な顔をした。唇は固く引きしめられて、見たこともない真剣な瞳がジュリアを捉《とら》える。

「――でもね、ジュリア。マーカスはやめておいたほうがいい。彼には君と絶対に結婚できない理由があるんだ」

「もちろんですわ。……あれほど女嫌いなのですもの。一生結婚できないに決まっていますわね。それに、私もアシュバートン公爵様のことは嫌いですわ」

にっこりと笑って答えるが、胸の奥に黒いものがじくりと湧き上がる。

ジェームズは本気の顔をしている。マーカスとは絶対に結婚できない。それは真実なのだろう。

でも、さっきまで彼がこの体に触れていたのだ。

触れられた肌は、まだマーカスの指の感触をはっきりと覚えている。

「そう？　だったらいいよ」

ジェームズはにっこりとジュリアに笑いかけた。

その笑顔を見ると、胸が苦しくなる。ジュリアの心の中には様々な感情が入り乱れていた。

（もう二度と遊ばれたりしませんわ。絶対に……）

ジュリアはまだ熱が残る自分の体を、しっかりと抱きしめた。

「お嬢様、またジェームズ様がいらっしゃいましたよ！　あぁ、本当に夢のようです。お付き合いが一番長く続いた方で一か月でしたのに、もう一か月を二日も過ぎています！」

あまりにも些細《ささい》なことで大喜びしているハンナを尻目に、ジュリアはため息をつく。

あの仮面舞踏会から、二週間が経過した。

ミュリエルがマーカスとの結婚を辞退したことは、すぐに社交界に広まった。残るはブルボン家のイザベルだけ。

だというのに、肝心のマーカスがイザベルに会おうとしないので、彼女の機嫌は日増しに悪くなっていく。

（きっとマーカス様は、私に会いたくないからブルボン伯爵家に来ないのだわ。当然ですわね。私にあんなことをしたのだもの……）

マーカスのことを考えるとイライラして落ち着かなくなる。

そんな気持ちで応接間に足を踏み入れると、いつものように微笑んでいるジェームズがいた。ジュリアに気がつくと、さらに笑みを深くする。

「ジュリア、会いたかったよ。昨日贈った花束は気に入ってくれたかな？」

「ええ、もちろんですわ、ジェームズ。いまもお部屋に飾っています」

「本当は宝石を贈りたかったんだけど、ジュリアがそれはいやだって言うからね」

ちらりとジュリアは彼の隣に目線を走らせる。そこには、もう一人男性がいた。

ジェームズの陰で顔を背けているが、見覚えのある美しい金髪。ジュリアは思わず顔をしかめた。

そんな彼女に気づいたのか、ジェームズが顔を輝かせる。

「ジュリア、今日は僕の友人も一緒に来たんだ。イザベル嬢に会いに行くって聞いたからね」

「ジュリア嬢、君にまた会えて嬉しい」

ジェームズの隣の男性――マーカスが満面の笑みを浮かべた。

金色の髪を軽やかに揺らし、深い青緑色の瞳でまっすぐに見つめてくる。その表情に、ジュリアの心臓は鷲掴《わしづか》みにされた。ぎゅううんと胸が絞られるほどの衝撃を受ける。

(だ……誰なの？　この爽やかな男性は！)

ジュリアが知っているマーカスの顔は、睨《にら》んでいるか怒っているか……欲情に浮かされているかだ。

初めて見たマーカスの表情に驚きを隠せない。きっと、これが社交界で見せている表

向きの顔なのだろう。

しばらく惚《ほう》けていたジュリアだったけれども、次第にあの時の怒りが思い起こされてくる。

（あんなことをしておいて、どうして素知らぬふりで私の前に顔を出せるのでしょうか！　本当に信じられませんわ！）

そんな動揺を隠しながら、ジュリアは淑女の礼をとる。左足を少し引いて腰をかがめ、ドレスを両手で持ち上げた。

「アシュバートン公爵様。私もまたお会いできて光栄ですわ」

すると、突然ジェームズがジュリアの背後から抱きついてきた。

「マーカス、僕の天使に反則級の色気を使わないでくれよ。ジュリアが照れてしまっているじゃないか。彼女は僕のものなんだから、手を出さないでよね」

そうして腰に回した腕に力を入れ、ギュッとジュリアを引き寄せる。

それを見たマーカスの瞼《まぶた》が、ほんの少し動いたような気がした。イザベルに会いに来たのに嫌いなジュリアと話をする羽目になり、機嫌が悪いのに違いない。

彼が王から命じられた期間は、あと二か月。このままだと、なし崩しにイザベルと結婚することになる。きっとこれまでの二人と同じく、イザベルに結婚を辞退させるため伯爵家を訪れたのだろう。

「アシュバートン公爵様！　わたくしに会いに来てくださったのですね。嬉しいですわ！」

突然甲高《かんだか》い声がしたかと思うと、イザベルが現れる。彼女は抱きつかんばかりの勢いでマーカスに駆け寄っていった。

執事にマーカスの訪問を聞き、急いで身なりを整えてきたのだろう。イザベルは今朝会った時とは違う、大胆に体のラインを見せつける形の朱色のドレスを身にまとっていた。

化粧もずいぶんと濃くなっている。香水をたくさんつけたのか、むせ返るような薔薇《ばら》の香りが周囲に立ち込めた。

イザベルは大きな胸を強調するように体を反らすと、甘ったるい声を出す。

「わたくし、公爵様が来てくださるのをずっとお待ちしていましたの。わたくしのこと、世界一魅力的な女性だと言ってくださいましたものね」

マーカスは三人の女性を争わせるため、それぞれに甘い言葉を囁《ささや》いていた。イザベルにはそう言っていたようだ。

（一体どんな手を使ってイザベル様に嫌われようとするのかしら。楽しみですわ）

マーカスに対するイライラを募《つの》らせたジュリアは、彼の本当の目的を理解しながらも、イザベルに加勢する。

「本当にイザベル様はお美しいですわ。隣に立つのが恥ずかしいくらいです。でも、公爵様とならとてもお似合いのカップルですわね。本当に素敵です」

「あら、ジュリア。ありがとう」

そう言うとイザベルはマーカスの腕に抱きついて、大きな胸を押しあてた。案の定、マーカスがぴくりと肩を動かす。

(イザベル様が本気になられて、結婚を辞退してくれなかったら女嫌いの彼は困るはずです。もう二度と会いたくないって言いましたのに、こうやって顔を見せたマーカス様が悪いのですわ)

するといきなりジェームズが、ジュリアの耳に息を吹きかけた。すっかり彼の存在を忘れていた彼女は、妙な声を出して跳び上がる。

「ひゃんっ!」

責めるような目をして振り返ると、背後から頬にキスを落とされた。

「ふふ……僕たち、お邪魔のようだから出ていこうか。マーカスはイザベル嬢にここの庭園でも案内してもらうといいよ。ブルボン伯爵家の薔薇《ばら》の庭園は有名なんだ。さて、ジュリア。僕たちはどこに行こうか。僕と一緒にいられるならどこでもいいなんて言わないでね」

ジェームズが腕の中にジュリアを抱きしめる。するとマーカスは、ふたたび大きく肩を震わせた。

「ジェームズ。あなたはいつも距離が近すぎますわ。もう少し離れてくださいませんか？私は特にあなたと行きたいところはありませんわ」

「僕は一秒でも長く君といたいよ。君さえよければ一晩中でもね」

相変わらずの軽い調子でジェームズが答える。するとイザベルが妖艶《ようえん》な笑みを浮かべて、マーカスを見た。

「そうですわね、マーカス様。わたくしたちは二人っきりで庭園を散歩しましょう。我が家の素晴らしい薔薇《ばら》園の奥にはとてもロマンティックな東屋《あずまや》があって、休憩ができますの。そこでとっておきの紅茶を公爵様に淹《い》れて差し上げますわ。甘ーいお菓子つきでね」

マーカスは顔を赤らめている。イザベルの色気に興奮しているのだろう。

自分の身の回りの世話を全て侍女にさせているイザベルが、紅茶を淹《い》れられるわけがない。ということは、マーカスをそういう意味で誘っているのだ。

（甘いお菓子というのはイザベル様本人ってことなのですわね。大胆ですわ……）

ここまで大胆だと、はしたないというよりも逆にすがすがしい。女たらしのマーカスのお手つきになって、既成事実を作ろうとしているのだろう。

マーカスとイザベルがイチャイチャしているのを見ていると、なんだか胸の奥がもやもやしてきた。ジュリアはジェームズの腕に手を添える。

「ジェームズ、では早く行きましょう。噴水に面している素敵なテラスがありますの。そこでお茶にいたしませんか？」

それに応えるように、ジェームズは自らの手を彼女のそれに重ねる。

部屋の隅でそれを聞いていた執事は、侍女たちにテラスにテーブルをセッティングするよう指示を出した。

「ちょっと待ってくれ！」

その時マーカスが大きな声を出し、ジュリアとジェームズを睨《にら》む。

イザベルは、突然マーカスが態度を変えたことに戸惑っているようだ。そのことに気がついたのか、マーカスは小さく咳払いをすると、彼女に満面の笑みを向けた。

「俺はジュリア嬢ともう少し話がしてみたい。どうやって彼女がジェームズの心を奪ったのか教えてほしいものだ。ジェームズに恋人ができるのは初めてじゃないが、こんなに真剣な彼は初めて見たからな」

皮肉たっぷりに、ジュリアがジェームズを誘惑したのだと言いたいのだろう。

マーカスに当てつけるように、ジュリアは体をジェームズに密着させた。

「あら公爵様。それはとても簡単な方法ですわ。夜会の時に、私がアシュバートン公爵様には興味がないと言っただけですの。王国の英雄である公爵様なんて、私では到底つり合いませんもの」

するとマーカスは切れ長の目を少し細めて、麗しい表情を浮かべた。

「そうか残念だな。だが、恋人のジェームズとはずいぶん仲を深めたらしい。ジェームズと呼び捨てにしているくらいだからな」

(やだ、マーカス様ってば、細かいところに気がつくのですわね)

たしかに以前は「ジェームズ様」と呼んでいたのが、いまは呼び捨てになっている。

先日、彼から敬称なしで呼んでほしいとせがまれたからだ。

「そうですわね。ジェームズは私の大事な恋人ですもの。私を一番理解してくださっているのは彼ですわ」

とにかくマーカスを言い負かしたい一心で、ジェームズとの仲をアピールする。

するとマーカスはいつものような冷たい目をしてジュリアを見た。そして、地の底から響くような声を出す。

「そんなにジェームズがいいのか？　ジュリア……」

マーカスの態度がふたたび豹変《ひょうへん》したので、ジュリアは身をすくませる。マーカスの腕にしがみついていたイザベルも、その迫力に驚いたようで手を離した。緊迫した空気が流れる。

誰もが固唾《かたず》を呑んで立ち尽くしていると、ジェームズが明るい声をあげた。

「そうだね、ジュリアは僕が大好きだから。じゃあ、みんなでテラスに行こうか」

「そ、そうね。さあ行きましょう、イザベル様、公爵様。今日はとてもいい天気ですもの。テラスは最高に気持ちがいいと思いますわ」

ジェームズの軽い調子に、重かった雰囲気が一気に消え去った。

（あぁ、よかったわ。でもどうして、マーカス様はあんなに怒ったのかしら……）

ジュリアは内心首を傾げながら、テラスへと向かう。

大きな長方形の噴水には、浅く水が張ってある。その上には桃色や白色の睡蓮の花が一面に咲いていた。花の上を滴《したた》る水滴に太陽の光が反射し、幻想的な雰囲気だ。

そのすぐ近くに大きな大理石を敷き詰めたテラスがあり、到着した頃にはすでに四人分の丸テーブルのセッティングができていた。

「素敵ですわね。私、ここからの庭園の眺めが一番好きなのです」

ジュリアはうっとりとして、ブルボン伯爵家自慢の庭園を眺めた。

みんなで椅子に腰をかける。イザベルが必要以上にマーカスに寄り添って座るのを、ジュリアは横目で見ていた。マーカスも満更でもないようで、顔を赤くしている。

相変わらずイザベルにばかりいい顔をするマーカスを見て、胸の奥のもやもやは大きくなるばかり。

しかも、ジュリアに対するマーカスの態度がさらに冷たくなった気がする。みんなで話をしても、ジュリアとは目を合わせようともしない。

ありきたりの話題でお茶の時間を乗りきると、ジュリアはジェームズを庭の散策に誘った。これ以上、イチャイチャする二人を見ていたくはなかった。

「ジェームズ、私と一緒にお庭を散歩しませんか？　せっかくですもの。二人きりになりたいですわ」

「もちろん、いいよ。ジュリア」

ジェームズは喜んですぐにジュリアの手を取る。

するとマーカスがほんの少し悲しそうな目をした。その様子に胸の奥がズキンと痛んだけれども、ジュリアは無視してその場を離れる。

ジェームズの少し後ろをついていくように、伯爵家の散策路を歩く。すると、ジェームズがなんの前振りもなく尋ねた。

「もしかして、ジュリアはマーカスが好きなの？」

ズボンのポケットに親指をかけ、ジェームズが体を反らし気味に立ち止まる。栗色の髪を風に揺らして、意味深に微笑んだ。

拗《す》ねているのが丸分かりの瞳に、尖《とが》っていたジュリアの心が緩む。

「ふふ……最近のジェームズは本当に分かりやすくていいですわね」

「僕が分かりやすい？　そんなこと言われたのは、ジュリアが初めてだよ。本当の僕が分からないって言われたことはたくさんあるけど」

自覚がないのだろうか。ジュリアは笑って答えた。

「そうですわ。調子がよくて軽い男に見せていますけど、本当は頭の回転も速いし知識だって豊富な方です。これだけ一緒にいれば分かりますわ。私につきまとうのだって、ただ単に社交界に噂を立てたいだけですわよね」

いつもの、ジェームズの柔和《にゅうわ》な笑顔が凍《こお》りつく。

「どうして、僕がそんなことをする必要があるんだい？」

「貧乏子爵家の女性に入れあげている情けない王子を演じていらっしゃるのね。いま、バステール王国で第一王子と第二王子が対立していますわ。あなたは、そのどちらにもつきたくないのでしょう。それとも、もうどちらかの派閥からお誘いでもあったのでしょうか？　その誘いを断るために、どうしようもない王子のふりをしているのですか？」

ジェームズは降参したという風にため息をつく。そうして、苦笑いをしながら言った。

「ジュリアは本当に困った人だね。そうだよ、両方から誘いがあった。でも僕はどちらの側にもつく気はない。理由は、この国に心から愛する女性がいて、バステール王国には戻りたくないからだよ、聡明なジュリア。じゃあ僕からも質問だ。ひと月前、フォンデル公園で君がマーカスを追いかけていった時、彼と何かあった？」

ジェームズは、ずいとジュリアに近寄り少し腰をかがめると、彼女の表情を窺《うかが》うように覗き込んだ。

「仮面舞踏会の時も何かあったよね。何を隠しているの？」

とっさに表情を消したが遅かったようだ。ジェームズは、彼女が動揺したのを見逃さなかった。

ジェームズはにこりと微笑んだかと思うと、ジュリアの体を生垣《いけがき》に押しつける。

「痛っ！」

「僕はね、ジュリアが大好きなんだよ。まさかマーカスと同じ女性を好きになるなんて計算外だったな」

ジュリアの背中に生垣《いけがき》の枝があたる。なんだかジェームズの様子がおかしい。

「やっぱりマーカスと何かあったんでしょう。もしかしてもうヤっちゃった？　まあ、それは万が一にもないか。でも、どうしてだかマーカスも君に本気になったみたいだ。彼が女性を好きになるなんて、初めてなんだよ」

いままでの紳士的な態度が一変し、乱暴にジェームズが迫ってくる。彼に不安定な部分があることは、なんとなく気がついていたが、まさかこんな風になるだなんて思いもよらなかった。

ジュリアはどう対応すればいいのか悩む。

「ち……違いますわ……！　アシュバートン公爵様とは何もありませんでしたもの。勘違いです！」

否定するジュリアに向かって、ジェームズはゆっくりと顔を近づけてくる。こつんと互いのおでこがぶつかった。

「ふぅん。でも、首筋にキスマークがついてるよ。じゃあ、それは誰につけられたのかな？」

そう言われて、ジュリアは反射的に首に手をあてる。仮面舞踏会の時、たしかマーカスがキスマークをつけたはず。

二週間前の痕《あと》が残っているはずはない。なのに、混乱して冷静な判断ができない。

ジェームズの笑い声が聞こえたかと思うと、首にあてた手の親指と人差し指の間にぬるりとした温かい感触が広がった。ジェームズが舌で舐めたのだと気がつくのに、そう時間はかからなかった。

ジェームズは舌をゆっくりと上方に移動させる。そうしてジュリアの耳たぶに、軽く噛みついた。

「ジェームズ、やめてください！」

両手を使って体を押しのけようとしても、びくともしない。

ジェームズは唇を離し、ジュリアを冷たい目で見つめた。

「僕はね、君とマーカスの仲を心配しているんだ。彼を信用して君が傷つくのを見たくない。これでも、僕は君のことをかなり気に入っているんだよ」

「そんなの……あるわけが……ん」

全てを話し終える前に、ジェームズがジュリアの唇を口づけで塞いだ。

そして無理やり股の間に足をねじ込むと、体全体で彼女を生垣《いけがき》に押しつけた。

もうジュリアに抵抗するすべは残されていなかった。ジェームズにされるがまま唇を重ねられ、何度もそれが離されては押しつけられる。

「んんんっ……！」

ジュリアは力を込めて歯を噛みしめていたが、口の端に指を押し込まれて強引にこじ開けられる。

指を入れられてできた歯列の隙間から、熱を持った柔らかい舌が挿入された。

「つぅっ――――！」

突然鋭い叫び声をあげて、ジェームズはジュリアから勢いよく体を離す。

そして、ジェームズは自分の指を見てため息を漏らした。

彼の指には歯形がついていて、そこから血が滲《にじ》んでいる。ジュリアが指を噛んだのだ。

「ジュリア……君はいけない子だね。僕に従わない子は嫌いだよ」

ジェームズは目を細めて微笑みながら、指に滲《にじ》んだ血をゆっくりと舐めとっていく。

彼の目の奥に狂気の光が潜んでいるのが見えた。

ジュリアは震えながらも、彼をキッと睨《にら》みつける。

「ジェームズ。そんな風に言っても、私はあなたが怖いとはちっとも思いませんわ。それに、あなたの言いなりになるつもりもありません。ですから、恋人の真似はもうやめましょう。私は真剣に結婚相手を探しているのです」

「そう……そうなんだ。でも、それは困ったな。僕は自分で思っていた以上に君が欲しいみたいだよ、ジュリア。そうだ、僕がバステール王国を捨てて、ヘルミアータ子爵家を継ぐことはできないかな？　ジュリアがそれを望むなら、叶えよう。僕なら君を一生愛して、溺れるような幸せをあげるよ」

ジェームズが、いつものような柔和《にゅうわ》な微笑みに顔を戻した。けれどその作りものの笑顔に、ジュリアの背筋は逆に凍《こお》りつく。

「あぁ、そうじゃなかった。えっと、こんな時はどんな表情が効果的なのかな。どう言ったらジュリアは僕のものになってくれる？　絶対に、君をマーカスには渡したくないんだ」

「ジェームズ……あなた……」

ジュリアが言葉をなくしていると、突然生垣《いけがき》の向こうからマーカスが現れた。何故だか、彼は顔を真っ青にしている。

イザベルは傍にいないようで、彼はジュリアたちに気づくとホッとしたような顔をした。

「ジュリア、ジェームズ。こんな場所にいたのか」

「どうしてここに？　イザベル様は……？」

「ああ……東屋《あずまや》の休憩所で別れてきた」

（あれほど体で落とそうと張り切っていたイザベル様が、どうしたのでしょうか……？）

ジュリアが疑問に思っていると、マーカスが急に顔色を変える。

「どうしたんだ、ジュリア！　怪我をしたのか？」

どうやら、口の端にジェームズの血がついていたらしい。ジュリアが答えるよりも先に、ジェームズが歯型のついた左手を振って見せた。

「ちょっとした痴話げんかだよ。強引にキスを迫ったら、噛まれちゃったんだ。さすがはジュリアだよね。王子の指を噛む女性は、王国広しといえどジュリアくらいだ」

「強引にキス……ジェームズ、お前……！」

マーカスが責めるようにジェームズに詰め寄る。けれど、ジェームズは大したことがないと言わんばかりの軽い口調だ。

「そうだよ。だって、ジュリアは僕の恋人だもの。キスくらいは普通だよね。もちろんその先だって……ね。だって、ジュリアは早く結婚して子爵家の跡継ぎが欲しいんだから。僕となら何人でも子どもを作ってあげられる」

（そんな風に説明したら、なんだか私とジェームズに体の関係があるみたいじゃないの！）

ジュリアは釈然としない気持ちを抱きながらも、けんか腰の二人の間に割って入る。

「あの……ちょっとお待ちください。あの……」

彼女が訂正しようとするが、二人は全く聞いていないようだ。マーカスがさらに怒りを露《あら》わにする。

「どういうことなんだジェームズ。強引にだなんて聞き逃せない。女に弱みを見せるとすぐに結婚を迫られるぞ。それにお前は王子なんだ。子どもができる行為は慎重にしろ」

「やだな、僕はこうやってジュリアとじゃれ合っているだけだよ」

マーカスはジュリアではなくジェームズのほうを心配しているようだ。

言い合いを続ける二人にジュリアが呆れていると、マーカスが大きなため息をついた。

「はぁ……ジェームズ。あの時、お前は違うと言ったが、やっぱりまだ俺に怒っているんだろう。あれはお前が思っているようなことじゃない。だからジュリアを巻き込むな」

するとジェームズを取り巻く空気が一瞬で変わった。

「違うよ！　僕はちっとも怒っていない！　自惚《うぬぼ》れないでほしいな」

マーカスの言葉にジェームズは感情を露《あら》わにし、彼を睨《にら》みつけた。

（お二人とも以前に何かあったのでしょうか。あぁ、そんなことどうでもいいですから、私の前でけんかするのはやめてほしいのですが……そうだわ、あれを教えて差し上げましょう！　とっておきのストレス解消法ですわ！）

ジュリアは困った末に、いいことを思いついた。

「あの、お二人とも。落ち着いてゆっくりと深呼吸をなさってください。そうしてほんの少しだけ、私にお付き合いくださいませんか？」

一触即発《いっしょくそくはつ》の雰囲気だった二人が、揃《そろ》ってジュリアを怪訝《けげん》そうに見る。

そんな二人を誘導するように、ジュリアはあるところに向かって歩きはじめた。

勝手知ったる伯爵家の庭を突っ切って、どんどん奥へと進んでいく。すると小さな林にまでやってきた。木々の間を躊躇《ちゅうちょ》せずに突き進んでいくジュリアに、ジェームズが声をかける。

「ジュリア、どこまで行くんだい？　帰り道は分かっているの？」

「心配しないでください。道は覚えていますわ。それに、この林には伯爵家に滞在してから何度も来ていますから。ほらここですわ」

ジュリアはある場所を手で指し示した。

緑の葉を広げた木々が空を覆っていて、太陽の光がその隙間を縫って降り注《そそ》いでいる。小さな丸い点の光が、土の地面の上に散らばっていた。

地面はモグラが荒らしたかのようにボコボコと、ところどころ土が盛られている。

「えっと、この木だったでしょうか？」

ジュリアは呆気《あっけ》に取られる二人に構わず、一本の木の幹に空いた穴に手を入れる。そして中に隠していたものを取り出した。

それは、小さな園芸用のスコップと三センチほどの大きさの巾着袋。

ジェームズとマーカスの目が、揃《そろ》って点になっているのが分かる。

ジュリアは微笑みながらドレスの裾をまくって、何もない場所に座り込む。そうしてスコップで地面に穴を掘りはじめた。

直径二十センチくらいの穴が空いたところで、ジュリアが二人を振り向く。

「ではお二人とも見ていらしてくださいね。これが私の究極のストレス解消法ですの」

ジュリアは大きく息を吸い込むと、穴の中に向かって一気に鬱憤《うっぷん》を吐き出した。

「イザベル様の意地悪！　私にだけならいいけど、どうしてハンナにまでいやがらせをするのかしら！　もうっ！　大っ嫌いですわ！」

そのあとに、ジュリアは小さな巾着袋からあるものを取り出して、それを穴の中に入れた。そうしてスコップで土をかぶせて、丁寧に蓋《ふた》をする。

「どうですか？　これが結構効くのですわ。自然の中というのがやはりいいのですわね」

ジュリアはそう言うと、ジェームズにスコップを渡した。

「これ……僕がやるの？」

「そうですわね、よろしければ、公爵様もどうぞ。色々ストレスが溜まっておられるのでしょうから」

マーカスに嫌味は通じなかったらしい。スルーされて別の質問をされる。

「ジュリア。いま、穴の中に埋めたものはなんだ？」

「ああ、これのことでしょうか？」

ジュリアはにっこりと笑って、巾着袋を二人に見せた。中には小さな種がたくさん入っている。

「これは木苺の種ですの。ここの土壌ならうまく育つはずですわ。来年の春には木苺がたくさん採れるようになります。私の行き場のない怨念は、来年には浄化されて実になって、この辺りの鳥の餌になって大空を舞うのですわ。気に入られましたか？」

得意げな顔でジュリアがマーカスに語って聞かせる。するとジェームズが信じられないといった顔をした。

「……もしかしてこの土が盛り上がっている場所は、全部ジュリアがやったの？　でも、ジュリアが伯爵家に来たのってほんの一か月半前だよね」

たしかに穴を掘って埋めた跡が、少なくとも三十か所以上残されていた。

ジュリアは顔を熱くして、しどろもどろに説明する。

「だ……だって、ジェームズが頻繁に私に会いに来るから……イザベル様の機嫌がすごく悪くなるのですわ。私にだけじゃなくてハンナにまでひどい態度を取るのですもの。ここ二週間はほとんど毎日穴を掘っていましたわ」

「毎日……なのか……！」

マーカスが呆れた声を出す。

「このことは他の方には秘密にしておいてください。これを知っているのは両親とハンナだけですの。私の七歳の頃からのストレス発散法です。お陰で子爵家の裏庭は一面木苺畑になってしまいましたわ。毎年その実でジャムを作れば、それはとても美味しいのです。これこそ浄化ですわね」

慌てて口止めすると、マーカスとジェームズは声を合わせて笑いはじめた。

先ほどまでの険悪な雰囲気は消え去って、長年の友人に戻ったように楽しそうだ。ジュリアもつられて笑顔になる。

ジェームズが楽しそうにスコップで穴を掘って叫んだ。それは口に出せないほど乱暴なものだったので、ジュリアは顔を青ざめさせる。よほど鬱屈《うっくつ》が溜まっていたらしい。

爽やかな外見は見せかけだろうと思っていたが、こんな風に暗黒の内面をさらけ出されると、さすがに怖い。ジェームズはずいぶん長い間、穴の中に愚痴《ぐち》っている。

「公爵様も、おやりになりますか？　女嫌いですのに結婚させられるのですから、ストレスも溜まっていらっしゃいますわよね」

「違う。俺のストレスの元はジュリアだ。だからこんなことをしなくても、ここでお前が俺に謝ればストレスはなくなる」

ジュリアの嫌味に対抗して言ったのだろうか。驚いてマーカスを見る。

「あ、謝るって、何の謝罪ですの？」

どうやら彼は怒っているわけではないようだが、微妙な表情をしている。

「自分の胸に聞いてみるんだな。大体、お前はジェームズとうまくいっているのか？

本当に……あいつと結婚してしまうのか……？」

金色の睫毛《まつげ》が寂しそうに揺れた気がして、胸がどきりと跳ねた。

「そ、それはですね。よく分かりませんわ」

目を逸《そ》らして適当に答えると、マーカスが矢継ぎ早に話しはじめる。

「俺だって、跡継ぎの男子を二人作ればお前と結婚できる。いざとなれば公爵位など甥にでも譲渡すればいい。選択肢はあいつだけじゃない。なのに、どうしてジェームズなんだ。どうしてお前は俺を選ばない」

（マーカス様は何が言いたいのでしょうか。もしかして、私がマーカス様と結婚すればいいと言っているのでしょうか……？）

そう思うと、心がふわりと軽くなった。体が宙に浮いたみたいな気分になって、思わず逸《そ》らした目を戻してしまった。

至近距離でマーカスの顔を見てしまい、胸がどきりと跳ねる。美しすぎる顔は心臓によくない。

「――だから、ジェームズを惑わせるのはよしてくれ。あいつは強がってはいるが、本当は繊細《せんさい》な男なんだ。ジュリアはジェームズにふさわしくない」

その言葉に、ジュリアはがっかりと肩を落とした。妙なことを考えた自分が恥ずかしすぎる。

（マーカス様は純粋にジェームズのことを心配しているだけ……。私と結婚する気など微塵《みじん》もないのですわ）

ジュリアは切ない気持ちを押し込めるように、わざと強気な口調で言い返す。

「そうですわね。でも、彼は私を好きだと言ってくださいましたわ。もしかしたら、公爵様と同じ時期に結婚式を挙げることになるかもしませんわね。ですから、色々教えてくださると嬉しいですわ」

「結婚式っ……くそっ！　そんなの駄目だ！　なんでジュリアは俺にそんなことを言うんだ。だから、俺はお前が嫌いなんだ」

マーカスの機嫌はさらに悪くなってしまった。面と向かって嫌いだと言われて、胸がちくんと痛む。

そこに、ちょうどストレスを解消してすっきりした顔のジェームズが戻ってきたので、二人の会話は中断される。

「これはすごくいい方法だね！　さすがジュリアだ。ところで結婚って誰と誰の話？」

「も、もちろんマーカス様とイザベル様ですわ」

ジュリアはすぐに他の話題に変えた。これ以上ジェームズの結婚の話をして、マーカスを怒らせるのは得策ではない。

結局、マーカスの機嫌は悪いままだった。屋敷に戻ったあと、もう少し滞在したいと言うジェームズを無理やり連れて、彼は帰っていったのだった。

――マーカスとジェームズがブルボン伯爵家を訪れてから、二週間が経った。

イザベルはあの日から一週間ほど、自室に閉じこもっていた。そして今日、父であるブルボン伯爵にマーカスの結婚相手候補の辞退を頼み込んだようだ。

（マーカス様と何かあったのだわ。彼は策士ですもの。うまくイザベル様の誘いを断ったのね）

そんなことを考えていると、ハンナが部屋に戻ってきた。彼女はどこか楽しそうな顔をしている。どうやらイザベルが辞退した原因の真相が分かったらしい。

「お嬢様、噂好きの侍女から本当のことを聞きました。二週間前、イザベル様は東屋《あずまや》で公爵様を誘惑したそうなのです」

それは当然予測できていたこと。ジュリアが先を促《うなが》すと、ハンナは言いにくそうに頬を赤らめる。そして小さな声でジュリアに語って聞かせてくれた。

「ここだけの話、実は公爵様には乱交のご趣味があったようで、イザベル様は美人と評判の侍女と一緒に裸で迫ったようですわ」

その噂の出どころは想像がつく。きっとミュリエルがマーカスを手に入れられなかった悔しさから、イザベルに話したのだろう。

それを信じたイザベルが、もう一人他の女性を用意してマーカスを落とそうと企《たくら》んだのだ。

（イザベル様は、それでもマーカス様と結婚がしたかったのですわね。他の女性と一緒だなんて、私には絶対に無理ですわ。でもこの結婚を断りたいマーカス様は、迫られて困ったでしょうね）

ジュリアはそう考えながら、ハンナに尋ねる。

「それで、イザベル様はどうして辞退なさったの？」

「イザベル様は、やはり他の女性と同時に抱かれるのが許せなかったから、とおっしゃっているみたいですが、実のところは違うようですよ」

マーカスは結婚したくないのだから、イザベルを抱いたりしないだろう。ジュリアは頷いて続きを待った。

「実は……イザベル様の大きな胸に嫌悪感を示したマーカス様が、過呼吸を起こして吐いてしまわれたようです。しかも、イザベル様の胸の上に……半狂乱で自室にお戻りになったと聞きました。よほど応えたのでしょうね。あれほど喜んでいらした公爵様との結婚を辞退されるのですから」

あの時、マーカスが青白い顔でやってきたわけが分かった。

イザベルの気持ちを考えると、ほんの少し同情したくなる。張り切ってマーカスを誘惑したのに、逆に気分を悪くされたのだ。

（策士で女を弄《もてあそ》ぶのが好きなマーカス様のことですもの。それも結婚を辞退させるための演技だったのでしょうね）

ジュリアは思わず呆れてしまう。そして、ふと思った。

「結局、マーカス様は誰とも結婚なさらないのですわね」

しみじみと呟くと、ハンナは怒った顔で、両手の拳《こぶし》を腰にあてた。

「そうです。でも、ああいう奔放な男性は、結婚などしないほうがいいのです。もう何事もなかったかのように女遊びを繰り返していると、もっぱらの噂ですよ。あれだけの美貌ですから、悪い噂があっても女性が放っておかないのですね。国王様も彼のことは諦められたそうですわ」

「そう……」

ジュリアが浮かない顔をしたので、心配したのだろう。ハンナが優しい声音で励ましてくれる。

「その点、ジェームズ様はとてもいい方ですよ。ですから、お嬢様は心配なさらずに。ああいったご友人がいらしても、誠実なお方ですから」

「ふふふ、そうね」

マーカスがもう女遊びをはじめている。そのことが頭の隅に引っかかって離れない。

ジュリアは無理に口角を吊り上げると、ハンナに笑って見せた。

第四章　ヘルミアータのキャラメル

「今日は、王都で年に一回の大規模な市《いち》が開かれる日だわ。ハンナ、今日はアレを持って中央区に行きます。質素な服とアレを用意してください」

ジュリアが侍女のハンナに指示を出すと、彼女は黙って頷く。

今回の王都訪問には、婿探しだけではなくもう一つの目的があった。

ヘルミアータ領は酪農や畜産業が盛んだ。お金はないが、牛肉とミルクだけは腐るほどある。それを使って名産品になるようなものを売り出せないだろうかと思案していた。

そこで、ジュリアはキャラメルに目をつけた。砂糖とミルクだけで作れるキャラメルなら、ヘルミアータ領で生産ができるし、日持ちもするので辺境の領地からでも輸送が可能だ。

ヘルミアータ領でしか生息しない牛を使って作ったキャラメル。それは濃厚で深い味わいがあり、かなりおいしい。流行に敏感な王都の中央区で認知されれば、すぐに王国中に広がると確信していた。

貴族令嬢が物売りの真似をするというのは非常に体裁が悪い。そこで、ジュリアは目立たないようにベージュ色のワンピースを身につけた。ハンナは白いシャツに紺のスカート姿になる。どこから見ても二人は立派な町娘だ。

もちろん、ブルボン伯爵にもこのことは秘密だ。ジュリアは質素な服の上から高級なマントを羽織った。その下で町娘の変装をしているとは誰も思わないだろう。ブルボン伯爵家の使用人に気づかれることはないはず。

二人は近くの町まで、伯爵家の馬車にのっていく。そして、買い物に行くので夕方にまた迎えに来てくれと馭者《ぎょしゃ》に頼んだ。

それからジュリアはマントを脱ぎ、市民が使う乗合い馬車で中央区を目指す。

ジュリアたちは籠《かご》いっぱいのキャラメルを膝の上にのせ、満員の馬車に揺られていた。市民の足ともいえる馬車は、大勢の人がぎゅうぎゅうに座っている。

なんとか三十分ほど耐えると、中央区のマルクト広場に馬車が到着した。

ここが馬車の終着場だ。大勢の乗客と一緒にジュリアたちが馬車を降りると、そこにはいままで見たこともない世界が広がっていた。

とてつもなく広大な広場は、珍しい建築様式の高い建物で囲まれている。広場には所狭《ところせま》しと出店が並んでいて、色とりどりのテントがひしめいている。

テントとテントの間は大勢の人で埋め尽くされていて、石畳が見えないほど。こんなにたくさんの人が一度に集まっているのを見たのは初めてだ。

「まぁぁぁぁぁーーーーー！」

口が自然と大きく開かれて声が出る。一緒に馬車にのっていたおじさんが、長い顎髭《あごひげ》を揺らしながら言った。

「お嬢ちゃん、中央区は初めてかい？　ようこそ、ここがボッシュ王国の中心地、マイセルン中央区だよ」

とにかく人の数が多い。その活気に気圧《けお》される。

人混みを掻きわけて走る荷車に轢《ひ》かれそうになりながらも、ジュリアたちはなんとか人の波にのることができた。

けれども、今度はその人波に流されて、どこに連れていかれるのか分からない状態だ。

後ろからどんどん人がやってくるので、立ち止まることはできない。

キャラメルの入った籐《とう》の籠《かご》を必死で抱えながら、辺りの光景を眺める。

商品の値段交渉に夢中になっている年配の女性。猫に魚を取られて怒っている髭《ひげ》もじゃの店主。花を売るための口上《こうじょう》に夢中の若い女性。

建物の陰で寝ている犬までもが新鮮で、見るもの全てが宝物のようにキラキラしている。

（これがマイセルン中央区！　貿易と商業の町と呼ばれる中央区に来ているなんて、信じられないですわ！）

おそらくほとんどの貴族令嬢は足を踏み入れたことがないであろう。そんな市民の生活の中心地を見て、ジュリアは胸を躍《おど》らせた。

「お嬢様！　私たちどこに行くのでしょうかぁぁ！」

大きな籠《かご》を胸の中に大事に抱えながら、青い顔をしたハンナが息も絶え絶えに叫ぶ。

「間違えないで！　私は妹のジュリアよ、ハンナ！　もう少し先に行ったら、あの白い建物の間に入りましょう。そこでこれからのことを考えるわ！」

貴族令嬢だということを隠すために、ジュリアとハンナは姉妹のふりをすることにしたのだ。

ようやく人波から逃れられ、ジュリアは狭い路地でハンナと一息ついた。

籠《かご》の中の個別包装されたキャラメルの無事を確認してから、ハンナに言う。

「今日は天気がいいから、キャラメルを置いてくれる店を早く見つけないと溶けてしまいそうだわ。まずは大通りのお店から聞いてみましょう」

「は、はい。お嬢さ……あ、ジュリア」

早速ジュリアとハンナは、大通りのカフェやお菓子屋さんを片っ端から回ってみる。

何十軒もあたって、キャラメルを置いてくれる店をやっと三軒見つけた。

三軒目のお店は大通りからは外れているが、こぢんまりとしたとてもお洒落《しゃれ》なカフェ。

そこの店主のヒルダがキャラメルの味を気に入ってくれて、試しにメニューにのせてみると言ってくれた。

「ヒルダおばさん、ありがとうございます！　味には自信があります。我がヘルミアータ領では超人気で、いつも行列ができるんですすよ！」

「え……？　我がって……？」

ヒルダはジュリアの言い回しに疑問を持ったようだ。

領主の令嬢がキャラメルを売りに来たなどという噂が立っては困る。すぐに訂正した。

「ああ……あの、ワガっていうのは町の名前なんです。ふふふ。それよりヒルダおばさん。ちょうどお腹がすいてきたので、こちらで食事してもいいですか？」

「ああ、もちろんいいよ。あんたの姉さんも一緒に食べていくんだろう？　昼ご飯ならサンドイッチがおすすめだよ」

少し出っ張ったお腹を叩いて、ヒルダが豪快に笑いながら言った。

「あ、はい。お願いします。緊張して、朝ご飯もあまり食べられませんでしたので、お腹ペコペコなんです」

少し青ざめたハンナが言う。きっと人混みに酔ったのだろう。

店の奥には木で作られた素朴《そぼく》な椅子とテーブルが置かれている。壁やテーブルの上には、小さなドライフラワーが可愛らしい花瓶《かびん》に活けられていた。

ハンナはさらに気分が悪くなってきたようだ。テーブルにつくと、ハンカチを口にあてて苦しそうな表情を浮かべる。

ヒルダはハンナの様子を見ると、奥の厨房《ちゅうぼう》に向かって大きな声で叫んだ。

「トーマス！　お水を持ってきてくれ！　ショウガとミントの葉も添えてあげてね。お嬢さんの気分が悪そうなんだ」

「す、すみません。お手数をおかけしてしまって……」

青い顔のまま、小さな声でハンナが答えた。

「ごめんなさい、姉さん。私がもっと早くに気がつくべきだったわ。大丈夫？」

ジュリアは少し焦りながらハンナの背をさする。

（本当に馬鹿でしたわ。初めての中央区に浮かれてしまって、ハンナの状態に気がついてあげられなかっただなんて……）

ジュリアが自分を責めていると、テーブルの上にショウガとミントの入った水が置かれる。

「大丈夫ですか？　よかったらここでしばらく休んでいってください。ちょうど昼時の忙しい時間も終わったので、大丈夫ですよ」

そう言って爽やかに笑うのは、薄茶色の目が印象的な青年だった。

彼は落ち着いた雰囲気をまとっている。黒いエプロンを腰に巻いているので、このカフェで調理をしているのかもしれない。

「あ、ありがとうございます。でも、お嬢……ジュリア一人でお店を回らせるわけにはいきませんので、すぐにお暇《いとま》します」

ハンナが顔を上げてそう言った時、彼女と青年の目が合う。ジュリアは二人の間の空気が変わったことに気がついた。

ハンナは頬を赤らめてすぐに俯《うつむ》いているし、青年はハンナを見た瞬間、びくりと全身を震わせていた。

ジュリアは遠慮したハンナに向かって、大声で言い募《つの》る。

「何言っているの！　あと一軒お店を見つけるだけだから、私一人で大丈夫よ。終わったらすぐにこの店に戻ってくるから、姉さんは心配しないで！」

「で、でもジュリア」

ここは引き下がれない。いままで散々ハンナには世話になってきているのだから、彼女の幸せの邪魔はできない。

「妹さんもそう言っているようだし、お姉さんもここは甘えてみてはどうですか？　マイセルン中央区は治安もそう悪くありませんので、女性一人でも歩けますよ」

頬を赤く染めた青年が、はにかみながらハンナに店に残るよう勧める。ハンナはすぐに陥落《かんらく》したようだ。

彼女は謙虚な微笑みを浮かべてから青年を見ると、小さな声でお礼を言った。

「ありがとうございます。あの……私、ハンナといいます。トーマスさんですよね？　先ほどヒルダさんがそう呼んでいましたので」

そう言ってまた二人で見つめ合って、すぐに頬を真っ赤にして同時に目を逸《そ》らす。

（こんなに分かりやすい二人っていませんわよね。ほら、ヒルダおばさんまで生暖かい目でこっちを遠巻きに見ていますわ。私の観察力は必要ないくらいですもの）

その後、ジュリアは急いでトーマスの作ってくれたサンドイッチをお腹に収めると、キャラメルの入った籠《かご》を持ってカフェを出た。

川沿いの店でも回ろうと足を進めた時、ジュリアは人混みの中にいるはずのない人の姿を見つけた。

「え……？」

何度も目を擦(こす)っては確かめる。

黒い髪に黒い瞳。白いシャツにベージュのズボンと黒いブーツ。町民の格好をしているが、あれはマリウスに変装したマーカスだ。

彼はジュリアの存在にも気づかずに、隣の男性と親しげに話しながら、朗(ほが)らかに笑い合っている。

(そんな顔もできるのですわね。私にはいつも無愛想な顔で睨(にら)みつけてくるだけですのに！　でも……笑うと、意外と素敵ですわね……あぁ駄目、駄目ジュリア！　彼が私にした仕打ちを覚えていますわよね？　彼は顔がいいだけの最低な男性です！)

ジュリアはマーカスに気がつかないふりをして、そっとその脇を通り過ぎる。ちょうどすれ違った時、全身の細胞がぞわぞわと騒ぐような感じがした。そんなジュリアの内心など知らず、彼が彼女に気づくことはなかった。

何故だかわけの分からない怒りが湧いてくる。

「なんなのでしょうか！　あの人、私に気づきもしないだなんて！　私とあんなことまでしたのに！」

ジュリアはマーカスの悪口を思いつくだけ頭に浮かべて、心を落ち着けた。まだすっきりしないが、気を取り直して先を急ぐ。時間を無駄にするわけにはいかない。

だんだん売り込み方のコツが掴めてきたので、ジュリアは残りのキャラメルを全て置いてくれるという商店をすぐに見つけた。

「ふふっ……楽勝ですわね。でもすぐに戻るとハンナに悪いから、もう少し中央区を堪能《たんのう》してから帰りましょう。ヘルミアータ領に帰ってしまうと、滅多に中央区までは来られないですもの……」

空《から》になった籠《かご》を見て、ジュリアは気をよくする。彼女は浮かれた気分のまま中央区のお洒落《しゃれ》な店を見て回った。

さすが流行のものが集まっている中央区だ。色々興味深いものがあって、それらを眺めるだけでも楽しめる。ジュリアは雑貨店に入ってみることにした。

「これ……可愛いですわ……」

その中にあったウサギの形をした髪飾りを手に取ってみる。

高級な素材で作られているわけではないが、そのとても可愛らしいデザインに目を引かれた。

買おうかどうか迷ったが、年頃の貴族令嬢がつけるものとしてはモチーフが子どもっぽいし、チープすぎる。散々迷ったがやめておいた。

ジュリアは店を出て通りを歩きはじめる。道の両脇にもたくさん出店が並んでいて、ジュリアは夢中になって一軒一軒をじっくりと眺めていった。

「ジュリア……お前ジュリアか……?」

予告もなしに背後から名前を呼ばれて、肩に手を置かれる。振り向くと、そこには意外な人物が立っていた。

向こうもジュリアがこんなところにいるとは思ってもみなかったのだろう。かなり驚いた表情で、彼女の顔を食い入るように見つめている。

「……ブレナン、あなたですの? どうしてこんなところに?」

ジュリアは手に持っていた籠《かご》を落とした。

彼の名はブレナン・ヒューミル。ジュリアの三人目の婚約者で、大きな町の文官だった。しかしジュリアが彼の不正を暴《あば》いたせいで失職し、まだその町で刑に服しているはず。

「ジュリア! お前のせいで俺の人生は滅茶苦茶《めちゃくちゃ》になった!」

ぼさぼさに伸びた灰色の髪を揺らして、ブレナンは叫んだ。その瞳には狂気が浮かんでいる。彼はジュリアの腕を掴むと、無理やりどこかに引っ張っていく。

振り払おうとするが、男性の強い力には敵《かな》わない。

「やめて……! ブレナン! あなたどうしてこんなところに……?」

ブレナンはジュリアの質問には答えない。人気《ひとけ》のない路地にジュリアを引きずり込むと、彼女の体を壁に叩きつけた。

「きゃっ！」

「俺にはまだ憲兵《けんぺい》に見つかっていない金があったからな。それを賄賂《わいろ》にして脱獄したんだ。お陰で一文無《いちもんな》しになった！　どうしてくれる！」

生まれて初めて向けられたむき出しの悪意に、体がすくんで動けない。声を出そうにも唇が震えるだけ。

「でも、ここでジュリアに会えたんだ。俺の運も尽きたわけじゃなさそうだ。あの時の礼をしないと俺の気が収まらない！　金持ちになって貴族の仲間入りができるチャンスだったのに！　お前が全てぶち壊したんだ！」

ブレナンの目は血走っている。彼は本気だ。本気でジュリアに復讐しようとしている。

恐怖でゾクリと背筋が凍《こお》った。

ジュリアはとにかく冷静になって、状況を判断することに集中する。周囲には誰もいないようだ。

ブレナンは元文官とはいえかなり大柄の男。力で敵《かな》わないのは明らかだ。

助けを求めようにも、こんなに人気《ひとけ》のない路地では誰も通りそうもない。万が一誰かが通ったとしても、助けてくれるかどうかも分からない。

（やっぱり自力で逃げるしかないのでしょうか……でもどうやって……？）

そう思った瞬間、聞き覚えのあるテノールの声がジュリアの名を呼んだ。

「ジュリア！」

路地の角から現れたのはマリウスの姿をしたマーカスだった。ジュリアを押さえつけた腕の力を緩めないまま、ブレナンは突然現れた人物を振り返る。

マーカスが現れてホッとしたのか、ジュリアはやっと声が出せるようになった。

「マーカス様！　助けてくださいませっ！」

まさかの彼の出現に驚きを隠せないが、とにかくジュリアは叫んだ。

マーカスは仁王立ちで、ブレナンを睨《にら》みつけている。

「お前、ジュリアの知り合いか！　こいつを助けに来たのか？　俺はそう簡単に諦めないぞ！　怪我をする前に引っ込んでいるんだな！」

そういってブレナンが懐《ふところ》からナイフを取り出した。しかし、ジュリアはこれで助かったと安堵のため息を漏らす。ナイフを持った元文官など、騎士の称号を持つマーカスなら簡単に処理できるはず。

けれど、ジュリアの予想に反してマーカスは突拍子もないことを言い出した。

「ああ。復讐でもなんでも勝手にするといい。俺は止めない。さっさと続きをやってくれて構わないぞ」

「ちょっと待ってくださいませ！　いまなんておっしゃいました⁉」

ブレナンが何かを言う前に、ジュリアが大声で叫ぶ。

「いくら私のことが嫌いでも、か弱き女性を助けるのが当然ですわよね⁉　どうして助けないという選択肢が出てくるのでしょうか⁉」

するとマーカスはずかずかと近づいてきて、怒りのこもった目でジュリアを睨《にら》みつけた。

「俺はお前が嫌いだ、ジュリア。お前に会ってから俺は変なんだ。毎日、お前をどうしてやろうかと考え続けていたよ。そこの男が代わりにやってくれるというのならちょうどいい。俺は黙って見ていてやるから、存分に復讐されてくれ」

「お、おかしいですから……絶対おかしいですから、その論理展開。大体、あなたが私を弄《もてあそ》んだのが悪いのですわ。あんなところまであんな風に触っておいて、いつも私に冷たくするではありませんか。いくら女嫌いでも度が過ぎていらっしゃいますわ！」

まさかの展開に驚きを通り越して呆れ返る。マーカスは表情も変えずに怒りの声をあげた。

「違う！　お前が俺を弄《もてあそ》んだんだ！　そのせいで俺はおかしくなってしまった。もう毎日お前のことしか考えられない！　気がおかしくなりそうだ！」

「なんですって！　あなたは結婚を免《まぬが》れて、他の女性たちと毎日遊んでおられたのですわよね！」

負けずにジュリアも言い返す。マーカスはさらに反論してきた。

「お前だってジェームズと毎日会っているだろう！　どうしてよりによってあいつなんだ！」

「だってジェームズが勝手に押しかけてくるのですもの、仕方がないですわ！　それに私は毎日じゃないです！」

ブレナンの存在を無視して話を続けたため、彼の怒りが増大したようだ。ブレナンは二人の言い争いに割って入るように叫ぶ。

「待てっ！　おい、お前！　邪魔する気がないなら、そこで黙って見ておけ！　二度と男の顔が見たくなくなるほど、俺がジュリアを凌辱《りょうじょく》してやる！　俺のあとでならお前も味見くらいはさせてやってもいい。その頃には正気を保っているかどうか分からんがな！」

そう言うとブレナンはジュリアのワンピースのボタンに手をかけた。彼女が着ているワンピースは前開きで、ボタンが外されたら胸が丸出しになってしまう。

抵抗するが、ナイフを突きつけられてジュリアは体を硬くする。

ボタンを一つ一つ外しながら、ブレナンが顔をジュリアに近づけてきた。

（キスをする気だわ！）

近づいてくるブレナンの唇を避けようとするが、ナイフの先を首元にあてがわれて動きを止めるしかなかった。臭い息が顔にかかって、ぞわりと全身に鳥肌が立つ。

「やっ…………！」

（いやっ！　いやよ！　こんな男にキスされるくらいなら、ナイフで刺されて死んだほうがましだわ！）

「……っつ！　や、やだぁっ！　助けてぇっ！」

唇があわや触れようとする寸前に、ジュリアが大きな声で叫んだ。

すると、マーカスが駆けてくる足音が聞こえた。

「待て！　やっぱり俺がやる！」

マーカスは片手でブレナンの頭を掴んで押しのけると、ジュリアの前に立った。

そうして、あろうことか乱暴に自分の唇を重ねてくる。

（えっ……？）

マーカスの唇の柔らかい感触が落とされ、甘い香りが口内に広がった。

「……んっ……」

何度か食べられるようなキスが繰り返されたあと、熱を持った舌が唇を割り入ってくる。

互いの舌がまるで生き物のように絡まり合った。唾液が混じり合ってくちゅくちゅと音を立てている。

（あ……なんて気持ちがいいのかしら。天国でまどろんでいるみたいですわ……）

あまりの気持ちのよさに、官能の声が漏れ出てしまう。

「んんんんっ……ん……ふっ……」

「こ……この野郎！　やっぱりジュリアを助けに来たんじゃないか！」

頭を押さえつけられているブレナンは顔を真っ赤にすると、ナイフでマーカスに襲いかかろうとした。

マーカスはジュリアとキスしたまま、ブレナンの手首を叩いてナイフを落とさせ、腹を思いきり蹴りつける。あっという間に彼は大きな悲鳴をあげて地面に倒れ込んだ。

マーカスはその間、一度もブレナンを振り返ることすらしなかった。

ブレナンはすぐに意識を失ったようで、微動だにしない。マーカスはやはりキスを続けながら、彼の手から落ちたナイフを、その場から遠ざけるように蹴った。

しばらくマーカスと唇を合わせていたが、ゆっくりと互いのそれが離れる。

するとボタンを外されていたジュリアのワンピースが、リボンで結ばれた腰のところまで一瞬ではだけた。

胸の谷間の部分から臍《へそ》が見えるほどまで、弾力のある肌が露《あら》わになる。

「あ……」

慌ててジュリアは両手でドレスを押さえ、マーカスに見られないように胸を隠した。

するとマーカスがジュリアの両手首を掴んでそれを止めさせる。テノールの声が人気《ひとけ》のない路地に響き渡った。

「俺がこいつの代わりに復讐するんだ。だから隠さないで胸を見せろ、ジュリア。それとも、ジェームズにキスマークでもつけられていて、見せられないのか?」

その低い声に、ジュリアの体は支配されてしまい、抗えなくなる。どうしてマーカスがそんなに怒っているのか分からない。

「い……いやですわ！　わけが分からないですもの。どうしてあなたが私に怒るのですか！　普通は逆です。この場合、怒っていいのは私ですわ！」

「駄目だ……見せろ！　俺がどれだけ我慢してきたか分かっているのか?　もうこんな

感情に耐えられないんだ！　頼むからジュリアの体を見せてくれ。もう我慢ができない！」

目の前にいる彼は、ジュリアが知っているマリウスともマーカスとも違う。

彼は漆黒の髪を揺らし、凶暴なまでに己《おのれ》の欲望を叫んでいる。

それでもその潤《うる》んだ瞳の奥には、ジュリアに拒絶されるかもしれないという恐れとおびえが見え隠れしていた。

頬を赤らめ、ジュリアの瞳を捉《とら》える彼を見て、胸の奥がときめく。けれども、すぐにいまの状況を思い出して思いとどまった。

「駄目ですわ、こんなこと！　他の女性たちに頼んでくださいませ！」

「……他の女じゃ無理なんだ……ジュリア、お願いだ。もうジェームズに体を許すな……他の男なんか見るな……頼む、これ以上俺をおかしくさせないでくれ」

マーカスは魂を絞り出すように叫ぶ。

(何を言っているのでしょうか？　こんなの誰がどう聞いても愛の告白にしか思えないですわ。マーカス様は、私を愛しているとでもいうのでしょうか？　それとも、また私を騙《だま》して傷つけようとでもしているの？)

どう答えたらいいか分からずに無言のまま立ちすくんでいると、突然激しい雨が降り出した。

昼過ぎまであんなに天気がよかったというのに、青い空はすでに厚い雲で覆われている。

ブレナンに気を取られていたため、空が曇っていたことに気がつかなかったようだ。

大粒の雨が頬を叩きつけるように落ちてきた。

一度空を仰《あお》いだマーカスは、ジュリアを掴んでいた手を放したかと思うと、いきなり彼女を横抱きにして抱え上げた。

その隙に、ジュリアは外されたワンピースのボタンを留め直す。

「ジュリア……場所を変えよう。雨も降ってきたし、この場所にずっといるのは危険だ」

（あなたといるほうがよっぽど危険だと思いますわ！）

そうは思ったが、口には出さなかった。抱きしめられた腕は温かく、こんな時にもかかわらず心地よさを感じてしまう。

軽々とジュリアの体を横抱きにして走っていくマーカスの顔を、振動に耐えながら仰《あお》ぎ見た。下から見る顔もとても端整で美しい。雨のしずくがその長い睫毛《まつげ》を濡らして滴《したた》り落ちてくる様子に見惚れる。

人気《ひとけ》のない入り組んだ路地を抜けると、見たことのある大きな通りに出た。

しかし、マーカスは足を止めずに大通りを抜ける。さらに知らない道を駆け抜け、見知らぬ家の扉を開けて中に入った。

「……ここは、誰の家ですの？」

「ここは俺がマリウスに変装する時に使っている部屋だ。心配するな。ここには俺たち以外誰もいない。ジュリアと俺だけだ」

それは安心する材料ではない。誰もいない部屋に、女癖の悪いマーカスと二人きりなのだ。

ジュリアは横抱きにされたまま二階に運ばれて、部屋の中に連れ込まれた。

そこは寝室のようで、一人用のベッドと机、衣装棚が並んで置かれている。

体中が雨に濡れてびしょびしょなので、薄い生地のワンピースが肌に張りついて気持ちが悪い。ジュリアは顔を歪《ゆが》めながら、マーカスの顔を見上げる。

すると、ちょうどマーカスと目が合った。睫《まつ》毛《げ》の上にある水滴のせいで、視界がぼやけて彼の表情ははっきり見えない。

次の瞬間、マーカスはジュリアをベッドの上に放り投げた。

「きゃぁっ！」

体がマットレスに沈み込む。その衝撃で睫《まつ》毛《げ》の水滴が落ちて、ようやくマーカスの表情を知ることができた。

マーカスは体中から水を滴《したた》らせながら、濡れた黒髪を右手で掻き上げた。その中から魅力的な二つの瞳が現れる。

水滴をまとった唇はほんの少し開かれている。湿った息を吐きながらジュリアを見つめる姿はとても官能的で、彼女は思わず息を呑んだ。

吸い込まれそうなほどの美貌を前に、息をするのも忘れそうだ。

（美しい男性の濡れた姿って……こんなにも破壊的な威力がありますのね。これにドキドキしない女性がいたら教えてほしいくらいですわ！）

しばらくの間、ジュリアは状況も忘れて、呆然とベッドの上に座っていた。

すると、人形のように立ちすくんでいたマーカスが、意を決したように口を開く。

「ジュリア……服を脱いで裸を見せてくれ」

そこでジュリアは我に返った。

（きっと、マーカス様は私を裸にして襲う気なのですわ。そして、純潔を奪ってからてのひらを返して私を捨てて、復讐するつもりなのでしょう！　危なかったです。もう一歩でマーカス様の美貌に惑わされるところでしたわ）

ジュリアはそう納得したが、マーカスは切ない目で懇願《こんがん》する。

「ジュリア……お願いだ。毎晩、ジュリアの裸を想像して眠れなくなる。このままじゃ仕事にも支障が出そうだ。本物を見ればきっと熟睡できるはずだ。頼む……」

「そ、そんなのおかしいですわ。どうして私の裸なんか……女性なら他にたくさん……」

「さっき助けてやっただろう。お前は恩人に礼もできない女なのか？」

「……うっ」

そう言われればどうしようもない。たしかにマーカスがいなければ、今頃ブレナンに何をされていたか分からないのだ。

それでも渋っていると、マーカスがこんなことを言い出した。

「だったら俺の体を見せてもいい。お前だけが裸になるわけじゃないから、いいだろう？」

（そ、そうなのでしょうか……？）

マーカスの勢いに押され、ジュリアはぼんやりと無言で頷いてしまう。

「で、でもマーカス様が先に脱いでくださいませ」

するとマーカスはとても悩ましい表情をした。彼が目を伏せると、黒髪の先から光る雨のしずくがぽたぽたと垂れてくる。

窓の外は土砂降りで、部屋の中はかなり薄暗い。

ジュリアの耳に響いてくるのは、心臓の音なのか窓ガラスに打ちつけられる雨音なのか、区別がつかなかった。

息を止めてマーカスの姿を窺《うかが》う。

マーカスは切なそうな顔をすると、自らのシャツに手をかけた。

その頬は興奮からなのか、服を脱ぐことへの羞恥心からなのか、朱色に染められていた。

節くれだった十本の長い指が滑《なめ》らかに動いてボタンを外す。次第にマーカスの肌が露《あら》わになっていく。

はじめは骨ばった喉の窪《くぼ》み、それからその硬さを充分に知らせる鎖骨が見える。

隆起して陰影を作っている胸筋は逞《たくま》しく、厚い腹筋は上下に動いていた。マーカスが激しく息をしているからだろう。

「……くっ……」

熱い視線に耐えきれなくなったのか、マーカスの形のいい唇から小さく声が漏れ出た。

（なんて淫靡《いんび》な光景なのでしょう……）

マーカスがシャツのボタンを全て外しきって、それを脱ごうとした時、思わず心の声が漏れ出てしまった。

「待ってください！　シャツはそのままでいいですわ。それよりもズボンと下着を脱いでください。もうズボンがきつそうで見ていられないですもの」

裸に濡れたシャツを一枚羽織っただけのマーカスの色気は、尋常ではなかった。ジュリアはゾクリと体を震わせる。

彼の威圧的だった態度はどこかに消え、いまはまるで飼い犬のようにジュリアの命令に従っていた。

恥ずかしさに頬を染めながら指示に従うマーカスの様子に、ジュリアの心臓は高鳴っていくばかりだ。

（すごい！　すごいですわ！　なんて綺麗な肉体なのかしら……。無駄な筋肉も脂肪も一切ない男性の裸って、こんなにも魅惑的なのですわね）

彼女はほうっと見惚れる。

マーカスは、すでにブーツを脱いでベルトを外し終えていた。次はズボンだ。

彼の股間は膨れ上がっていて、ボタンがとても外しにくそうだ。彼は何度も試《こころ》みるが、うまくボタンが掴めていない。

「大丈夫ですか？　手が冷えているのかもしれませんわね」

ジュリアはベッドから下りてマーカスの前に立つと、彼がボタンを外すのを手伝う。

雨に濡れたジュリアの指が彼の肌に直接あたった瞬間、ピクンと胸の筋肉が動いたのが見て取れた。

（もしかして緊張しているのでしょうか……女性には慣れているはずですのに……）

ジュリアはすぐに一つ目のボタンを外した。その下の小さなボタンもどんどん外していく。

時々、彼女の指が布越しの熱く硬いものをかすめると、マーカスはうめき声を漏らす。その声を聞く度に、ジュリアの中の何かが満たされたような気持ちになった。

彼のズボンの前は大きく開かれ、膨らんだ下着が突如として現れる。

「はぁっ……はぁっ……ジュリア！」

マーカスが情熱的にジュリアの名前を呼んだかと思うと、いきなり両腕を痛いほどに掴まれた。

彼の目線はジュリアの胸に向けられたまま。視線の先に目をやると、彼女の胸の突起は大きくなって立ち上がり、濡れたワンピースから透けて丸見えの状態だった。

「あ……やだっ」

恥ずかしいと感じるよりも先に、マーカスがジュリアのワンピースを乱暴に脱がせようとする。

「待って！　もっとゆっくり脱がせてください……お願い」

ジュリアの声に、マーカスは動きを止める。

恥ずかしくて堪らず、ジュリアはマーカスに背を向けた。そうしてから彼が脱がしやすいように、長い髪を左肩に流す。

背後で、マーカスがゴクリと唾を呑み込んだ音がした。背中を見て欲情するだなんて、聞いたことがない。首筋に何度も彼の温かい息があたってくすぐったくなる。

マーカスはジュリアの背中から手を回して、ワンピースの前のボタンを一つずつ外していく。そして前立てを大きく開き肩を出させて、袖から彼女の腕を抜いた。

張りついた布地から自由になって喜んでいるかのように、さらされた乳房がプルリと震える。

背後にいるマーカスの表情は全く見えないが、呼吸が段々と速くなっているのが分かる。ジュリアの心はそれだけで高揚してしまう。

ふと、腰に熱くて硬いものがあたっていることに気がつく。それがなんなのか理解して、緊張がいままでになく高まった。

マーカスはその間も後ろから抱きかかえるような体勢で、ジュリアのワンピースをまさぐっている。二人の体が、自然に隙間もないほどに密着していく。

マーカスの手はジュリアの体の上をしばらくさまよったあと、腰に蝶々結びにされたリボンをほどきはじめた。

しかし、間違った方法でほどこうとしたため、固結びになってしまったらしい。マーカスはそれを取ろうと苦戦しているようで、何度も筋肉のついた逞《たくま》しい腕がジュリアの肌に擦《こす》れる。

「ん……あっ……」

肌の表面を撫でられるようなもどかしい感覚に、桃色の吐息が唇から漏れ出す。

(これ……これが私の声なの？　あぁ、なんて恥ずかしいのかしら……)

マーカスはリボンをほどくのは諦めたらしい。次は、大きな両手で乳房をすっぽりと覆った。

荒々しく揉みしだかれるのではないかとジュリアは身を硬くするが、彼はその手を乳房に優しく添え、そのまま動かさなかった。

背中に添うように立つマーカスの温もりが、体だけでなく心までも温めてくれる。

二人の間に沈黙が流れて、勢いを増した雨の音だけが寝室に響き渡った。

しばらくして、マーカスの人差し指が少し動いて、立ち上がっている敏感な乳首に触れる。

たったそれだけのことなのに、ぞくぞくとした快感がジュリアの背中を一気に駆け巡った。

「ふぁっ……！」

その声に弾かれたように、マーカスの手が、指が、ゆっくりと動き出して、ジュリアのたわわな乳房を揉みはじめた。

その手つきがあまりにもゆっくりで官能的で、まるで宙に浮かんでいるかのような高揚感に浸る。

「はあっ……はあっ……ジュリア……」

「ん……あぁんっ……」

マーカスに触れられるところ全てが熱を持って、どこまでが自分の体温なのか分からなくなった。

背中から回されたマーカスの腕に力が込められる。彼の腕が、深く……きつく……ジュリアを胸の中に閉じ込めようとする。

ジュリアはマーカスを求めるように視線を向けると、左腕で彼の頭を引き寄せた。唇と唇が触れるくらいにまで、顔を近づける。

なのに、これ以上は届かない。少し唇の先が触れるだけですぐに離れてしまう。

（あ……やだ……もっと触れていたいです……）

互いに舌を出して、ゆっくりと味わうように濡れた舌先を絡め合った。

その間も、マーカスは人差し指と中指で乳房の先端をつまんで、ねじって……引っ張る。そのうちに、マーカスは切ない声をあげた。

「もう無理だ……ジュリア。全部脱いでくれ」

堪《こら》えきれないといった切ない声色に、ジュリアは閉じていた瞼《まぶた》を開いた。

彼は濡れた黒髪を乱して頬を紅潮させ、荒い息をしながら官能的な目でジュリアを見つめている。

ジュリアは背中を覆っているマーカスから体を離して、彼のほうを向く。

はだけられたシャツが、呼吸に合わせて激しく揺れた。大きく開いたズボンの下で膨れ上がっているものは、すでに限界が来ているのだろう。

（マーカス様は、私の裸を見れば満足するとおっしゃっていましたわ。でしたらもう覚悟を決めて脱ぐしかありません）

まずは、靴に手をかける。彼女が前かがみになると、乳房がその重さに形を変えた。

けれどもジュリアはそれを隠しもせず、靴の踵《かかと》にゆっくりと指先をねじいれる。

流れるような手つきで両足の靴を脱ぎ去ると、ジュリアは小さい声で言った。

「私は脱ぎましたわ……次はあなたの番です」

マーカスは何か言いたそうな顔をしたが、ズボンに手をかける。そして、男らしくそれをあっという間に脱いだ。筋肉がほどよくのった下半身が露《あら》わになる。

ズボンの上から想像していたよりも、大腿部の筋肉が盛り上がっていて逞《たくま》しい。まるで彫像のような肉体美に、ジュリアは目を奪われた。

「次はジュリアの番だ……」

マーカスにそう言われるが、ジュリアの上半身はすでに全てさらされており、ワンピースの下は薄いショーツ一枚のみ。

どちらから脱いでも恥ずかしいが、しばらく考えたあと、ジュリアはショーツに手をかけた。これならワンピースに隠れて、秘所はすぐに見られない。少しでも羞恥心を和《やわ》らげるための苦肉の策だ。

ジュリアはワンピースの裾をたくし上げると、ショーツの布の端を指で掴もうとする。

その瞬間、マーカスが大きな声をあげた。

「待った！　ジュリア……それから脱ぐのか？　ちょっと待て、心の準備ができていなかった。いまから呼吸を整えるからゆっくりやってくれ。頼む……」

すでに赤い顔をさらに真っ赤にして言う彼は、明らかに動揺している。

女性経験の豊富なマーカスが、そんなにもジュリアの裸が見たかったのだと褒められたようで、なんだか嬉しくなる。

けれども、ジュリアを食い入るように見る彼の視線に、だんだん緊張が高まって、居たたまれなくなってきた。

（心の準備とかゆっくりやれとか……そんなこと言われると恥ずかしくなってきたわ。でも助けてもらったお礼ですもの。仕方ないわ）

マーカスは何度か深く息をすると、口を開いた。

「いいぞ、準備ができた。いまから脱いでくれ」

その言葉に、さらに羞恥心が増す。彼は言葉のとおり、まっすぐな視線をジュリアに向ける。

ずぶ濡れのワンピースは体のラインに沿ってぴっちりと張りついており、ショーツが脱ぎにくい。仕方がないので、ワンピースの裾を唇で挟んで固定した。

それでも丈が長めなので、太腿の半分まではまだ隠れている。そうして、ショーツを掴んだ両手をゆっくりと下降させた。

ショーツを半分まで下ろした時、ジュリアは異変に気がついた。下着の中まで雨で濡れているのだとばかり思い込んでいたが、違ったようだ。

粘力のある液体がまるで糸のようにショーツと下半身を繋ぎ、ちぎれていったのが分かった。

いまも、ショーツの上に数滴の液体がポタタと音を立てて降り注《そそ》いでいる。

「あ……やだぁっ」

ジュリアはそれを見て、思わず声をあげた。その拍子に、咥《くわ》えていたワンピースの裾がふわりと下りていく。

一気に恥ずかしさが最高潮に達して、顔が真っ赤になっているのが自分でもわかる。勘のいいマーカスのことだから、ジュリアの異変に気がついているに違いない。彼は彼女をじっと見つめた。

緊張感と羞恥心で頭の中がいっぱいだ。ジュリアの目から涙が溢《あふ》れてくる。

「……うっ……ふ……」

ジュリアは涙を堪《こら》えるために下唇を噛んで、全身に力を込めた。

その間にも愛液はとどまることなく溢《あふ》れ、太腿を伝ってショーツまで流れていく。

「いやぁっ！」

ジュリアはあまりの恥ずかしさに、ワンピースの裾を押さえながらその場にしゃがみ込んだ。

「――っ！　お前は俺を煽《あお》る天才だな……」

マーカスがぼそりと呟く。次の瞬間、マーカスはジュリアの体を持ち上げてベッドの上に押し倒した。体重がのせられて、自由に動けない。

マーカスの手がワンピースの裾をめくり上げて、ショーツを強引に引きずり下ろす。そして彼はジュリアの足首を持って股を強引に開かせ、そこを凝視した。

「いやぁ……ぁん！」

彼女の口から、妙な声が出てしまう。マーカスの信じられない行動に理解が追いつかない。

「すごい……こんなにも濡れるものなのか……。しかも、まだまだ溢《あふ》れてきて止まりそうにない」

「い、いやぁぁぁ！　そんなところまで見るだなんて、許してはいませんわ。だめぇ！」

抗ってもマーカスの腕に押さえつけられている。マーカスは興奮した面持ちで、ジュリアの秘部を眺めていた。

たぶん彼の言うことは本当なのだろう。温かい液体が絶え間なく股を濡らしている感覚があった。

マーカスに見られていると思うだけで、その液体は一層溢《あふ》れ出し、太腿を伝ってはシーツを濡らす。恥ずかしさに涙が出そうだ。

「ジュリアの甘い匂いがする。それにジュリアのここはピンク色で可愛い形をしていて、まるで俺を誘っているみたいだ。舐めたらどんな味がするんだ？」

「ヤだっ……舐めないで……ひゃぁぁぁん！」

突然マーカスが股の間に頭を埋《うず》めたかと思ったら、生温かい何かがあそこを這いずり回った。

マーカスの荒い息が太腿に吹きかけられて、快感がぞわぞわと増殖していく。

あそこを舐められている恥ずかしさよりも、体の中心から滲《にじ》み出てくる官能のほうが大きくなってくる。自然と喘ぎ声が口から零《こぼ》れてきて、止められない。

いままで味わったことのない感覚に、全身の筋肉がびくびくと痙攣《けいれん》しはじめる。

「ああ……ん……やぁ……あ」

マーカスの舌が秘部全体を掻きまわして愛液を誘う。

ぐちゅ……ぐちゅ……じゅる……

彼がその液体をすすり上げる音が室内に響いた。

「ジュリア、気持ちいいのか？　どんどん愛液が溢《あふ》れてきて溺れそうになる。女のここがこんなに甘い味だなんて知らなかった。ジュリア……蕾《つぼみ》がぷっくりと膨れてきたぞ」

「ヤだっ……恥ずかしっ……言わないでぇ！」

マーカスに容赦なく舌と唇で攻められ、段々感覚が麻痺してきた。

「あっ……やぁ……ん……」

そして、背筋に電気が走ったように、快感が突き上げてくる。

押し寄せる快楽の波に、なすすべもなく身を任せる。ジュリアは何度も大きな嬌声《きょうせい》をあげた。

「あ……あああああーーーっんっ！」

腰がビクンと幾度も跳ねる。堪《こら》えられないほどの快感に、目に溜まった涙が零《こぼ》れ落ちていくのが分かった。

「はあっ……はあっ……」

絶頂の波に思考を停止させ、快感の余韻に浸る。

どのくらいそうしていたのだろう。気がつくと、すぐ目の前にマーカスの顔があった。

端整な顔に微笑みを浮かべて、優しい瞳でジュリアの様子を窺《うかが》う。

「イッたのか？　ジュリア」

その声色は、とても嬉しそうだ。

ジュリアの返事も待たず、薔薇《ばら》の花びらが散ったように紅色に染まった乳房を満足そうに眺める。

そうして彼は、彼女のふくらみに優しいキスを落とした。

大事なものを愛《め》でるように、ゆっくりと。柔らかい唇が、肌の上を緩やかに移動していく。

「あ……ふぅっ……」

綿菓子のような……甘くて柔らかい快感にどっぷりと満たされる。熱に浮かされて体がフワフワしてきた。

ふと床の上に目をやると、マーカスの下着が落ちている。

ハッとして彼を仰《あお》ぎ見た時、達したばかりで濡れそぼっているあそこに、硬くて熱いものがあてられた。いやな予感に襲われる。

「あ、だめ……それはやめてっ！」

やはり挿入しようとしていたらしい。ジュリアが拒絶すると、マーカスは端整な顔を歪《ゆが》ませて苦しそうに声を出した。

「そんなにジェームズが好きなのか。あいつと結婚して子どもを作るのか……そんなのは絶対に許さない!!」

そう言うなり、マーカスは強引に腰を押し込んできた。

「いやぁあっ！」

局部に火があてがわれたのかというほどの痛みが襲って、脳内が真っ白になる。それと同時に、下半身からはぞわぞわと切なさが湧き上がってきた。

（もしかして……！　本当に私たち……繋がってしまったの⁉）

マーカスの剛直が、狭い膣内を圧迫しながら行き来する。

「っつうっ！」

ジュリアが小さな叫び声を漏らすと、マーカスは動きを止めた。そして熱情を孕《はら》んだ目でジュリアを見つめる。その目はまるで縋《すが》りつくようで……そうして彼は切なそうに顔を歪《ゆが》めた。

「──ジュリアが俺をおかしくする。ジュリア、これ以上俺を苦しめるな」

そう言うと、マーカスはゆっくりと腰を引いてから、ふたたび激しく打ちつけてきた。ぱちゅんと愛液が絡み合う音が何度も繰り返される。

（苦しめるなってどういうことですの？　私の心を苦しめているのはマーカス様ですのに……）

そう思うものの、ぼんやりとした頭では何も考えられない。

マーカスの動きは、ますます激しさを増してゆく。押し広げられる痛みは薄れてきたが、圧迫されるような違和感はまだ消えない。

それなのに、マーカスに体を揺さぶられる度に、とてつもなく心が満たされる。

抱かれたくなかったはずなのに、心も体もマーカスに反応してしまう。何故なのか自分でも理解ができない。

「んんっ……ん……！」

抽挿とともに痛みと快感が入り混じって、ジュリアは腰をのけ反らせる。細胞の一つ一つが、マーカスの愛撫に応えて敏感になっているみたいだ。全身でマーカスの存在を感じている。

ジュリアがうっすらと目を開くと、マーカスが捕食しているような目で彼女を見ていた。

雨なのか汗なのか分からない水滴がマーカスの肌の上を流れ、ジュリアのお腹の窪《くぼ》みに落ちていく。

（これが男性に抱かれるということなのね……あぁ、全身を食べ尽くされているみたい……！）

獣のようにジュリアを欲するマーカスを見て、綺麗だとさえ思ってしまう。

「あぁっ……！」

ジュリアの嬌声《きょうせい》と、ぐちゅりという卑猥《ひわい》な音が重なる。ジュリアの膣口は、さらに愛液が溢《あふ》れてぐっしょりと濡れそぼっていた。

すでに痛みはなくなっていて、敏感な彼女の体は与えられる快感だけを拾っている。

何度も抽挿を繰り返されて、背骨に何かが溜まっていく感じがした。

次第に全身が細かく震えはじめ、切なくてもどかしくてどうしようもない。足の指が自然に曲がる。

ジュリアは必死でマーカスの腕にしがみついた。

「あっ……あっ……」

「ジュリア……！　ジュリア……！」

マーカスはジュリアの名を呼びながら体を揺さぶり続ける。

経験したこともない悦楽が徐々に腰から這い上がってきた。それは絶頂をもたらし、最後にはジュリアの頭の中が真っ白になる。

「やっ……あああっーーー！」

「うっ……くぅっ！」

まるで雷に打たれるような衝撃とともに、体の内部で何かが跳ねるのを感じた。

ジュリアを押さえていたマーカスの腕の筋肉が硬直してから、緩んでいくのを肌で感じる。汗ばんだ肌は、これ以上ないほどに互いの体温を分かち合っていた。

マーカスは激しい息を繰り返しながら、ジュリアの隣に身を横たえる。

ベッドの上で横になったまま、二人は見つめ合った。

「はぁっ……ぁ……はぁ……」

湿気を帯びた桃色の吐息が、ジュリアの唇から絶え間なく吐き出される。

マーカスは熱を孕《はら》んだ表情で、そんなジュリアの顔をいつまでも見つめていた。

色気のある流線型の目に、なだらかな曲線を描く鼻筋。マーカスの端整な顔からは、なんの感情も読み取れない。

ただ興奮に顔を紅潮させ、ジュリアとの悦楽の名残《なごり》に酔いしれているだけ。

「――絶対にジェームズには渡さない……」

ジュリアに言い聞かせるように、マーカスがぼそりと呟く。

(そういえばマーカス様は、私とジェームズが好き合っていると思っているのね)

そんなことをぼんやりと考えながら、まるで時間が止まったかのように、二人はただ見つめ合っていた。

窓ガラスを叩きつける雨は、まだその激しさを保っている。

時間が経つにつれ、ジュリアは少し冷静になってきた。

ジュリアは抱かれたのだ。女癖が悪いと有名なアシュバートン公爵に。

女嫌いで、女性を傷つけて楽しんでいるという彼に。

マーカスは三人の結婚相手候補に辞退されてから、すぐに女遊びを再開したという。どう考えても、そんな彼がジュリアを愛しているとは思えない。

（そういえばマーカス様は私を愛しているとは言わなかったわ。ジェームズのことばかり……きっとジェームズと結婚させたくないからって私を抱いたのね。こんなの……こんなのひどいわ）

じんわりと瞳が潤《うる》んでくるのが分かった。マーカスと見つめ合っているのに、次から次へと涙が湧いてきて止められない。

体に力を入れると、下半身が引き攣《つ》れるように痛む。

ジュリアは半身を起こしてみた。寝ころんでいたシーツの上に赤い染みがついている。

その乙女の純潔の証を見て、マーカスが驚いた顔で叫んだ。

「……ジュリア！　もしかして初めてだったのか！」

（私が純潔だとすら思ってもいなかったのだわ。なんてひどい人なの！）

ジュリアは無言のまま、ベッドの隅に丸まっていたショーツを穿《は》いた。

雨と愛液でびしょ濡れだったが、無理にでも身につける。こんな場所から早く出ていきたい。その一心だった。

「ジュリア、待ってくれ！　すまない、すでにジェームズとそういう関係になっているものだとばかり思っていた。ジュリア、俺の話を聞いてくれ！」

慌てたマーカスがベッドから下りて、ジュリアの前に立つ。彼女の純潔を奪ったことにいまさら気がついて、慌てているのだろう。彼女は目を逸《そ》らしながら言う。

「私を弄《もてあそ》んで傷つけて、女嫌いの公爵様はさぞすっきりしたことでしょうね」

「違う！　何故だかジュリアにだけは理性が利かない。お前のことを考えると全身がおかしくなって、感情の制御ができなくなる。俺が女を抱いたのはジュリアが初めてなんだ」

「そんな……そんな嘘には騙《だま》されませんわ」

ジュリアはマーカスに背中を向けた。もう彼の話を聞く気にすらなれない。女遊びのひどいマーカスが初めて女性を抱いたはずはないからだ。

「嘘じゃない！　物心がついた頃から女に追いかけられ続けて、女嫌いになった。それは本当だ。だからこれ以上女に迫られないよう、女にだらしがないという噂を自分で流した。――あんまり効果はなかったが……」

「でも、マーカス様は二十九歳ですわ。まさかそのお歳まで何もなかっただなんてあり得ません」

ジュリアが話の矛盾をつくと、マーカスは言葉を詰まらせた。

「……それは……」

「やっぱり嘘をおつきになるのですね」

心が氷のように冷えていくのを感じる。稚拙な嘘までついて、ジュリアを騙《だま》そうとするマーカスが許せない。

「ジュリア、行くな！　俺の傍にいろ！」

マーカスはそう叫ぶと、ジュリアの腕を取った。

「心配なさらなくても、責任をとって結婚しろだなんて私は言いませんわ。今日のことはなかったことにしてください」

ジュリアはマーカスを涙目で睨《にら》みつけた。

「アシュバートン公爵様、手を離してくださいませ。私はジェームズの恋人です。友人の恋人を寝取ったと、悪い噂を流されてもよろしいのですか？」

ジュリアがそう言った瞬間、マーカスの瞳が大きく揺れた。おそらく友人であるジェームズに顔向けできないとでも思っているのだろう。

マーカスはジュリアの腕を握ったまま視線を下げた。

「それは……本当にすまない」

そう言うマーカスの顔は青ざめていて、目は潤《うる》んでいるように見える。

（突然弱気になるなんて、大事な友人には悪く思われたくないのですね！　これだけのことをしておいて、最低ですわ！）

ジュリアの全身が怒りで震える。

「追いかけてこられたら、私は何をするか分かりませんわよ。もう二度と私の前に現れないでください。顔も見たくありませんわ」

ジュリアはマーカスの腕を振り払って部屋を飛び出した。階段を下りる時、彼が悲痛な声で彼女の名を呼ぶのが聞こえたが無視した。

玄関の扉を開けて、見知らぬ通りを一心不乱《いっしんふらん》に走る。

下半身も痛むが、それよりも胸の奥底が痛い。心臓がぎゅうぅっと絞られて、引きちぎられてしまいそうだ。

（マイセルン中央区になど来なければよかったわ。他にも大きな町はありましたのに……。そうしたらブレナンに襲われることも、マーカス様にたぶらかされることもなかったわ）

激しく後悔をしていると、突然背後から名前を呼ばれた。

「ジュリアさん！」

振り返ると、そこにはトーマスがいた。ずっと帰ってこないジュリアを心配して、雨の中を捜しに来たという。

かなりの時間捜し回ったのか、彼は全身ずぶ濡れで、頬を真っ赤に染めている。傘を差してはいるが役に立っていないようだ。

「よかった、ハンナがすごく心配していました。さぁ、店に戻りましょう」

差し出された傘の下、ジュリアは涙と雨を頬に伝わせながら頷いた。

ジュリアとトーマスがカフェに戻った時には、もう夕方になっていた。

カフェは閉店の時間らしく、客はジュリアとハンナ以外誰もいない。ハンナの泣き声だけが店内に響いている。

ヒルダも心配していたようで、雨に濡れたジュリアの服を乾かし、体をタオルで優しく拭いてくれた。

ハンナはハンカチを握りしめ、涙を拭きながら言う。

「ジュリア……本当に、あなたったら！　トーマスは雨の中、あなたを捜すため駆けずり回ってくれたのよ！　もちろん私だって、どれだけ心配したか！」

「ごめんなさい、姉さん。もうこんなことしないわ」

ジュリアは貸してもらった服に着替え、ひたすら殊勝に謝った。けれど、ずいぶん心配させたようで、ハンナの怒りはなかなか収まらないようだ。

見るに見かねたのか、トーマスが助け舟を出してくれた。

「ハンナ、妹さんも反省しているようだし、もう怒らないでもいいんじゃないか？　僕は少し雨に濡れたくらいだよ。それよりジュリアさんが無事でよかった。そうだ、二人とも、今日はここで夕飯も食べていかないか？　とっておきの料理を作るよ」

トーマスはハンナの肩に手を置いた。ハンナは顔を赤らめる。

「ごめんなさい、トーマス。夕食に誘っていただけたのは嬉しいけれど、私たちは暗くなる前に帰らなきゃ……」

なんだか二人の甘い雰囲気に気圧《けお》される。いつの間にか名前を呼び合う仲になったようだ。

ジュリアがいない間、二人は親交を深めたのだろう。

（三度も男性に失敗した私を心配して、ずっと独身でいたハンナには、今度こそ幸せになってほしい。トーマスさんと一緒になってくれると嬉しいですわ）

ジュリアは少し寂しい気持ちになる。下腹部から鈍い痛みを感じて、そっと手をあてた。

（私にだっていつかいい男性が現れて、今日のことを忘れられる日が来るのでしょうか……）

でも、そんな日は来ないように思える。ジュリアはそっと目を伏せた。

結局その日はハンナが泣きやむのを待って、ヒルダの店を出た。

その後ハンナと屋敷に戻ったジュリアは、夜には高熱を出して寝込んだ。

ハンナはとても心配していたが、下半身の痛みもまだ残っていたので、横になれてちょうどよかったとジュリアは思った。

それに熱に浮かされている間は、マーカスに弄《もてあそ》ばれたことを思い出さずに済む。

けれども熱が引いてくると、すぐに彼の顔が浮かんできてしまう。

(もう忘れましょう……あれは夢だったのですわ)

マーカスに少しだけときめいて、流されて、遊ばれた。それが悔しくて、辛くて仕方がない。彼のことなど、頭の中から全て消し去ってしまいたかった。

(ジェームズといたら、マーカス様と顔を合わさないわけにはいきませんわ。もう、恋人のふりはやめさせてもらって、約束どおり男性を紹介してもらいましょう。ヘルミアータに婿を連れて帰るために、私は王都に来たのですもの。やっぱり私には公爵様なんてふさわしくなかったのだわ……)

胸の奥が苦しいことに気づかないふりをして、ジュリアはそっと目を閉じた。

第五章　バステール王国の王位争い

あれからジュリアは三日間寝込んで、やっと熱が下がった。その後四日間も大事を取ってベッドの中で過ごした。

やっと久しぶりに外出できるというのに、どこにも行く気がしない。

体は元気になったのに、心はそれに反比例してどんどん弱っているようだ。

マーカスに抱かれた痛みはすでに消えた。なのに、それがまたジュリアの焦燥感を募《つの》らせる。

ハンナは、ジュリアの様子がおかしいことに薄々気がついているようだ。

けれども彼女は、熱のせいでジェームズに会えなかったからだと勘違いしている。本当はマーカスに遊ばれて傷ついているだなんて、想像もできないだろう。

ジェームズからは、毎日手紙とともに花束やお菓子が届けられたが、目を通していない。そんな気分にならないからだ。

「もう、ヘルミアータに帰りたいですわ……こんなに辛いだなんて思ってもみなかったもの」

ジュリアは寂しく笑い、ぽつりと呟く。

そんな時、ジェームズがジュリアの部屋に顔を出した。

「ジュリア、君が元気になったって聞いてすぐに来たんだ。一週間も会えなくて寂しかったよ。今日は観劇に行こうと思って。いま王都で人気の劇なんだ。一番いい席を取ったから楽しみにしてね。まだ時間が早いから、どこかに寄ってからにしよう。病み上がりだからフォンデル公園は駄目だね。美術館にしようか？」

「あの……ジェームズ。私、あなたに言いたいことがあります」

ジェームズに恋人のふりをやめようと言うことを決めたのだ。ジュリアが言うと、彼はいつもの柔和《にゅうわ》な笑みを浮かべた。

「そう？　分かった。じゃあ馬車の中で聞くからさっさとのって。あの劇なら、きっとジュリアも気に入るよ」

ジェームズは強引にジュリアの手を引く。

彼女はため息を漏らしつつも、言われるがまま馬車にのり込んだ。

二人がのるとすぐに馬車が動き出す。ガタゴトという音が繰り返し聞こえてくる。

しばらくはいつもどおりの会話をしていたが、一区切りついたところで、ジュリアは慎重に話を切り出した。

「ジェームズ。申し訳ありませんが、私、もうあなたの恋人のふりはやめにしたいのです」

ジュリアはジェームズが怒るのではないかと思っていたが、彼は予想に反して笑顔で答えた。

「そうなんだ！　よかった。僕もそう言おうと思っていたんだ」

（あぁ、よかったですわ。この様子では、ジェームズも変なことは言わなそうですもの）

ジュリアがホッと安堵の息をつくと、ジェームズが先を続けた。

「恋人のふりはやめて、正式に僕の婚約者になってよ。僕は本気だよ。ジュリアを離したくない。そして、来年には盛大な結婚式を挙げるんだ。子どもは早く欲しいね。男子がすぐに生まれるとは限らないから、五人くらい作ればいいかな」

彼は嬉しそうに想像を巡らせる。

「あ、婚約指輪はいま作らせているんだ。まさかこんなに早くに、ジュリアのほうからプロポーズされると思っていなかったからね。君の瞳の色と同じ、アメジストをふんだんに使った指輪だよ。気に入ってくれるといいな」

ジュリアはそんなジェームズの態度に困惑して、表情を硬くした。

まさか結婚を申し込まれるとは思わなかった。そのうえ、彼の中ではジュリアが結婚を申し込んだことになっているらしい。

「バステール王国でも結婚式を挙げたいよね。早く王位争いが落ち着けばいいんだけど。仕方ないね、残念だけどそれはあとでもいいか」

「ジェームズ、私が言っているのはそういうことではありませんわ。もう分かってるのでしょう?」

ジュリアがそう言うと、急にジェームズの顔からいつもの笑顔が消える。彼は馬鹿ではないのだ。

ジェームズを傷つけてしまいそうで心が痛い。

しばらく沈黙が流れたあと、ジェームズが悲しそうな声で話しはじめた。

「……もしかして、やっぱりマーカスがいいって言うの? 僕よりもマーカスが好きなんだ」

「違いますわ。私はマーカス様のことなど……」

ジュリアが否定しようとすると、彼はピクリと瞼《まぶた》を動かした。悲しそうな、それでいて責めるような目で彼女を見る。

そこでジュリアはハッと口を押さえた。ジェームズの前では公爵様と呼ぶようにしていたのに、彼の質問に動揺して思わず口を滑らせてしまったのだ。

「やっぱり君は、僕の知らないところでマーカスと会ってたんだ……」

ジェームズは力のない声で呟くと目を伏せた。そうして一呼吸置いてから、覚悟を決めたように話しはじめる。

「でもマーカスは駄目だよ、やめたほうがいい。これは秘密だけど……マーカスは女性には勃たないいんだ」

「……えっ……どういうことですの？」

突拍子もない言葉に、ジュリアは驚く。

「彼の男性のモノは機能しないいんだよ。二十九年間生きてきて、マーカスはただの一度も女性に反応したことがないらしい。もちろん女性を抱いたこともない。子どもの頃から積み重なった、女性に対するトラウマが原因って聞いたよ。だから、女性に迫られると過呼吸まで起こすようになった」

（そんなはずないわ。だって彼は私を抱いたのですから……それにこの目ではっきりと見ましたもの）

ジェームズが嘘をついているとは思えないが、ジュリアは自分の耳を疑った。

「ちょっと待ってくださいませ……おかしいですわ。マーカス様は女遊びのひどい方ですわよね？　なのに女性を抱いたことがないだなんて」

ジェームズはジュリアの手を取ると、ゆっくりと甲にキスをした。そうして熱っぽい瞳でジュリアを見つめる。

「それは女性を遠ざけるために彼がついた嘘だよ。結局、噂が独り歩きしただけで、女性は寄ってきていたけどね。だから、マーカスとの子どもは永遠にできない。そうしたら、子爵家を継ぐ子も産めない。だからジュリアは、マーカスと結婚することができないんだ」

ジェームズは真剣な顔で言うが、ジュリアの頭の中は別のことでいっぱいだった。

(待ってください。そういうことでしたら、マーカス様は女たらしではないし、本当に女性に勃たないのですね。あの時、マーカス様が『女性を抱いたことがない』と言っていたのは本当だったのですわ)

どんな女性にも勃たなかった彼が、ジュリアにだけは反応した。

そう思えば、彼がジュリアを男性だと疑っていたことも理屈に合う。まさか自分が女性に反応するとは思わなかったのだろう。

ならどうしてマーカスはジュリアを抱くことができたのか——その答えは一つしか考えられなかった。

(マーカス様は、私を愛しているから抱いたのだわ！)

体の真ん中から熱が広がっていって、指の先まで幸せが満ちていく。

「マーカスと結婚したとしても、ジュリアと彼の間には子どもはできない。そうしたらヘルミアータ子爵の称号は国に返還しなくてはならなくなるんだ。それでもいいの？それに、アシュバートン公爵家の跡継ぎができないと、君が責められるよ」

ジェームズがなんとかマーカスを諦めさせようと言い募《つの》るが、逆効果だ。

（マーカス様は、嘘をついていませんでした。最初に王城で出会った時から……彼は私に欲情していましたもの。あの時から、私を愛してくださっていたのだわ……）

ジュリアの胸の中には、どうしようもなくマーカスへの愛情が込み上げてくる。

「マーカス様……」

思わずジュリアはマーカスの名を声に出していた。

ジェームズは表情を一変させると、ジュリアの手を引いて胸の中に抱きしめた。

「ジュリア！　マーカスは駄目だ！　僕には君しかいないんだ。マーカスが君に与えられるものなら、僕が全て与えてあげる。お金だって名誉だって……だからお願いだから、僕を選んで。絶対に後悔はさせない！」

あまりにきつく抱かれたので、胸が圧迫される。

「ジェー……ムズ。苦し……」

彼の背中を軽く叩いて力を緩めてくれるように頼むが、なかなか離してくれない。

「ジュリア……僕を拒否しないでくれ。僕を……ありのままの僕自身を、ジュリアは認めてくれたじゃないか」

彼は絞り出すように悲しい声を漏らす。しばらくすると、腕の力が弱められた。

やっと自由に息ができるようになって、ジュリアは大きく深呼吸をした。

ジェームズは、いままでのことがなかったかのようににっこりと笑いかけてくる。

「ジュリアは、僕を選んでくれるよね」

「わた……私は……」

マーカスが好きなのだと続けようとした時、急に馬車が停まった。ジュリアはジェームズと一緒に馬車の壁に体を打ちつける。

「きゃぁっ！　な、なんなのでしょうか！」

ジュリアが肩をさすりながら尋ねると、ジェームズが弾かれたように窓の外を見た。

「どうしたの？　ジェームズ」

「しっ……ジュリア……！」

ジェームズは窓の外を真剣な目で見ている。誰かがいるらしい。ジュリアは息を潜めながら、辺りを見回した。

ここは、王都の東側にある林の中のよう。馬車が急に停まったにもかかわらず、馭者《ぎょしゃ》が何も言ってこないということは、結論は一つしかない。ジュリアの体に緊張が走る。

ジェームズは彼女の手を取って、ゆっくりと馬車から降りた。二人は砂利道の上に立つ。

ジェームズが、庇《かば》うようにジュリアを自分の背後に押しやった。

馬車を襲撃したのは、五人の男たちだった。ただの旅人のように見えるが、ジュリアが観察する限りグルスク人だ。

ジェームズは悲しそうな声で言う。

「ごめんね……ジュリア。もしかしたら君を巻き込んでしまったかもしれない。まさか隣国の王都で襲ってくるなんて思っていなかったよ……ねぇ、エドワード。君なんでしょう？」

ジェームズが呼びかけると、男たちの後ろからもう一人の男性が出てきた。すぐに、彼は他の男たちとは違うと分かる。

栗色の髪に緑の目。その目つきは鋭くて冷たい印象だ。狂気に満ちた瞳にゾクリと背筋が冷える。

よく見ると彼の面立ちは、ジェームズにどこか似ている。

彼は地味なマントを羽織っているが、履いている靴は高級そうに見えた。男性の身分の高さが窺《うかが》える。

（この男性はきっと……）

ジュリアは彼の正体を予想し、ごくりと唾を呑んだ。

「ふふ……ジェームズ。兄さんと呼んでくれって言っているだろう。どうだ、決心はついたか？　これ以上は待てない。その彼女がそんなに大事なら、国へ連れてきたらいいじゃないか。君の正妻としては身分が低すぎるが、特別に考慮してやってもいい。悪いようにはしないよ」

エドワードは、バステール王国の第二王子の名だ。噂に聞くように、ジェームズを味方につけようとしているに違いない。

彼はいやらしい笑いを零《こぼ》すと、腰に下げていた剣を鞘《さや》から抜いて、ジェームズにその鋭い切っ先を向けた。

ジェームズは剣先を目の前にしても動じずに、エドワードを睨《にら》み続けている。

「エドワード兄さん。何度交渉に来られても、僕はどちら側にもつく気はない。アレックス兄さんにつくこともないんだ。バステール王国にはなんの感情も持ってない。勝手に兄さんたちで争い合えばいい」

「そうだね。でも、僕には君のこの国での人脈がどうしても必要なんだ。強大なボッシュ王国の後ろ盾があれば、僕は第一王子のアレックスに勝って王になれる。ジェームズが協力してくれないなら、最終手段に出なくてはいけなくなるよ。あまり女性を傷つけることは趣味じゃないんだが、仕方がない」

その言葉を合図に、五人の男が各々の武器を掲げて襲ってきた。

「きゃぁぁぁ！　ジェームズ！」

ジュリアは思わず叫んだが、ジェームズはほとんど動じていないようだ。一瞬の隙をついて五人の男たちの攻撃をかわすと、あっという間にエドワードの手をねじって剣を取り上げた。

そして見事な動きでエドワードの背後に回り込み、取り上げた剣を彼の首にあてる。

五人の男たちはエドワードを人質にされているので、身動きが取れない。

「くっ！　ジェームズ！　まだ逆らうのか！」

「ジュリア、いまのうちだ！　君は逃げろ！」

ジェームズが大きな声で叫ぶ。

ジュリアがここにいても、役に立てず捕らえられて人質にされるだけ。逃げることが最善の策だ。

ジェームズを利用したい彼らは、彼を殺すことは決してしないだろう。

ジュリアが逃げようと後ろを向いた時、背後に彼らの仲間がもう一人いたことに気がついた。避けなければと思った時にはすでに遅く、妙な薬をかがされて、意識を手放す。

ジュリアの頭に浮かんだのは、最後に見たマーカスの顔だった。

二度と会いたくないとジュリアが言った時、彼はとても傷ついた表情をしていた。

(マーカス様は、私がいなくなれば心配してくれるのかしら……)

そうしてジュリアは、意識を深い闇の底に沈み込ませたのだった。

◇◇◇

アシュバートン公爵は、眉目秀麗《びもくしゅうれい》で王国の宝と呼ばれる騎士。流れるような金髪に、艶《つや》やかな長い睫毛《まつげ》で縁取られた青緑の瞳。その顔はまるで絵画のよう。全ての女性が憧れる存在で、女癖の悪ささえなければ完璧。

社交界ではそんな風に噂されている。

どの女性もマーカスに媚《こび》を売り、彼の気を惹こうと必死になった。

なのにジュリアだけは違った。マリウスの正体がかのアシュバートン公爵だと知ってもなお、彼の顔色を窺《うかが》うことなく自分の意見をはっきりと主張する。

マーカスは公爵家の自室で椅子の背もたれに体を預け、初めてジュリアを見た時の光景を思い返す。

馬車の中で育ちのよさそうな令嬢が、背筋を伸ばし凛とした姿で座っていた。マーカスには、彼女だけが光り輝いているようにさえ思えた。

初めてジュリアに会った時から、マーカスは自分の心が変化していることに気がついていた。でも、その感情がなんなのか分からなかった。

「ジュリア……どうして俺は、こんなにお前に会いたくなるんだ……この気持ちはなんなんだ……」

ジュリアは、マーカスの結婚相手候補として王城に招待されたらしい。なのに、マーカスが女性を選ぶための列には、彼女の顔はなかった。

もしあの時彼女を選んでいれば、今頃どうなっていたのだろう。

王城の煌《きら》びやかな大広間。うっとりと情緒《じょうちょ》を誘う楽団の音楽。

秋の穂を思わせる金色のしなやかな髪に、アメジストを溶かし込んだような紫の瞳。

あの日に身にまとっていた紫色のドレスは、とても彼女に似合っていた。

彼女の意志の強い瞳は、心が吸い込まれそうなほど魅惑的だ。

（きっとジュリアだとすぐには気づかなくても、俺は彼女から目が離せなかっただろう……）

彼女のことを想うと、マーカスの全身はすぐに熱くなる。彼女の甘い匂い……柔らかい唇の感触。

想像の海に溺れて、ジュリアを抱いた日のことが脳裏に甦《よみがえ》ってくる。

ベッドの中の彼女は気丈に振る舞っていたが、小さく震えていた。それが愛らしく、胸の奥が熱くなった。彼女がジェームズのものだと分かっていても、自分を止められなかった。

ほの甘い気持ちに浸っていたマーカスだが、一週間前、彼女に二度と会いたくないと言われたことを思い出して頭を抱える。

「ジュリア……すまない」

ジュリアは純潔だった。彼女の初めてを奪ってしまったのだ。怒るのも当然だろう。

「マーカス様」

その時、筆頭執事のチャールズが部屋に入ってきたので、マーカスの思考は中断された。

「なんだ？　チャールズ」

アシュバートン家に長年勤めてくれているチャールズは、もう引退してもおかしくない歳。彼は皺《しわ》だらけの顔に、さらに皺《しわ》を寄せた。

「マーカス様、大丈夫でございますか？　いつもより顔色が悪うございますし、この一週間というもの、あまりお食事もお召し上がりになられておりませんが」

あの日から、マーカスはずっとジュリアのことばかりを考えていた。

自分でもおかしいことは分かっている。なのに、湧き上がる感情を制御できない。

「なんでもない。気にしなくていい。しばらく一人にしておいてくれ」

マーカスはすぐに否定して、チャールズを下がらせる。チャールズは心配そうな様子を見せながらも、渋々退室した。

彼に相談しても遅い。マーカスはジュリアの純潔を無理やり散らしてしまったのだ。

「二度と顔を見たくないと言われてしまった。なのに俺は、こんなにもジュリアに会いたくて堪らない」

そう思うだけで、胸の奥が締めつけられて息苦しくなる。あれから、ジェームズとは気まずくて顔を合わせていない。

ジェームズのことは、彼が十歳の頃から知っている。以前にも付き合っていた女性はいたが、あんなに誰かに執着する彼は見たことがない。

きっと彼も、ジュリアに本気なのだろう。

ジェームズに申し訳ないと思う一方で、ジュリアの初めての男になれたことに至上の喜びを感じている。

騎士としてあるまじき感情。そんな自分は、きっとおかしくなってしまったに違いない。

後悔の念に目を閉じると、頭の中に浮かぶのはジュリアの顔ばかり。意志の強い紫色の瞳に、桃色のぷるりとした唇。

黙っていればそこそこ美人なのに、口を開くと思いもよらぬことを話しはじめる。男並みに気が強いかと思えば、些細《ささい》なことですぐに頬を紅に染める。

「……俺はジュリアを愛しているのか？　この気持ちが愛なのか？」

マーカスは恋の駆け引きなどしたことがない。すでに嫌われている女性に、どうアプローチしたらいいのか皆目分からなかった。

そんな時、部屋の扉をノックする音がした。

「なんだ、チャールズ。一人にしてくれと言っただろう！」

どうせ執事だろうときつい口調で言うと、扉の向こうから部下のベルニーの声がした。

「隊長、緊急です！　ジェームズ・バステール王子が攫《さら》われました！　彼と一緒に出かけていた女性も一緒に拉致《らち》されたようです！」

マーカスは目を見開いた。きっと、それはジュリアのことだ。

ドクンと胸が大きく鳴った。

「ベルニー、いますぐ隊員を集めて本部に集合させろ！」

このタイミングでジェームズが攫《さら》われたということは、十中八九《じっちゅうはっく》、バステール王国の王子の仕業。第一王子のアレックスか、第二王子のエドワードだろう。

とすれば、ジュリアの身が危ない。

マーカスは血の気が引いていくのを感じる。ジュリアに本当に二度と会えなくなったらと想像するだけで、手が震え出した。

どんなに危険な任務でも、こんなことは一度もなかったのに。

(俺はジュリアのせいで弱くなってしまったのか……！　くそっ！)

マーカスは拳《こぶし》を握って思いきり壁を殴りつけると、顔を上げた。壁に穴が空いて、ぽろぽろと漆喰《しっくい》がはがれる。

ジュリアを助けなくてはいけない。そして、それを実行できる適任者はマーカスなのだ。強靭《きょうじん》な精神力で、心を落ち着かせる。

「ジュリア、すぐに助けてやる。だから余計なことをせずに待っていろ」

マーカスはそう呟くと、王城の諜報《ちょうほう》部隊の本部に急いだ。

そして、仲間の隊員が集めてきた資料と情報を基《もと》に、捜索方法を練る。

ジェームズの馬車が、林の中で発見されたという。馭者《ぎょしゃ》はすでに殺されていて、現場には誰のものか分からない血の染みがあったらしい。

目の前が真っ暗になるが、努めて冷静になった。

（駄目だ、私情にとらわれるな！　的確な判断ができなくなる！）

林の中とはいえ、王都内だ。誰にも知られずに二人の人間を運ぶことのできるルートは限られている。

まずはそのルートを重点的に探すことにした。すると、林の先にある街道で、ジェームズのカフスボタンが落ちているのが発見される。

攫《さら》ったのが王子のどちらかだとしたら、必ずジェームズをバステール王国に連れ帰ろうとするだろう。

ならば、国境の厳しい監視の目を誤魔化《ごまか》すために、どこかで陽が暮れるのを待ってから、深夜に無灯で馬車を走らせるに違いない。

彼らがジェームズを連れて逃げた方角と、バステール王国への道筋。

それらを考え合わせると、それほど選択肢は多くない。

彼らが潜伏しそうな町は複数あるが、誘拐した人質を隠すことのできる場所は限られている。おそらくマイセルン中央区だとマーカスは推測した。

大きな商業の町であるうえ、道が入り組んでいて追跡がしにくい。隠れ家にはうってつつけの場所だ。

マーカスはすぐに部下たちを向かわせ、自らも捜索に参加する。

馬にのろうとしている時に、ベルニーが話しかけてきた。

「大丈夫ですか？　隊長、顔色が悪いですよ。もしかして、王子と一緒に連れ去られた女性が隊長の本命なんですか？　ということは、恋敵はジェームズ王子ですか。強敵ですね」

図星ではあるがベルニーの言い方に腹が立ったので、ありったけの殺気を込めて睨《にら》みつける。

「ベルニー、俺にもう一度同じことを言ったら命はないと思え！」

ベルニーはすぐに口をつぐみ、顔面蒼白になりながら数回頷いた。のっている馬までもがマーカスの気迫におびえて落ち着きをなくしている。

たしかに、マーカスはこれまでにないくらいに苛立っていた。ジュリアを失うことを考えるだけで、絶望に押し潰されそうになる。

そんな自分の気持ちがなんなのか分からない。ただ、あの日を最後の別れにはしたくなかった。

その気持ちだけで、ジュリアとジェームズの行方を捜す。

（くそっ！　早く見つかってくれ！）

マーカスは願いを胸に、マイセルン中央区に向けて馬を走らせた。

◇　◇　◇

「あぁ……すごく気持ち……悪いですわ……うぅ」

目を覚ますとすぐに頭がくらっとして、ジュリアは思わずうめき声をあげた。

吐き気を催《もよお》すほどの気持ち悪さに、開いた目をもう一度閉じる。

「ジュリア……大丈夫？　頭が痛いの？」

（ジェームズの声ですわ。よかった、どうやら私は一人きりではないみたいです）

ジェームズの兄である第二王子のエドワードに、ジュリアは捕らえられたのだ。とりあえずジェームズが傍にいたことに安堵する。

「ジェームズ……だいじょ……ぶですわ。少し気持ちが悪いだけです……」

両手を後ろ手に縛られて床に転がされているため、体中がきしむように痛んだ。ジェームズはジュリアから数メートル離れたところの柱に縛りつけられている。

かなり抵抗したのだろう、顔に殴られたらしい傷があって痛々しい。唇の端が切れ、顎《あご》にまで垂れた血が乾燥して茶色になっていた。せっかくの綺麗な顔が台なしだ。

「ここはどこなのでしょうか？　エドワード様は、これから私たちをどうするつもりなのでしょう？」

ゆっくり休んだあと、気分がずいぶんましになってきたので状況を探る。

薄暗い部屋の上部には、小さな明かり取りの窓が二つ見える。ここは建物の半地下らしい。

部屋には扉はなく、代わりに天井にのびる階段があるだけ。そこを上がれば外に出るための扉があるのだろうが、厳重に鍵がかけられていることは明らかだ。

この密室は、薄暗くてかび臭い。薬をかがされてただでさえ気分が悪いのに、それがさらに増していく。

「たぶん彼らは、陽が落ちるのをここで待っているんだと思う。夜になれば僕たちはバステール王国に連れていかれて、君は僕を思いどおりに動かすために、人質にされるだろう。でも大丈夫だ。君は僕が守るから心配しないで。こんなことに巻き込んでごめんね、ジュリア」

ジェームズは、痛々しい顔に無理やり笑顔を張りつけている。

「それで、あなたはバステール王国でエドワード王子を支持すると宣言させられるのですわね。彼が王位を獲れるように。でも、それは絶対に駄目です。そんなことを許してはいけませんわ」

「どうしてだい？　僕はバステール王国なんかどうでもいい。君を守れるならば、アレックス兄さんを裏切ることもなんとも思わない。僕はジュリアが世界で一番大切なんだ」

ジュリアは腹筋だけを使ってなんとか上体を起こすと、周囲を見回した。

そこに都合よくガラス瓶《びん》の欠片《かけら》が落ちていたので、そこまで這っていき縛られている手に持つ。

「駄目ですわ。エドワード王子が連れていた仲間はグルスク人でした。彼はグルスク人の力を借りて、アレックス王子に対抗できる力を手に入れたのですわ。エドワード王子が王位についたら、バステール王国はグルスク人に侵略されたも同然になります。そうしたら、ボッシュ王国との国交は断絶して敵同士になってしまいますもの」

「あいつらがグルスク人だなんて、どうして分かったんだい？　彼らと僕たちの違いは、見た目じゃさっぱり分からないはずだ」

「そりゃあ難しいですわ。私だってすぐには分かりませんもの。でも、耳の形と骨格が私たちとは微妙に違うのです。そして、私に使った薬の種類で確信しましたわ。キューリナの薬草が使われていましたもの。あれはボッシュ王国やバステール王国で手に入る代物じゃありません」

ジュリアは拾ったガラス片を、縛られている縄に擦《こす》りつける。掴んだ部分が悪かったのか、指が切れた。鋭い痛みとともに、生温かい液体が肌を伝う感触がする。

「ジュリア……一体、君は何をしているんだ？」

痛みで顔をしかめているジュリアの行動に、ジェームズが気がついたようだ。

彼女はできるだけ平静を装《よそお》って答える。

「ガラス片で手の縄を切っているのです。時間はかかりますけれど、いまの私にできることは、これしかありません。私はあなたの足かせにはなりたくないのです」

この言葉は、自分に言い聞かせるためでもある。ジェームズと助かるためには、こんなのは痛くないと。

「もしそうなるとしたら、潔《いさぎよ》く死を選びますわ。貴族の娘として生まれた時から、覚悟はできていますもの。でも幸運にも、ボッシュ王国は平和でしたわ」

「いざとなったら潔《いさぎよ》く死ねる覚悟を持っている令嬢を、初めて見たよ。ジュリア……大丈夫？　なんだか顔色が悪くなってきたよ」

「指が少し切れて痛むだけですわ。っつ！　死ぬよりはましですもの。早く切れないかしらこの縄！」

もう少しの辛抱だと、指先に意識を集中する。

「血が出てるよ、ジュリア！　もうやめたほうがいい！」

ジェームズが悲痛な面持ちで叫ぶ。そんな言葉は、できれば聞きたくなかった。

薄暗がりの中、彼の位置から見えるくらいならば、かなりの出血量なのだろう。

一気に痛みが襲ってきてくじけそうになる。でも、バステール王国の平和を乱す原因には絶対になりたくない。

それから何度かガラス片を擦《こす》り続けて、ようやく縄が切れる。

「やりましたわっ！」

手の傷を見るのは恐ろしいのでやめておく。とにかく自分の手からは目を逸《そ》らし、ジェームズを拘束している紐をほどいた。

「ジュリア……。僕のせいでこんな怪我をして……」

体が自由になった途端、ジェームズがジュリアを腕の中に抱きしめた。

彼の体は少し震えている。そんなに心配してくれたのだろうか。ジュリアは安心させるように、ぽんぽんと彼の背中を叩いた。

「大丈夫ですわ。怪我は治りますもの。それよりも、ジェームズと一緒に助かることが一番大事ですわ」

ジェームズは泣きそうな顔で笑った。そうしてジュリアの怪我の具合を見てハンカチを取り出すと、傷の深い左手に巻いてくれる。

「とにかく、脱出できる方法を探しましょう。この明かり取りの窓はどうでしょうか。格子《こうし》がはまっていますが、これさえ外せば外に出られるはずですわ。それに、マーカス様もあなたを捜してくれているはずですもの。大丈夫、きっと助けに来てくれます」

するとと、急にジェームズの顔が曇った。

「マーカスは、僕のためには来ないよ。君のためなら別だけれども。五年前、マーカスは一度僕を見捨てたんだ。そりゃ、そうだよね。友好国とはいえバステール王国の王子と親しくするのは、それなりのリスクがある。さすが有能な男だよ」

「ジェームズ、申し訳ないですけれど、そこにかがんでくださいませ。で……なんですの？　五年前に何かあったのですか？」

明かり取りの窓までは、床から二メートル半ほどの高さがある。

ジュリアはその真下に立ち、まずはドレスの裾をたくし上げた。そうして、ジェームズの肩に膝をのせる。

王子様の上にのる非礼はどうかと思ったが、非常事態だ。勘弁してもらおう。

「五年前、僕がボッシュ王国を転覆《てんぷく》させるための計画を練っていると疑われた。あとでボッシュ王国内の反バステール勢力の仕業だと分かったけど、それからマーカスは僕に構ってくれなくなった。それまでは毎日のように会っていたのに」

「それで見捨てられたと思って、いじけているわけなのですわね。私に近づいたのも、マーカス様に構ってもらいたかったからなのでしょう？　あっ、上は見ないでくださいませ。ドレスの中が見えてしまいますので。でも私から見たら、マーカス様はあなたを弟のように大事に思っているようでしたわ」

明かり取りの窓は枠の上部に蝶番《ちょうつがい》があり、外に向かって押し上げて開ける仕組みだ。窓の前には、防犯用の二本の鉄格子《てつごうし》がある。

まずは、窓を開けて外の様子を探ってみる。建物の間の狭い通路らしく、人の気配は全くない。

次に、ジュリアは自分を縛っていた頑丈な縄を、二本の鉄格子《てつごうし》に巻きつける。

そして、床に転がっていた木の棒に縄の両端をねじって固定した。最後に棒の両端を持ち、ぐるぐると回していく。こうすれば力はなくとも、鉄格子《てつごうし》を壊すことができる。

「たしかに、マーカスの特別なんだと思ったから君に近づいた。でもいまは違う。マーカスとは関係なく、僕はジュリアが大好きだ」

思ったとおり鉄格子《てつごうし》はうまく外れていく。これをもう少し繰り返せば外に出られるはずだ。

「ふふ……まさかこんな体勢で王子様に告白されるとは思いませんでしたわ。ほら、格《こう》子《し》が外れましたわ。これで外に出られます！」

ジュリアがそう叫んだ瞬間、バタン!!　と扉が開いた音がした。

蝋燭《ろうそく》の灯《あか》りが、薄暗い階段の上から部屋の中に向かって伸びている。

ジェームズは、とっさにジュリアのお尻を押し上げた。

「きゃぁ！」

「ジュリア！　君だけでも逃げてくれ！　兄さんは僕には手が出せないはずだ！」

「でも！　ジェームズ、そんなの無理ですわ！　あっ、そこは触らないでくださいませ！」

構わずジェームズはジュリアを窓の外に押し出す。自然と頭が外に出た。

ジュリアはすぐに指を石畳の隙間に引っかけて、体を持ち上げる。なんとか窓を通り抜けて、地面に這いつくばるように外に出ることができた。目の前には窓のない大きな壁が、空に向かってそびえたっている。

すぐに身をかがめると、ジュリアは窓から中を覗き込んだ。

「ジェームズ！　早くあなたも来てください！　あなたを置いてなんていけません！」

半地下の部屋の中で、ジェームズは男たちと争っているらしい。揉み合いながらも、ジェームズはジュリアを見て寂しげに微笑んだ。

「ジュリア……ごめんね。でも君だけでも助かってよかった。ここは僕が時間を稼いでおくから、すぐに逃げて！」

二人とも捕まるよりは、ジュリアだけでも逃げたほうがいい。ここで感情的になっても誰も得をしない。どんな状況でも、冷静な判断をしてしまう自分が憎らしかった。

「分かりましたわ、ジェームズ！　すぐに助けを連れて戻ってきますから、無茶はしないでくださいませ！　私は何があっても、絶対にあなたを見捨てたりしませんわ！　覚えておいてください！」

ジュリアが外にいることに気がついたのだろう。男が仲間を呼んでいる声が聞こえた。ここに誰かが来るのも時間の問題だ。

ジュリアは勢いよく立ち上がると、路地裏を突っ切った。辺りはだいぶ薄暗くなってきている。

夢中で走って丁字路に出ると、そこは見覚えのある場所だった。

「ここって……」

道の左側はちょうどブレナンに襲われたところだ。

（ということは、ここはマイセルン中央区なのだわ。ここからの道ならなんとか覚えていますわ！　とにかく、人のいる場所に行かないと！）

ジュリアは記憶を辿《たど》りながら立ち止まらずに走り続ける。

「きゃっ！」

すると、突然右足首に何かが巻きついたようで、ジュリアは勢いよく地面にすっ転ぶ。

背後から男が、縄の先端に重しをつけた武器を投げたのだ。

足に絡まっているその武器を、震える指で外す。両足の膝小僧に血が滲《にじ》むが、興奮しているせいか全く痛くない。それよりも、また捕まってしまう恐怖のほうが大きかった。

「誰かっ、助けてっ！」

力の限りを尽くして叫ぶが、誰も来ない。そうこうしているうちに、男はジュリアに向かってくる。

ジュリアは足首に絡まった縄をなんとかほどいて、体中が痛むのを我慢しながら立ち上がった。

武器は男が投げたこの縄しかないが、捕まる気はない。

（これを投げて駄目なら、肉を食いちぎるくらいの勢いで噛みついてやりますわ！）

ジュリアは武器を右手で構えて仁王立ちになり、歯を食いしばった。

次の瞬間、目の前の男が地面に突っ伏す。

「え……？」

倒れ込んだ男の体から赤い血が流れる。それはゆっくりと石畳の隙間に広がっていった。彼女の背後に誰かがいることに気づいて振り向く。

そこには、ジュリアが会いたくて仕方がなかった人物が、青い顔をして立っていた。

「マーカス様……」

男が倒れたのは、マーカスが短剣を投げつけたかららしい。

彼が突然現れたことに、どう反応していいか分からない。けれどもそんな戸惑いはすぐにふっ飛んだ。

何故なら、ジュリアの体はマーカスの腕にきつく抱きしめられていたから。

「よかった、ジュリア！　もう会えないかと思った！」

マーカスの胸に顔が押しつけられて、懐かしい香りに包まれる。心臓の中心がぎゅうっと絞られるように痛みを放ったあと、ドキドキと大きく打ち鳴らされた。

何度も何度も……無事を確かめるかのようにマーカスの腕に抱きしめられる。

「マーカス様っ……怖かったですわ！」

彼の腕の中で一時の安堵に心を委《ゆだ》ねる。けれどもすぐにジェームズのことを思い出して、ジュリアは顔を上げた。

「そうですわ、マーカス様！　ジェームズを助けてくださいませ！」

ジュリアはいままでのことをかいつまんで話す。するとマーカスは厳しい顔で頷いた。

「俺をその隠れ家に案内しろ」

「あぁっ、マーカス様。少しお待ちください！」

マーカスを案内する前に、ジュリアはうつぶせで倒れている男の胸ポケットを探る。

目的のものを探し出して、それをポケットの中にしまった。

来た道をしばらく戻ると、すぐに隠れ家は見つかった。ジュリアとマーカスはその建物の前に立つ。

「お気をつけてください。相手は少なくとも五人のグルスク人ですわ。私が注意を引きつけますから、その隙に倒してくださいませ」

その言葉に、マーカスは唖然とする。そうして呆れ果てたように、乱暴に言い放った。

「もしかして、俺と一緒に中に入って戦う気なのか？　何を考えているんだ。ジュリアは町に戻って、誰かに保護してもらうんだ。ジュリアを危険な目には遭わせられない」

「ジェームズを置いて逃げるなんて、そんなの絶対にいやですわ。私も一緒に戦います！」

ジュリアは憤然とマーカスを睨《にら》みつけた。

すると根負けしたのか、マーカスが大きくため息をつく。

「はぁー。お前は何を言っても聞かないだろう。分かった。でも、絶対に俺の後ろに隠れていろ。俺に何かあったらすぐに逃げるんだぞ」

ジュリアは、ぱぁっと顔を明るくして何度も頷いた。

マーカスは扉の蝶番側《ちょうつがいがわ》に剣を構えて身を潜めた。ジュリアもおとなしく、その後ろで身をかがませる。

するとマーカスは、玄関の扉をドンドンと乱暴に叩いた。案の定、玄関の扉がゆっくりと開けられる。

男の頭が覗いた時、マーカスは全力でその扉を閉めた。

ガンッという鈍く大きな音がして、男の体が崩れ落ちる。頭を扉に挟んだ男は、あっという間に気絶したらしい。

マーカスは素早い動きで扉の中を覗き様子を確認すると、両手に短剣を構えた。

他の男たちには気づかれていないようで、なんの音もしない。

マーカスは剣を下ろすと、ジュリアを守るように背に庇《かば》い、慎重に中に足を踏み入れる。

敵はあと四人と、エドワード王子だ。

ジュリアは倒れている男の剣を拾い上げた。

（いざという時には、私も役に立たないといけませんもの！）

しかし、マーカスにすぐに剣を奪われる。そして小さな声で怒られた。

「素人《しろうと》が剣なんか持つな！　逆に怪我をするぞ！　お前は絶対に俺が守るから心配するな！」

「な、私があなたを守ろうと思ったのですわ！　剣を使ったことくらいありますのよ、ですから……」

ジュリアは途中で言葉を止めた。台所から出てきた男に見つかったからだ。

危ないと思うよりも早く、マーカスが動いた。男の胸に向かって短剣を投げる。

音一つ立てずに、マーカスは二人目の男を倒した。

ジュリアは圧倒的なマーカスの身体能力に驚くとともに、その姿に見惚れる。

俊敏《しゅんびん》な体はバネのようにしなやかに動き、敵を鋭く捕らえる。彼の剣は、確実に急所を狙って外さない。金色の髪が舞う姿は、まるで黄金の豹《ひょう》のようだった。

（すごいですわ……なんて迫力なの。こんなの……絶対に負ける気がしませんわ……）

すると一階を捜索していたマーカスが、地下室に続く扉を見つけた。

「ジュリア、お前はここで待て」

小さい声で囁《ささや》くと、マーカスは用心深く階段を下っていった。ジュリアは不本意ながらも、廊下でマーカスの後ろ姿を見送る。

マーカスは階段を下りきる前に敵に襲われたようだ。剣のぶつかり合う金属音が廊下にまで響いてくる。

ジュリアはマーカスの背中を見守ることしかできない。

(私に何かできることはないのかしら?)

ジュリアがあたふたしていると、いきなり玄関口が開く。思わず柱の陰に隠れると、大男が買い物袋を抱えて入ってきた。

彼の顔は見覚えがある。ジュリアが捕らえられた時に見た、グルスク人の一人だ。おそらく買い物にでも行っていたのだろう。

彼は玄関口に倒れている仲間を見ると、顔色を変えて部屋の中を見回す。そうしてジュリアに気がついて、男はどさりと買い物袋を床に落とした。彼は大きな体を震わせ、地の底から響くような声を出す。

「お前!　よくも俺の仲間をっ!」

彼は冷静さを失っているようだ。血走った目でジュリアを睨《にら》みつける。

(きゃぁぁ!　ど、どうしたらいいのでしょうか!)

けれどもいまジュリアがマーカスに助けを求めれば、彼は前と後ろを敵に挟まれてしまう。逃げ場のない地下室では致命的だ。

（絶対に、そんなことにはしませんわ！）

ジュリアは悲鳴を呑み込んで決心すると、踵《きびす》を返して走った。

そうして台所の脇にある小さな部屋に逃げ込んで、中から鍵をかける。

周りを見ると、そこは貯蔵庫のようだ。たくさんの食料が棚の上にずらっと並んでいた。

こうしている間にも何か対策を考えなければいけない。貯蔵庫の扉はとても薄いので、すぐに壊されてしまうだろう。

ジュリアは路地で倒れていた男から拝借《はいしゃく》しておいた、例のものを取り出した。

これはグルスク人の煙玉《けむりだま》だ。目に見えない煙で攻撃できる、相当厄介《やっかい》な代物。

それを入り口に近い棚の上で思いきり叩きつける。そしてジュリアは息を止めて身を低くした。

煙玉《けむりだま》は本来、敵の足元に投げつけて意識を失わせるための武器。なので煙は上にのぼるはず。

こんな使い方ができるのかどうか分からないが、一か八かだ。

敵もろとも意識を失うかもしれないが、あとでマーカスに助けてもらえるだろう。悪い考えではない。

「この女！　開けろっ！　絶対に殺してやる！」

バキッ！　バキ！　と大きな音がしたと思ったら、扉が粉々に叩き壊されて床に散乱する。

その残骸《ざんがい》の向こうで、怒りに我を忘れている男が凶悪な笑みを漏らした。

もう逃げる場所はない。

男は手に短剣を持ち、ジュリアが恐怖するのを楽しむかのように舌なめずりをしながら、ゆっくりと侵入してくる。鋭い剣先を見て、ジュリアは肝を冷やした。

「ちょっと、それは反則ですわ！　刺さったら痛いじゃありませんの！」

「大丈夫だ。痛みを感じる前に確実に死ねる場所に刺してやる」

（それって心臓か脳髄《のうずい》のことでしょうか？　この場合は心臓……いいえ、首の下から脳《のう》髄《ずい》をえぐるように刺すことも可能かもしれませんわ）

男の言葉の意味を冷静に考えている自分がいやになる。早く仕掛けが効くように祈るしかもう手はない。

狭い貯蔵庫の中、上のほうにはもう煙が充満しているだろう。

男の身長から考えて、そろそろ効果があるはず。体があまりに大きいので、煙の成分が全身に回るのが遅いだけなのかもしれない。

「さあ、死ぬ覚悟はできたのか、女！」

「で……できれば、もう少し待ってくださらないかしら？　あと、三分くらい？」

貯蔵庫の隅にまで追い詰められて、これ以上は逃げられない。ジュリアは身をかがめながら、精一杯の微笑みで時間稼ぎをする。

けれど、大男は目の前まで迫ってきた。

万事休すと思った途端、やっと煙玉《けむりだま》が効いてきたようだ。

「……っ！」

男はふらふらと体を揺らし、棚にぶつかった。棚が倒れるとともに食料が床に落ちて、大きな音がする。

狭い貯蔵庫が衝撃で揺れた。そのまま、男は床に倒れ込む。

そして……静寂が訪れる。ジュリアは、まだドキドキと脈打っている心臓に手をあてた。

「た、助かりましたわ……」

ジュリアは壁を背に、へなへなとその場に座り込む。

「ジュリア！」

声がすると同時に、ジュリアの前にマーカスが現れた。

彼は身をかがめると、即座にジュリアを胸に抱きしめる。ジュリアはその背中を抱き返すが、すぐにいまの状況を思い出して叫んだ。

「駄目ですわ、マーカス様！　貯蔵庫には煙玉《けむりだま》の煙が充満しています。体を低くして、ここから早く出てください！」

貯蔵庫の天井に目をやり、次に床に伸びている大男を見て、マーカスは一瞬で悟ったようだ。

ジュリアの横にすぐかがみ込んだので、彼は煙を吸わなかったのだろう。

マーカスは身を低くしたままジュリアを横抱きにすると、息を止めて素早く貯蔵庫の外に出る。

貯蔵庫の外には男が数人、剣を片手に立っていた。ジュリアはびくりと身を震わせたが、マーカスが仲間だと教えてくれたのでホッとする。

どうやら路地でジュリアを助けた時、マーカスは部下に仲間を呼びに行かせていたらしい。

二階ではまだ誰かが戦っているようだ。何かが倒れるような音と剣の音が、ひっきりなしに響いている。

「下ろしてくださいませ、マーカス様！　ジェームズは!?　彼は無事なのですか？」

ジェームズのことを思い出して、ジュリアは必死で叫んだ。

マーカスの腕から下ろされて、すぐに地下室に向かおうとしたジュリアの腕をマーカスが掴む。

「地下にはジェームズはいなかった。俺の部下たちがいま二階を制圧しに行ったから、もう少しここで待て！」

「でもっ……！」

言い返そうかと思ったが、たしかにマーカスの言うことは正論だ。ジュリアは開いた口をすぐに閉じた。

でも、とにかくジェームズの無事な姿を見ないことには落ち着かない。

あまりの不安に、ジュリアは無意識に唇を噛みしめていた。それを見て、マーカスが冷たく言う。

「ジュリア……もうお前は屋敷に帰れ。ベルニー、ジュリアをブルボン伯爵家まで送ってやれ。戦いの場に女がいるもんじゃない。ここからは俺たちの仕事だ。女に居座られるとこっちが迷惑だ」

「いやですわ！　私はジェームズの無事を確認するまで、絶対にここにいます。私はジェームズを置いて自分だけ逃げたのです。のこのこと安全な屋敷に戻るなんてあり得ません。あなただって私と同じ立場だったらそうするはずですわ！」

一生懸命説得しようとするが、マーカスは目を逸《そ》らしたまま。ジュリアのほうを見向きもしない。

ジュリアの怒りが頂点に達しようとした時、マーカスの隣に立っている男性が話しかけてきた。

「まあ、ジュリア嬢、落ち着いて。俺はベルニーといいます。お気持ちは分かりますが、ここにいては危険です。あなたがここにいることで、ジェームズ王子の安全が脅《おびや》かされることにもなりかねません。隊長の言うとおり、俺と一緒に伯爵家に戻りましょう」

彼が仮面舞踏会で女性に扮《ふん》していた男性だとすぐに分かったが、ジュリアは口にしなかった。マーカスと破廉恥《はれんち》な行為をしているところを見られたのだ。その相手がジュリアだったと知られたくない。

ジュリアは初対面を装《よそお》ってにっこりと微笑んだ。

「お言葉ですが、ベルニー様。王国でも指折りの騎士であるマーカス様がいるのですもの。マーカス様のお傍がどこよりも安全……そうは思われませんか？　私はマーカス様とともにいますわ」

マーカスの部下である彼ならば、この意見を否定するわけにいかないだろう。案の定、ベルニーは頷いた。

「たしかに、ジュリア嬢の言うとおりですね。隊長に敵《かな》う者などいませんから」

「ベルニー……！」

マーカスが咎《とが》めると、ベルニーは肩をすくめる。

そうこうしているうちに、二階の戦闘が終わったようだ。二階から三人の男が階段を下りてきて、マーカスに報告する。

「隊長。二階は全部調べましたが、敵が二人いただけで、王子は見当たりませんでした」

その時、裏庭を捜索していたらしいマーカスの部下が二人、顔を青くしてこちらに走ってきた。

「隊長！　王子は見つけましたが……その……」

口ごもった彼らの背後から、バステール王国の二人の王子が姿を現す。

でも、マーカスの部下は何もすることはできない。何故なら、エドワードがジェームズの背後に立ち、剣をその首にあてていたから。

ジュリアに気がついたジェームズが、悲痛な声で叫んだ。

「ジュリア！　どうして戻ってきたんだ！」

「ジェームズ！　よかったですわ、無事だったのですわね！」

この状況を無事と言えるかどうかは分からないが、ひとまずジェームズに会えたことに、胸を撫でおろす。

だが、依然として事態は緊迫したまま。

剣をあてがわれているジェームズを、マーカスを含んだ七人の間諜《かんちょう》たちは、ただ手をこまねいて見ていることしかできない。

エドワードが青い顔で、尊大に言い放った。

「お前たち、ボッシュ王国の間諜《かんちょう》だな。やっぱりアシュバートン公爵が番犬どもの飼い主だったのか。ジェームズがボッシュ王国を裏切ればすぐに分かるように、長年友人のふりを続けてきたんだよね。さすがはエリートの公爵様だ。十年以上も弟を騙《だま》して、自分の出世を企《たくら》むなんてすごいとしか言いようがない。尊敬するよ」

エドワードの言葉に、ジェームズが顔色を変える。

「そんな、マーカス。君が間諜《かんちょう》職に就いていたなんて知らなかった。やっぱり君は僕を利用していたのか。マーカスも僕を裏切るんだ！」

彼は泣きそうな顔で声を絞り出す。そんなジェームズを見て、マーカスは堂々と言い放った。

「ジェームズ、この男の言うことは聞くな。第二王子がグルスク人と密通していた証拠は上がっている。すぐにこの事実はバステール王国に報告され、向こうで処分が下されるだろう」

マーカスが一歩前に進むと、いち早くエドワードが反応する。

「動くなっ！　お前らはボッシュ王国の手先だろう！　友好国であるバステール王国の王子に手を出すなんて許されると思うなよ。国際問題でも起こしたいのか？　それに、ジェームズは僕の弟だ。これは我が王家の問題だ。お前たちに口出しはできまい！　いいか、僕たちはいますぐバステール王国に戻る。お前らの馬を差し出せ」

剣を持つエドワードの手に力がこもって、ジェームズの首にうっすらと赤い血の線が浮かぶ。

エドワードは馬にのって逃げるつもりのようだ。いま逃げられれば、もう彼らを止める手立てはないだろう。

マーカスはエドワードを無視して、必死にジェームズに語りかけた。

「ジェームズ！　さっさとエドワード王子を倒せ。お前ならそんな剣くらい奪えるだろう！」

なのに彼にはマーカスの声が届いていないよう。ジェームズはうつろな目をして、小さな声を出した。

「僕はマーカスを信じていたんだ。七歳の時、この国に人質のように送られて、マーカス以外誰も、友達になってくれる奴なんていなかった。なのにマーカスは間諜《かんちょう》になって、僕を見張っていたなんて……」

ジェームズはマーカスに裏切られたのだと絶望して、気力を失ってしまっている。

（もう、本当に馬鹿な男の人たちなのですから……）

ジュリアは聞いていられなくなって、間諜《かんちょう》たちの背中から顔を出すと、ずかずかと足を前に進める。

そうしてマーカスとジェームズの間に、体を割り込ませた。

「もう終わりにしてくださいませ。マーカス様、あなたは言葉が足らなすぎます。そしてジェームズ、あなたは自分を卑下しすぎですわ。大体、マーカス様が間諜《かんちょう》になったのはあなたを見張るためじゃなくて、きっと守るためですわ。そうですわよね？　マーカス様。ご自分が口下手なのが原因ですわよ！」

ジュリアは、エドワードの前まで歩を進める。すると彼は、ぎょっとした表情で彼女を怒鳴りつけた。

「こ……この女！　寄ってくるな、この剣が見えないのか！　こいつを刺すぞ！」

「そうですわね。刺したければ刺すといいですわ。でも、あなたがジェームズを二度と利用できなくなりますけど、それでもいいのでしょうか？　それに、私は王国の兵士でもなんでもなく、ただの貴族令嬢ですもの。友好国の王子様に何をしても、さほど問題にはならないですわよね。しかもあなたにはこんなに怪我をさせられています。ですから正当防衛ですわ」

極めて冷静に論理的に話をする。するとエドワードが騒ぎはじめた。

「くっ、近寄るな！　そんな理屈があるか。大体、僕が怪我させたわけじゃない！　それに、たしかにジェームズは殺せないがお前は違う！　そんなに死にたいのか！」

「それは困りますわ。でも、ジェームズの後ろに隠れている状態で、どうやって私を刺しますの？　その剣の間合いでは、こうしてここに立っていれば、あなたは私を攻撃することなんてできませんわ」

そう言うとジュリアは、彼の左に身を寄せた。そうすればジェームズの体が邪魔になって、右手に剣を持つエドワードにはジュリアを刺すことは不可能だ。

まさか王子である自分に対して、偉そうに語る女がいるとは思わなかったようだ。エドワードは顔を真っ赤にして、怒りで体を震わせている。

「この女！　誰に向かって口を利いていると思っているんだ！　僕は王子だぞっ！」

「そうですわね。そしてお気の毒ですけれど王にはなれないと思いますわ」

「こいつっ！」

エドワードは怒りに任せて叫ぶと、ジェームズを前方に突き飛ばした。そして一直線にジュリアに向かって剣を振りかぶる。

ジュリアには、その剣の筋が見えていた。

人間は怒りが頂点に達すると、冷静な判断ができなくなって、大きな動作をするようになる。

ジュリアはエドワードが剣を突くのではなく、必ず振りかぶってくると予測していた。そうなれば剣筋を読むのもたやすい。

剣を避けようとした瞬間に、誰かがジュリアの体を引っ張ってその邪魔をした。

それがなんなのか分からないまま、ジュリアの体は後ろ向きに倒れていく。

天井が視界いっぱいに広がる。次の瞬間見えたのは、泣きそうな目をしたマーカスの顔だった。

いつも強気な彼の、恐怖に満ちた表情は初めて見る。

「うわぁぁぁぁっ！」

エドワードの悲鳴があがったのと、彼が剣を取り落とした音がしたのは同時だった。

声のするほうに目を移すと、肩にナイフが刺さり喚《わめ》いているエドワードがいた。

（きっと、マーカス様がナイフを投げたのですわ）

床に片膝をついたマーカスの腕に、ジュリアは仰向けの状態で抱えられている。

ジュリアの無事を確かめると、マーカスはエドワードを鋭い目で睨《にら》んだ。

「エドワード王子。我が王国の令嬢に危害を加えようとされましたので、やむなく反撃しました。これは騎士の矜持《きょうじ》に基づく行為です。バステール王国への報告書にも、そう書かせていただきます」

床に倒れていたジェームズはゆっくりと起き上がった。痛みに悶《もだ》えているエドワードを無視して、マーカスの前に歩み寄る。

「ねえマーカス。ジュリアの言ったことは本当なの？　本当にマーカスは僕を守るために間諜《かんちょう》になったの？」

するとマーカスはジェームズから目線を外して、遠くを見つめた。

「……五年前、お前がボッシュ王国の転覆《てんぷく》を企《くわだ》てる首謀者だと疑いをかけられたあと、俺は自分の無力さを嘆いた。もうこれ以上お前が、この国の誰かに陥《おとしい》れられることは我慢ならなかった。次に謀《はかりごと》があったら俺が事前に食い止めるんだと、そう考えて間諜《かんちょう》職を希望した。まあ、やってみたら面白くて夢中になってしまったがな」

ジェームズのほうからは見えないだろうが、マーカスは恥ずかしそうな顔をして頬を赤らめている。

（この人たちはどうしてこんなに不器用なのでしょうか）

ジュリアはため息をついた。

「もう一件落着でしょうか？　でしたら離してくださいませ、マーカス様」

ベルニーがマーカスの隣に立って敬礼し、指示を待っているようだ。マーカスはジュリアの言うことを聞かずに、彼女を抱いたままで立ち上がる。

「ベルニー。エドワード王子とジェームズ王子の迎えの馬車を手配しろ。二人には王城に行っていただいて、怪我の手当てを。マークとマイケル、キースはこの場にとどまって隠れ家の調査。マットとデビットは警邏《けいら》隊《たい》と一緒に、倒れているグルスク人を檻《おり》にぶち込んでおけ。明日の朝には尋問を開始する」

「分かりました。あの、ジュリア嬢はどうされますか？　よければ、誰かに屋敷まで送らせますが……」

ベルニーが気を利かせて言うが、マーカスは彼を睨《にら》みつけた。

場の空気が一瞬で凍《こお》りつく。遠くにいる隊員にまで緊張が走ったほど。マーカスはずいぶんと部下から怖がられているらしい。

「ジュリアは怪我を見てから、俺が伯爵家に送り届ける。詳しい報告はそのあとで王城に行ってからする。ベルニー、お前が俺の代わりにここの指揮を執《と》ってくれ」

ベルニーは指示を受けてもう一度敬礼すると、すぐに行動に移した。

いかにも隊長らしく、堂々とした姿のマーカスに思わず見惚れる。

「駄目だよ！　ジュリアは僕と王城に戻るから。そこで医者の手当てを受ければいい。ごめんね、僕のためにこんな怪我をさせてしまって」

うっとりとしていたが、ジェームズの声で現実に引き戻される。

ジェームズは、半ば強引にマーカスの腕の中からジュリアを下ろさせた。いつもの軽い調子のジェームズとは違う、真摯《しんし》な眼差《まなざ》し。彼も満身創痍《まんしんそうい》のはずなのに、ジュリアを心から心配してくれているようだ。

ジュリアはにっこりと笑って、彼に左手を見せた。

「大丈夫ですわ。このくらいは平気です。ジェームズがハンカチを巻いてくれましたから」

「でも医者には診《み》せたほうがいい。一緒に王城に戻ろうよ」

何を言っても、ジェームズはきっとジュリアをこのまま帰してはくれないだろう。仕方がないので、彼の言葉に甘えることにした。

ジェームズに肩を抱かれて玄関を出る。手配された馬車にのり込もうとした瞬間、急に天地がひっくり返った。腰に何かが絡みついたようで、いきなり引っ張られる。

「えっ！　きゃぁっ！」

「ジェームズ、すまない。少しだけジュリアを借りるぞ！」

マーカスの声が耳の傍で聞こえる。マーカスに抱え上げられて、馬にのせられたようだと気がついたのは、彼が馬を走らせてからだった。

ジュリアは振り落とされないように、必死でマーカスに抱きつく。

「マーカス様！　何をお考えですの！」

見上げると精悍《せいかん》なマーカスの顔があった。抱きしめられている腕は力強くて温かくて……こんな状況でありながら、胸の奥がきゅぅんとときめく。

ジュリアは彼の上着をぎゅうぅっと握りしめた。

彼に連れていかれたのは、マイセルン中央区にあるマーカスの隠れ家。

あの時と同じように、横抱きにされたまま家の中に入る。マーカスは終始無言で、一階のソファーにジュリアを下ろした。

ここは居間のようで、広めの部屋にはソファーとサロンテーブルが置かれている。

最低限のものしかない殺風景な部屋。どうやら常に使われているわけではなさそうだ。

ソファーに座ったジュリアの前にマーカスは跪《ひざまず》いて、傷の具合を見ている。

自分がお姫様にでもなったかのようで、ジュリアは急に気恥ずかしくなってきた。顔がかぁっと熱くなる。

「これはひどいな……膝の傷は転んだのだろうと分かるが、どうやって左手にこんなに切り傷を作ったんだ」

ジュリアが経緯を説明すると、マーカスは顔をこわばらせた。

「ガラス片を使うだなんて、何を考えているんだ。こんな真似はよっぽどでないと男でもできない」

「で、でも私のせいでバステール王国を崩壊させるわけにいきませんもの。それに、あの時は必死でしたし……」

するとマーカスは寂しそうな顔をして目を逸《そ》らした。そうして怒ったような声を出す。

「――そんなにジェームズを愛しているんだな」

彼は恋人ではないと伝えようと口を開いた時、馬車の中でジェームズと話したことが頭の中に甦《よみがえ》ってきた。

（そういえばマーカス様は私のことを……）

そう想像するだけで、胸の奥がむずむずして落ち着かなくなる。一番に彼の本当の気持ちが知りたい。

（あぁ、困りましたわ。私をどう思っているのかなんて、どう尋ねればいいのでしょう。『私にだけ欲情なさいますの？』なんて、恥ずかしくて聞けませんし……『私にだけお勃ちになりますの？』なんて、もっと言えませんわ）

ああでもないこうでもないと考えていると、急に膝に鋭い痛みが走った。予告もなくマーカスが傷の消毒を始めたのだ。

「い、痛いですわ！」

「我慢しろ。傷から菌が入ることもある。お前のためだ」

そんなことは分かっている。だとしてももう少しやり方というものがあるだろう。

ジュリアは手と両膝の治療を、唇を噛みしめて耐えた。でも目には涙が浮かんでくる。

するとマーカスが人差し指を伸ばして、ジュリアの唇にそれをあてた。

「強く噛むな。傷がつくぞ」

ジュリアとマーカスの視線が絡まり合う。

ジュリアは自分のいまの姿を思い出し、恥ずかしくなった。ドレスはボロボロだし泥だらけだ。

(こんな姿を見られたくはなかったですわ。そうでなくても、私はイザベル様やミュリエル様ほど魅力があるわけでもありませんし……)

悲しい気持ちになる。でもマーカスがあまりにも真剣に見つめてくるので、そんなことはすぐに忘れてしまった。

激しい戦いのあとなので、マーカスの服もあちこち薄汚れている。輝くような金髪にはいつものように艶《つや》がなく、乱れていた。それでも美しく整った顔に、つい見惚れてしまう。

（あぁ、なんて素敵な瞳なのかしら……。濃い青色の円を緑色の虹彩が取り囲むように輝いていますわ。見ているだけで吸い込まれそうですもの……）

ジュリアは無意識に手を伸ばしていたようだ。指先にマーカスの頬が触れるか触れないかのところで、やっと正気に戻る。

「も、申し訳ありませんわ！」

慌てて引いた手をマーカスが握った。傷口を押さえられてジュリアが顔を歪《ゆが》めると、彼はすぐに手を離して、彼女を腕の中に閉じ込める。

埃《ほこり》と汗の匂いに混じって、マーカスの匂いがした。逞《たくま》しく硬い胸は、いつかの官能に満ちた至福の時間を思い起こさせる。

（あぁ、すごく安心しますわ。私……本当に助かったのですわね……）

安心すると、いまさらながらに恐怖が甦《よみがえ》ってくる。ジュリアはマーカスの胸に頬を擦《す》りつけた。

するとマーカスの鼓動が増していくのが分かって、なんだか心が沸き立つ。いまならあのことを聞けるかもしれない。

「あの……マーカス様は女性がお嫌いなのですわよね。私のことも、お嫌いですか？」

一度は彼の愛を感じたとはいえ、やはり自信はない。ジュリアは小さな声で問う。

するとマーカスはジュリアを抱きしめたまま、力のない声で呟いた。

「……俺は女が嫌いだ。ジュリアは中でも一番嫌いなんだと思っていた。だが違ったようだ。お前がジェームズの恋人であろうとなかろうと、もうどうでもいい。俺はお前が他の男といるのを見ると理性が利かなくなる……イライラして、ジュリアを壊してでも奪いたくなるんだ」

その力強い言葉に、ぞわりと高揚感が全身を駆け巡った。

ジュリアの心臓は、マーカスのそれと同じくらい大きな音を立てている。ジュリアは息を呑んで次の言葉を待つ。

なのに、マーカスはなかなか続きを語らなかった。

しばらくそのまま抱きしめられていると、彼が唐突に先を続ける。

「――でもそれと同じくらいにお前が泣く姿を見たくない。ジュリアのことを考えると、論理的な思考ができない愚《おろ》かな男になる。そんな自分が情けないのに……ジュリアの声を聞くだけで、そんなことはどうでもよくなってくる」

（……もしかしてこれは、熱烈な愛の言葉ではないでしょうか……）

そんな予感に胸がドキドキとしてきた。夢のようで実感はないが、これだけはしっかりと伝えておかなければと、ジュリアは口を開く。

「あの……マーカス様。私とジェームズは、恋人同士ではありませんわ」

「どういうことだ？」

彼は急に体を離すと食い入るようにジュリアを見つめている。さっきはどうでもいいと言ったくせに、その目は怖いほど真剣だ。

穏やかだったマーカスが突然声を荒らげたので、ジュリアはしどろもどろになった。

「あ、あの……ですから、初めてお会いした夜会の日、マーカス様は子爵家を取り潰されるとおっしゃいました。だ、だったら恋人の真似をしたほうがいいのではないかと、ジェームズが申し出てくれたのですわ。ジェームズは隣国の王子ですから、子爵家を守れると」

すると長い金色の睫毛《まつげ》に縁取られたマーカスの瞳が、かすかに揺れた。

ともすれば泣き出すのではないかと思われるほどに、マーカスの肩は震えている。

「ジュリア……じゃあ、あの首のキスマークは……？」

ジュリアはキョトンと首を傾げた。

「なんのことですの？　キスは一度だけされましたけど……キスマークをつけられたこ

とはないはずですわ」

　ジュリアはブルボン伯爵家の庭で、ジェームズにキスをされたことを思い出しながら言った。あとは首から耳にかけて舐められただけ。するとマーカスはすごい剣幕でジュリアに迫る。

「恋人でもないのに、どうしてジェームズとキスをしたんだ！」

「わ、私を責めないでくださいませ。あれは不可抗力ですもの。それにあなただって恋人でもないのに、私とあんな……あんな……あんなことをしたじゃないですか！」

　先を続けようと思うのだが恥ずかしくてできない。顔を熱くしたジュリアを、マーカスが意地悪そうに見る。彼の顔にはうっすらと微笑みすら浮かんでいた。

「あんなって、どんなことだ？　詳しく説明してみろ」

（ひ、ひどいですわ！　分かっていてそんなことを言っているのですわね！）

　マーカスにからかわれているのは分かっている。でも負けるのは絶対にいやだ。

　薄笑いしたマーカスの顔を掴むと、無理やり自分のほうに引き寄せた。

「……たとえば、こ、こうですわ！」

　ジュリアは勇気を振り絞って、マーカスに口づけをした。

　ふにゅっと柔らかい感触がする。何度かついばむような口づけを繰り返すと、ジュリアは勝ち誇ったように顔を離した。

得意げな顔をするジュリアに、マーカスは息を乱すことなく平然と言い放つ。

「――これだけか？」

「ち、ちがいますわ。もっとです……たとえば……」

やけになったジュリアは、マーカスの服のボタンに手をかけた。けれども包帯が巻かれているので、あまりうまくできない。その腕をマーカスが掴む。

「駄目だ。もうお前は手を使うな、怪我がひどくなる。――ここからは俺が教えてやる」

いつもの上品な顔に、乱れた髪がワイルドさを加えている。そんなマーカスにじっと見つめられて、どきりと胸が跳ねた。

ジュリアがぼうっとしているうちに、マーカスは彼女のドレスのリボンをつまんだ。あっという間にジュリアは下着だけの姿にされてしまう。

ワンピースを脱がすのにもたついていた男性と、同じには思えない。ジュリアが不思議そうな顔をしているとマーカスが笑って答えた。

「いままではやったことがなかっただけだ。一度基礎さえ掴めば、あとはどれもその応用に過ぎない」

そうしてマーカスは、最後にジュリアの髪のリボンに手をかけて、それをほどいた。

ハーフアップにされていた髪が、肩や顔に落ちてくる。彼はその髪をジュリアの耳に掻き上げると、何度も撫でつける。

一連の仕草がまるで演劇を見ているように美しくて、ジュリアは一ミリも動けない。

（もしかして、これからマーカス様に抱かれるのかしら……）

頭の隅でぼんやりと考えていると、突然マーカスに横抱きにされて、二階まで連れていかれる。

見覚えのある部屋のベッドの上に寝かされ、ジュリアの緊張はマックスになった。

ジュリアは薄い下着一枚の姿なのだ。

マットレスに体を沈めると、思考がとろんと溶けてきた。マーカスがジュリアの頭の横に手をついて覆いかぶさってくる。

彼はジュリアの頬にキスを落として、彼女の体にシーツをかけた。そして、耳元でテノールの声が囁《ささや》く。

「ジュリア、今夜はここで休んでくれ。隊長として、事の顛末《てんまつ》を報告しなければならん。警備の者をつけるから、俺が戻ってくるまでここで待っていろ」

その言葉に、熱に浮かされていたジュリアの脳はあっという間に覚醒した。ガバリと身を起こして、扉に手をかけているマーカスに問いかける。

「え……？　でもあの、伯爵家には連れて帰ってくださらないのですか？」

怪我の手当てをすれば屋敷に送ってくれると、ベルニーにも言っていたはずだ。

「伯爵家はよくない。ジェームズがお前に会いに来るかもしれないからな。俺は心が狭い男なんだ」

そう言い残したあと、マーカスは部屋に鍵をかけて本当に出ていってしまった。

「そんな……まさか……？」

一人ベッドの上に取り残されたジュリアは、マーカスが去っていった扉を呆然と見ていた。

（だってマーカス様は、まだ自分のお気持ちを言ってくださってないわよね。それに私だって、ジェームズとの誤解を解いただけ。なのにどうして行ってしまうのでしょうか？理解に苦しみますわ）

けれどもジュリアはすぐに諦めて、ベッドに身を横たえる。マーカスがそう言うならば、ここは安全なはず。

彼がいなくなって緊張が解け、疲れが一気に押し寄せてきた。

体が鉛《なまり》のように重くて、指先すら動かすことができない。

（もう、いいですわ。またあとで考えましょう。いまは……このベッドが気持ちよすぎて……抗えませんわ……）

ジュリアはあっという間に意識を沈ませた。

眩《まぶ》しい朝の光と鳥の鳴き声でジュリアが目を覚ますと、見知らぬ年配の男性の姿があった。

彼は長めの顎鬚《あごひげ》を生やし、かっちりとした三《み》つ揃《ぞろ》えのスーツを着込んでいて風格を感じさせる。

ジュリアは悲鳴をあげて、ベッドから飛び起きた。

「きゃぁっ……！　だ、誰ですの⁉」

よく見ると、男性の後ろには他にも数人の侍女がいる。いつから彼らは寝室にいたのだろうか。

まさかジュリアが目を覚ますまで、待っていたわけではないはず。

淑女の寝室にいるというのに男性は顔色も変えず、深々とジュリアにお辞儀をした。

「おはようございます、ジュリア様。私の名はチャールズでございます。アシュバートン家で筆頭執事を務めさせていただいております」

筆頭執事とは王国に存在する中でも指折りの名誉職。執事試験を通った人の中でも、所持する者が数少ない資格だ。

しかも名門アシュバートン公爵家の筆頭執事ならば、使用人だとしても子爵令嬢のジュリアよりも身分自体は相当上だろう。

その執事が目の前でジュリアに頭を下げている。ジュリアは身を硬くしながら尋ねた。

「あの、マーカス様はどちらに……？」

「旦那様は昨日の事件もあり、多忙でございます。ですので、私が代わりにジュリア様をお迎えに上がりました。新しい服も用意させておりますので、ご心配なく」

ドレスの入った箱を持った侍女が、チャールズの言葉と同時にお辞儀をする。他にも豪華な装飾品や靴まで一式取《と》り揃《そろ》えているようだ。それらが収められている箱は、中身が見えるように開けられている。

どうやら、ジュリアに好きなものを選べということらしい。

上品な服装の執事に、礼儀正しい侍女たち。それに王室御用達のマークがついた、数えきれないほどの箱。地味で質素な隠れ家には、驚くほど場違いだ。

（ど、どうしたらいいのでしょうか。でも多分、私の着ていたドレスはまだ一階にあるのでしょうし、下着姿ではここから出られませんわ。ふぅっ、仕方ありませんわね。ここはマーカス様のご厚意に甘えましょう）

ジュリアはマーカスの用意した侍女に、朝の支度を任せる。

さらに驚くべきことに、チャールズはドレッサーや椅子、足置きや絨毯《じゅうたん》に至るまで、様々な家具を狭い部屋に運び込ませた。地味な部屋が一気に華やぐ。

高価そうな銀の大きな器には水と香油が張られ、侍女が絹のスポンジでジュリアの体を拭く。

しばらくすると、ジュリアはいますぐにでも夜会に参加できそうなほど飾りつけられた。包帯が目立たないよう、手にはレースの手袋がはめられる。

（これ……総額いくらするのでしょうか……想像するだけで足が震えますわ……）

支度が終わってジュリアがそろりと部屋を出ると、それまで別室で待機していたチャールズが現れた。

「チャールズ様。あの、これからブルボン伯爵家まで送っていただけるのですわね？」

「いいえ。旦那様からは、ジュリア様をアシュバートン家にお連れするように申しつけられております。朝食はあちらに用意させておりますので、少しの間お待ちください」

ジュリアは、思わずお腹に手をあてた。そういえば昨日の朝食べたきりで、それから何も口にしていない。

でも、このまま流されるわけにはいかない。きっとブルボン伯爵家では、ハンナが心配して待っているはずだ。

「申し訳ありませんが、ブルボン伯爵家まで送っていただけませんか？」

するとチャールズは、穏やかでありながらも有無を言わせない圧力を含ませて答えた。

「マーカス様はアシュバートン公爵家へ、とおっしゃいました。それ以外のことならなんでもジュリア様のご意思に添いますが、目的地は変更できかねます」

忠実な執事は、主人の命《めい》を一番に遂行するものだ。主人の命令には背かないだろう。

ジュリアはおとなしく従うことにする。

（もうっ！　どういうことなのでしょうか！　勝手に決めるだなんて、マーカス様は横暴すぎますわ！）

ジュリアはマーカスへの怒りを燃やした。

玄関を出ると、豪華な馬車がいくつも並んでいるので、近所の人が何事かと集まってきている。もうこの隠れ家は機能しないに違いない。

マイセルン中央区は庶民の町。貴族令嬢が供を連れてくることは稀《まれ》にあっても、民家に滞在することはない。彼らはかなり驚いているようだ。

公爵家の馬車は金箔で装飾されていて、豪華な仕様。のり込んでみると、その床には毛足の長い絨毯《じゅうたん》が敷かれている。

しばらく馬車に揺られていると、公爵家の入り口に着いた。大きな門が開かれ門番に敬礼されながら、馬車は悠々と進んでいく。

すると緑の木々の奥から、宮殿のような大きな建物が姿を現した。その大きさと豪華さに、ジュリアは息を呑む。

ブルボン伯爵家もすごいと思っていたが、ここは桁違《けたちが》いだ。ジュリアはいまさらながらにマーカスとの身分差を思い知らされた。

（いつも言いたいことを言い合っていたので、失念していましたわ。そういえばアシュバートン公爵家は、王国有数の名門貴族でしたわね……）

本来ならジュリアとは話す機会すらないほどの、高貴な身分なのだ。

贅沢な装飾が施《ほどこ》された公爵家の中を案内されていくと、そこにはよく見知った顔がある。

「……！　ハンナっ！　どうしてあなたがここにいるのですか？」

「お嬢様！　あぁよかったです！　お嬢様の無事な姿を見るまでは、生きた心地がしませんでした！」

ジュリアの顔を見るとハンナは涙を流して喜んだ。ジェームズと一緒に攫《さら》われたと知らされて、とても心配していたそうだ。

あとで公爵家の使いの者から無事救出されたと聞いたものの、しかるべきところで休養していると説明されただけだったらしい。

「でも、どうしてハンナまで公爵家に？　マーカス様は一体どういうおつもりなのかしら」

「わ、私も分かりません。今朝早く公爵家の使いの方がブルボン伯爵家にいらっしゃって、お嬢様の荷物は全てここに運ばれたようです。それに、私も一緒に来てくれと……」

荷物まで引き上げてきたということは、もしかしたらここで過ごさなくてはいけないのだろうか。ブルボン伯爵にはどういう説明をしたのだろう。

ジュリアはチャールズの顔を仰《あお》ぐが、彼は依然として口を閉ざしたまま顔色も変えない。

諦めたジュリアはため息をつくと、ハンナに話しかけた。

「ハンナ、あとでマーカス様に直接お話をお聞きしましょう」

とにかくお腹がペコペコだ。用意されているという朝食を先にいただくことにする。

けれども、なかなかマーカスは屋敷に戻ってこなかった。

陽は高く昇り、ジュリアは公爵家の豪華な昼食をいただいた。そろそろ実力行使で伯爵家に戻ろうかと考えはじめた時、ベルの音が鳴り響く。

すると侍女たちがジュリアに頭を下げて、一斉にどこかに消えていった。男性の使用人たちは、黙々と仕事を続けている。

どういうことなのかと廊下に出ると、執事のチャールズと数人の男性の使用人が玄関に向かっている後ろ姿が見えた。すぐにピンとくる。

（きっとマーカス様が帰ってきたのですわ！　侍女と顔を合わさないようにしているのですわね。本当にどこまで女嫌いなのでしょうか……呆れますわね）

ジュリアはチャールズのあとを急いで追いかけていき、馬車から降りてきたマーカスを見るなり叫んだ。走ったので息が上がっている。

「マーカス様、これはどういうことですの！」

するとマーカスはジュリアを一瞥《いちべつ》した。しかしすぐに目を逸《そ》らし、脱いだコートをチャールズに渡す。

（ようやく会えたというのに、何のリアクションもないのでしょうか？）

ジュリアの怒りはさらに増す。

「おい、チャールズ。どうしてジュリアが屋敷内を自由に動き回っている。部屋に閉じ込めておけと言っただろう。でないと、こいつはすぐに屋敷から抜け出すぞ」

「申し訳ありません。『ジュリア様を公爵邸にお連れして監禁しろ』との命《めい》でしたので、屋敷内なら自由にしていただいてよいと解釈してしまったようです」

「なんですって！　か、監禁なんて……！　どういうおつもりですの！」

怒りに任せて叫ぶが、二人はジュリアなどいないかのように会話を進める。屋敷に入ると廊下をどんどん歩いて先に行くので、ジュリアは彼らのあとを早足で追いかけた。

「ジェームズ様が二度ほど屋敷に見えましたが、ジュリア様はいらっしゃらないと断っておきました」

「あぁ。あいつはジュリアの恋人だと偽って俺を騙《だま》していたんだ。放っておけ。それくらいは許されるだろう」

ひたすらジュリアを無視する二人に、ますます腹が立ってくる。ジュリアはマーカスの前に回り込むと、仁王立ちになって腰に手をあてた。

「これで無視はできませんわよね、マーカス様！　私の話をお聞きくださいませ！　……って、え……？　きゃあっ！」

ようやくマーカスがジュリアを見たかと思ったら、荷物のように肩の上に抱き上げられた。あっという間に地面が遠くなって、彼女は必死にマーカスにしがみつく。

「うるさい。ジュリアのために大量の仕事を一気に終わらせてきたんだ。それに昨夜から一睡もしていない。手間をかけさせるな！」

大きな声で怒られて、反射的に口を閉じた。

けれども、どうして自分が怒られるのだろう。あとから疑問が湧いてくるが、自分のために仕事を終わらせてきたという台詞《せりふ》に、不覚にも胸をときめかせてしまう。

マーカスは脇目も振らずに、ジュリアを抱えたまま一つの部屋の中に入った。

高い天井に豪華な装飾、どっしりとした家具。部屋の真ん中には天蓋《てんがい》のついた大きなベッドまである。

マーカスは使用人たちを下がらせると、ジュリアを長椅子に座らせた。

「よし、ジュリア。昨日の続きだ。お前はジェームズの恋人じゃないんだな」

マーカスは何故か右膝を長椅子の上について、ネクタイを片手で緩めた。あまりの迫力にジュリアは頷くことしかできない。

「分かった。じゃあ、ジェームズとはキスをしただけでそれ以上のことは何もなかった。それでいいのか？」

マーカスは上着を脱ぐと、ジュリアに覆いかぶさるようにして、両腕を長椅子の背もたれについた。まるで逃がさないと言わんばかりだ。これでは質問されているというよりも、詰問《きつもん》されているよう。

「ということは、お前の裸を見たのは俺以外には誰もいないんだな？」

あまりに恥ずかしいので、次は目を逸《そ》らして二回頷いた。

「あの夜会で、お前の愛は真剣でとても貴重な唯一無二《ゆいいつむに》のもの、一度愛を誓った以上は必ず一生愛し続けると言った。それに間違いないな？」

そういえばそんなことを口にしたような気がする。ジュリアは顔を熱くしながらも、なんとかコクリと頷いた。

次第に距離を詰められて、マーカスの顔がすぐ傍にある。もういつ触れてもいいくらいに近い。

さっきまであれほどマーカスへの怒りが湧いていたのに、どこかに行ってしまった。マーカスの香りがふわりと漂《ただよ》ってきて、心が満たされる。それと同時に胸の奥がドキドキしてきて、心臓が止まりそうだ。

（こ、これ以上接近されると、もう無理ですわぁ！）

思わず目をつぶると、マーカスの最後の質問が聞こえた。

「じゃあ、お前は誰を愛しているんだ？　教えてくれ。そうでないと俺は二度と眠れそうにない」

そんなことは聞かなくても分かっているはず。頭脳明晰《ずのうめいせき》と謳《うた》われるマーカスが、そのことに考えが及ばないわけがない。

（きっと私をからかっているのですわ。本当にマーカス様は意地悪です）

そっと目を開けてみると、彼は眉をひそめ、とても不安そうな表情でジュリアを見ていた。

瞼《まぶた》は震えていて、ともすればすぐに泣いてしまいそうな顔だ。

（もしかして本当に分かっていないのでしょうか……それとも、それほど私の答えが怖いのでしょうか）

ジュリアは大きく目を見開いて、青緑色の瞳を見つめ返した。

「どうしてマーカス様は、私が愛している男性をお知りになりたいのですか？」

「………………」

しばらくマーカスが無言になったので、ジュリアは彼の名を呼ぶ。

「マーカス様……？」

するとマーカスは苦しそうに顔を歪《ゆが》めると、切なげに声を絞り出した。

「俺はジュリアを抱いたあの日から、ほとんど眠れていない。しかも昨夜は一睡もできなかった。死ぬほど眠いのに、お前のことが気になって仮眠すら取れない。俺はもう倒れる寸前だ。だから、その元凶のジュリアには俺の質問に答える義務がある」

あまりの子どもっぽい答えに唖然とする。

稚拙な物言いしかできないのに、ジュリアの愛情を確かめようとする。彼はそんな不器用な人だったのだ。

（……ふふっ、可愛らしいですわね）

でも、自分から素直に愛しているとは言いたくない。ジュリアは言い方を変えることにした。

「私の愛する男性はですね、ありのままの私を好きだと言ってくれますの。私はずっと彼のことを女たらしのいやな男性だと思っていましたけれど、違ったようです。彼はただ純粋で、不器用なだけですのね。……そして彼は、私のことが死ぬほど好きみたいです。それなのに、何故か一度も愛の言葉を囁《ささや》いてはくれませんわ」

するとマーカスが憤然と反論する。

「ジュリア、俺は純粋でも不器用でもないぞ！　そんな男が王国の諜報《ちょうほう》部隊長など務められるわけがないだろう！」

その答えにジュリアは心を和《なご》ませる。

いま、マーカスはジュリアを愛していると言ったも同然だ。彼はジュリアのことが死ぬほど好きだということを、否定しなかったのだから。

幸福で満たされて、体が熱くなってくる。

「ふふっ、そうですわね。まさか本当にあなたが女性を抱けないとは思いませんでしたもの。いまでもそうなのですか？　……マーカス様は、私を抱きたいと思っていらっしゃいますか？」

ジュリアはしっかりとマーカスの目を見据えて、その首に手を回した。

これは勝率百パーセントの賭けだ。

そうしてジュリアは、マーカスに唇を寄せた。マーカスもそれに応えようと顔を近づけたが、直前で動きを止める。

「どうしたのですか？」

「――これは質問の答えじゃない。キッチリ言葉にしてくれないと、また今夜も眠れないかもしれない」

きつい目つきのまま、マーカスが怒ったように言い放つ。言動は乱暴なくせに、どれほど心は繊細《せんさい》な男なのだろうか。

ジュリアは、ふぅっとため息をついてからにっこりと笑いかけた。

「マーカス様。私はあの馬車の中で初めてあなたをお見かけした時から、マーカス様を愛していましたわ。あなたは私の言うことを信じて、褒めてくださったもの。そんな方は初めてでした。私はマーカス様を一生大切にしますわ」

マーカスは喜んで泣き出すかと思ったのに、大きな声で怒りはじめた。

「ジュリア……そこまで言わなくてもいい！　それは俺の台詞《せりふ》だっ！」

そうして長椅子にジュリアの体を押し倒す。マーカスの金の髪が垂れて光を反射した。

ジュリアを組み敷き見下ろす顔は、相変わらずとても整っていて綺麗だ。

彼はそんな美しい顔を歪《ゆが》ませて、悔しそうな顔で言った。

「俺のほうがお前を愛している。絶対に一生大切にすると誓う！　だから俺と結婚しろ！」

まるでけんか腰のようだが、どんなに甘い愛の囁《ささや》きよりも、胸の奥がきゅぅぅんときめいた。

「よろしくお願いいたしますわ」

ジュリアがそう言うと、マーカスが唇を重ねてきた。いままでにないほど熱いキスが交わされる。

（あぁ、なんて幸せなのかしら……マーカス様……愛していますわ）

ジュリアはマーカスの逞《たくま》しい胸に顔を埋《うず》めて、しっかりと抱きついた。しばらくそのまま抱き合っていたが、なんだかマーカスの様子がおかしいことに気がつく。

「あの……マーカス様……？」

名前を呼ぶが反応はない。規則正しい呼吸の音が頭上から聞こえてきて、ようやく事態が呑み込めた。

（ま、まさか、眠ってしまわれたのぉ！）

けれども狭い長椅子の上。ジュリアの上にかぶさる形で眠ってしまったマーカスから逃れるのは不可能。

少しでも動くと、マーカスの体は床に落ちてしまいそうだ。

（そういえば、ずっと眠っていらっしゃらなかったって……昨日だって徹夜だったらしいですし……）

昨日、あれからすぐ熟睡してしまった自分を思い出して罪悪感を覚える。

よほどジュリアのことが気になっていたに違いない。彼女に愛されていることを確認して、ようやく安心したのだろう。

（このまま寝かせてあげましょう。少しだけ体をずらせば耐えられないことはないですもの……）

少し顔を上げると、マーカスの寝顔が見える。

金色の長い睫毛《まつげ》が、呼吸に合わせてかすかに動いていた。キメの細かい肌に筋の通った鼻。形のいい唇は薄い紅色で、男性だというのに色気を感じさせる。

どこを取っても完璧な顔立ちであるうえに王国有数の名門貴族である彼が、ジュリアしか抱けない体だなんて、誰が信じるだろうか。

「本当にびっくりですわ。ふふふっ、お休みなさいませ。いい夢を……」

ジュリアはマーカスを起こさないよう、小さな声で呟いた。


「……んっ……なんですの？」

何かが頬を撫でる気配に、ジュリアは目を開ける。

するとすぐ傍には、マーカスの顔があった。彼はじっとジュリアを見つめている。しばらくしてから、先ほどの感覚はマーカスの指なのだと気がついた。

ジュリアはいつの間にかベッドの上に寝かされていた。マーカスはその隣で肘《ひじ》をついて、横になっている。

辺りは薄暗がりに包まれていて、ガラス窓から差し込む月明かりだけがほのかに部屋を照らしていた。

時刻は深夜のようだ。外はシーンと静まり返っていて、風で揺れる枝の音がかすかに聞こえる。

「まさか、こんなに長く目を覚まさないとは思わなかった。そんなに昨夜は眠れなかったのか。隠れ家のベッドは古くて硬いからな」

マーカスはもう一度ジュリアの頬を撫でると、性急に言葉を紡ぐ。

「悪いが、もう我慢できない。目の前にジュリアがいるのに手を出せないなんて、拷問かと思った。一時間は待っていたがもう限界だ」

熱を孕《はら》んだ目をしたマーカスは、ジュリアの返事も待たずにドレスを器用に脱がしていく。あっという間に裸にされてしまった。

目が覚めてすぐだというのに、マーカスに触れられてジュリアの肌が一瞬で粟立つ。

ベッドの上に仰向けになったジュリアに覆いかぶさると、マーカスは無言のまま彼女の裸をじっと見つめた。ジュリアは恥ずかしさのあまりに、両手でマーカスの目を覆う。

「あ、あの……あまり見ないでくださいませ」

けれどマーカスはその手首を掴むと、じっくりともう一度眺めた。次第にマーカスの息遣いが荒くなっていくのが、つぶさに分かる。

マーカスだけではない。ジュリアの肩も激しく上下してしまう。

興奮しているのを知られるのがいやでゆっくり呼吸していると、だんだん息苦しくなってきた。

「やっぱりジュリアの裸は全然違う。どうしてお前だけが、こんなに俺を高ぶらせるんだ。さっきから反応はしていたが、また大きくなったみたいだ」

その言葉に目をやると、マーカスの下半身は見たこともないほどに膨張していた。思わず生唾《なまつば》を呑む。

「あのっ！　申し訳ありませんけれど、ゆ、ゆっくりお願いいたしますわ！」

ジュリアが言うと、マーカスは月光に照らされた金色の髪を輝かせながら、にっこりと笑った。まるで王様のように顔を上げ、視線だけを下げる。

「心配するな。これを使うのは、お前をいやというほど濡らしてからだ。お前の反応を見るのは楽しいからな。ほら、俺が見ているだけで乳首が立ってきたぞ。いまだって俺を煽《あお》るように乳房を揺らしている。どこまで濡れるのか、楽しみだ」

「やっ！　あ、悪趣味ですわよ、マーカス様！」

ジュリアは頬を熱くしながら股を閉じて防衛したが、あっという間にマーカスの足をねじ込まれてしまう。

ついこの間まで女性を知らなかったくせに、すでに彼は余裕たっぷりにジュリアを翻《ほん》弄《ろう》している。これが頭脳の差ということなのだろうか。

ジュリアが悔しげな顔をしていると、彼女の心を読んだかのようにマーカスが追い打ちをかけた。

「ジュリアに出会うまでは女に全く興味がなかったが、学術書から大衆本まで片っ端から読んで勉強した。あとは実践のみだ。ジュリア、覚悟しろ」

「ま、マーカスさ……あっ！　んんっ！」

両手首を掴まれたままの状態で、すぐにキスが落とされる。

息苦しさがさらに増してくる。そのせいで頭がぼうっとしてきて、逆になんだか心地いい。

とろけるようなキスに溺れるとともに全身を愛撫され、甘い吐息が零《こぼ》れた。いつの間に手首を離されたのか気づかないほど、没頭してしまう。

「あ……はぁ……ん」

「ジュリア、触れてもいないのにもうこんなに濡らして……はしたない女だな」

マーカスの指がジュリアの下半身に触れた。恥ずかしさで一気に顔が熱くなるが、すぐに指が動きはじめて、それどころではなくなった。

指先はジュリアの花弁をそっと撫でると、その奥の敏感な部分をつまむ。

「ひゃぁっん！」

思わず声を出してのけぞるが、マーカスはその手を緩めない。何度もつまんでは、優しい手つきで愛撫を繰り返す。

次第に下半身が痺《しび》れてきて、切ない官能が下腹部に溜まっていくのが分かった。

「あぁんっ……はぁっ……ぁ」

甘やかされるだけの愛撫に、何も考えられなくなる。気がつくと、ジュリアはマーカスの手を握りしめて頬を擦《す》りつけていた。

するとマーカスの愛撫が一瞬止まる。

「はぁっ、そんなに煽《あお》るな……優しく抱いてやりたかったのに、自信がなくなってきた」

言葉と同時に、ジュリアの蜜口に硬いものがあてられた。そしてそれは、ゆっくりと体の中に侵入してくる。

肉を掻きわけられる感覚に、ジュリアは握っていた手にさらに力を込めた。

「んんっ……んはぁぁあっ……」

マーカスは、ジュリアの表情を確かめるようにゆっくりと挿入する。ジュリアが大きく息を吐くと、最後は一気に腰が押し込まれた。

「あっ……ぁ、ん！」

甘い声が口から漏れる。同時にマーカスが熱い息を吐いた。

「――すごい、ジュリア。こんなのは……癖になりそうだ……」

そのテノールの声に、背筋がゾクゾクする。ジュリアはマーカスの手を離すと、彼の頬を撫でた。

興奮に満ちたマーカスの顔が、ほんの少しほころぶ。

「……私もすごく気持ちがいいですわ。マーカス様、愛しています」

ジュリアは熱を孕《はら》んだ顔でマーカスを見つめた。すると彼は目尻を下げ、いまにも泣きそうな顔になる。

「俺もだ……ジュリア」

そう一言呟くと、マーカスはゆっくりと腰を動かしはじめた。上下に体を揺さぶられて、その度に甘い嬌声《きょうせい》が零《こぼ》れ出てくる。

「あっ……はぁっ……あっ……」

ジュリアの股間はしとどに濡れそぼっていて、マーカスが剛直を引き抜く度に、ぐちゅりと音を立てた。豪華な公爵邸の一室に卑猥《ひわい》な音が響き渡る。

熱く火照《ほて》った顔でジュリアを抱くマーカスの姿は、まるで獣のようだ。

（あぁ、すごく幸せなのに泣きたくなります……これが愛する男性に抱かれるということなのですね……）

頭の片隅でそんなことを考えていると、絶頂の瞬間が押し寄せる。足の指がピンと伸びて、腰が何度も跳ね上がった。

「あぁぁあっん………！」

「くぅっ……！」

マーカスも同時に達したようで、くぐもったうめき声を出す。

ジュリアの体内で熱いものが放たれた。

互いの激しい息遣いだけが部屋の中に響く。マーカスは彫刻のような顔に熱情を滲《にじ》ませ、ジュリアを見ていた。

「ジュリア、そんな目で見ないでくれ。お前がそんな顔をするから悪い。このままで終われそうにない。それに色んな体位も試してみたいしな」

「……えっ？」

どんな顔をしていたのかは自分では分からない。ジュリアが首を傾げていると、マーカスは眉根を寄せて苦しそうな顔をした。

まだ繋がったままの部分がふたたび窮屈《きゅうくつ》になっていくのが分かる。

マーカスのモノが、ジュリアの中で大きさを取り戻したのだ。それに気がついて顔が熱くなる。

「ま、マーカス様……！　きゃぁっ！」

マーカスがいきなりジュリアの体をくるりと回転させ、ベッドにうつ伏せにされる。

マーカスの男根はまだ挿入されたままだ。

「そんな顔で俺を煽《あお》るのが悪い。これ以上ジュリアの顔を見ていると、おかしくなりそうだ」

顔が見えなければいいいと思ったのだろうか。これが試してみたい体位だというのだろうか。

どっちにしてもお尻が丸見えなので恥ずかしい。

マーカスはジュリアの腰を掴んで引き上げると、彼女が抵抗できないように両腕を握った。マーカスの剛直が膣の最奥まで挿入される。

「あぁあっ！」

刹那、目の前に火花が散ったかのような快楽が全身を貫《つらぬ》いた。同時に、濡れそぼった膣がぐちゅんっと淫猥な音を立てる。

マーカスは自身を一気に引き抜いた。ずるりと体内から彼が引き出される感覚に、切ないような気持ちになって涙が滲《にじ》む。

マーカスの白濁とジュリアの愛液が混じった液体が、ぽたぽたと零《こぼ》れてシーツを濡らす。その音がさらに興奮を引き起こす。

「ジュリアの中を、もっと俺のもので満たしてやる。ジュリアがいやだと言っても絶対に逃がさないからな」

（そんなことを言われても、もう逃げられるわけがないわ。私の心はもうずっと、マーカス様に囚《とら》われたままなのですから……）

マーカスはジュリアの体内を確かめるように、ゆっくりと腰を突き入れる。膣壁をごりごりと押されると、悶《もだ》えるほどに気持ちがいい。

「んっ……！　ふっ……あっ！」

「――くっ！　また中が締まったぞ……このままじゃ全部搾り取られてしまいそうだ」

そんな淫《みだ》らな言葉をかけられて恥ずかしいのに、さらに情欲が増していく。

「はぁっ！　――ジュリア……ここはどうだ」

次に激しく膣の底を突かれる。大きな快感が全身に広がっていった。

「あっ……あぁん！　はぁっ……あぁっ！」

まるで、ジュリアの感じる場所を知り尽くしているよう。これも全て本で学習したことなのだとしたら、マーカスはどれほど天才なのだろう。

それほどマーカスは気持ちのいい場所を確実についてくる。ジュリアはマーカスにされるがまま。

「ジュリアの中が気持ちよすぎて、腰が止まらなくなりそうだ！」

汗で髪が肌に張りつくが、激しいマーカスの息と抽挿で、濡れた髪が何度も宙に舞う。心も体も隅々まで翻弄《ほんろう》され、気がつくとマーカスの上で馬のりにさせられていた。マーカスが何度も腰を突き上げるので、まるで乗馬をしているみたいだ。体が浮き沈みする度に、繋がった部分からは卑猥《ひわい》な音がする。

ジュリアの乳房は、マーカスを誘うように大きくたわんで揺れていた。

マーカスは、ジュリアに熱い視線を向ける。

はじめはジュリアの顔、上下に揺れている乳房。呼吸の度に隆起している下腹部。いまは繋がった部分を凝視しているようだった。

それに気づいて、ジュリアは羞恥心で頭がいっぱいになる。なのに、それすらも快感となり、全身を這い上がってくる。

「あ……あ……見ないでぇっ！」

「はっ、すごい光景だ。ジュリアのあそこが丸見えだぞ。それにどんどん蜜が溢《あふ》れてくる。最高に気持ちがいい」

そう言いながら、マーカスは腰の動きを止めない。もう何度目かも分からない絶頂がまた襲ってきた。ジュリアは体を反らせて、腰を何度も跳ねさせる。

「あぁあぁっん！」

「……くっ！」

マーカスも同時に顔を歪《ゆが》めた。そしてジュリアの体の最奥に腰を突き入れる。

体内でマーカスが精を放ったのが分かった。膣の中は、彼でいっぱいだ。

もうジュリアは限界だというのに、マーカスはまだ満足していないよう。激しい息を繰り返しながら、すぐに愛撫を再開する。

「あの……マーカス様。も……無理です……」

「あと一回。あと一回だけだ……ジュリア、頼む」

すでに全身の感覚がなくなって、力が入らない。けれども愛するマーカスが、熱情を孕《はら》んだ目で抱かせてほしいと頼むのだ。ジュリアに断れるはずがない。

「……分かりましたわ。でも本当にこれで最後……ですわよ」

掠《かす》れた声で念を押す。喘ぎすぎてもう声が出ない。

美しい表情で嬉しそうに微笑んだマーカスは、すぐにジュリアに口づけをした。

彼の唇はそのまま下降していき、彼女の全身を這い回る。腿《もも》の内側を舌先で舐められ、ビクリと体が跳ねた。

マーカスの手はジュリアの乳房を優しく揉みながら、親指で先端をこねる。

すぐにとろけるような気持ちにさせられ、彼女はマーカスの体に縋《すが》りついた。

「あっ……あぁんっ……あっ……」

何度も官能的な嬌声《きょうせい》が漏れ、まるで自分がマーカスに奏でられる楽器になったような気がした。

しばらく愛撫を続けていたマーカスが、ふたたび蜜壺に剛直を押し込んできた。思わず間延びした喘ぎ声が出る。

「あっぁあー……ぁんっ」

すると、またマーカスが体内で大きくなったのが分かる。

薄目を開けると、ジュリアを求めているマーカスの顔が飛び込んできた。

マーカスはジュリアの左足を持ち上げると、大事そうに足首にキスを落とす。

そうして、彼は腰を打ちつけてきた。激しい抽挿が繰り返され、また絶頂に達する。

「あっ……あぁっ……ん……まーかす、さま……」

「くっ……ジュリア……っ!」

二人はどちらからともなく唇を合わせ、激しく舌を絡ませた。くちゅくちゅと唾液の混じる音が部屋に響き渡る。

ジュリアはその快感に酔いしれながら、そっと目を閉じたのだった。

ジュリアは自分が何度達したのか、マーカスが彼女の体内にどれほど子種を注《そそ》いだのか分からなかった。

というのも、結局マーカスは最後と言ったあともジュリアを離してはくれず、続けられた行為の途中で気を失ったから。

ハッと目を開けると、窓からは朝陽が差し込んでいた。

自分が裸のままだということに気がつき、ジュリアはシーツを引き寄せる。

昨夜のことを思い出して、恥ずかしさに顔が熱くなる。あれほど抱かれたのに、意外と平気な自分に驚いた。

ふとマーカスに目をやると、金色の髪が朝陽に光り輝いている。それが彼の整った顔をさらに美しく見せていて、ドキリと心臓が跳ねた。

「おはよう、ジュリア。体は平気か?」

「は、はい。でもあの、これからどうなさるおつもりですか?」

ジュリアが尋ねると、マーカスは途端に眉を吊り上げた。

「お前は俺に抱かれておきながら、まさか結婚しないつもりなのか!」

彼はジュリアを責めるように怒る。

(そういう意味ではないのですが……ただ、マーカス様との将来については、しっかり

と考えなければなりませんね）

マーカスとジュリアの未来には、いくつか障害がある。

マーカスの結婚相手を探すため、国を挙げて開かれた夜会は、結婚相手候補となった三人の令嬢全員に断られて失敗している。それもマーカスの女癖の悪さが理由で。

わざわざ夜会を開いた国王の面目は丸つぶれだ。

だというのに、すぐに別の令嬢と婚約するのは、国王がさらに気を悪くする可能性が高い。しかもその令嬢は下級貴族のうえに、バステール王国の第三王子の恋人と噂されていた人物。

ジュリアに求婚したジェームズにも、きちんとした説明をしなくてはいけない。

彼が反対すれば、問題はさらに拗《こじ》れるだろう。

「マーカス様とは一緒にいたいですわ。でも国王様がどう思われるか……」

ジュリアが顔を暗くすると、マーカスは笑いながら彼女のおでこにキスをした。

「大丈夫だ。国王には、昨日すでに話をつけてある。ジュリアのことを聞いて、アデリーヌ王妃がずいぶん喜んでいたよ。だが、俺はバステール王国が落ち着くまでは、王都を離れられない。ヘルミアータ子爵に挨拶《あいさつ》に行くのは先のことだな。先に手紙で知らせておこう」

「え？　あの、アデリーヌ王妃様がどうして……？」

ジュリアはキョトンとした顔でマーカスを見た。マーカスは呆れた声を出す。

「アデリーヌ王妃は俺の母の姉だからな。つまりは伯母だ。なんだ、ジュリア。知らなかったのか？」

「だ、だって！　アシュバートン公爵様とどうにかなるだなんて思いませんでしたし、興味もなかったのですもの……」

アデリーヌ王妃が伯母というならば、国王陛下がマーカスの婚約に反対しないことも理解できる。

王妃はそれは美しい女性で、国王陛下の寵愛《ちょうあい》を一身に受けているらしい。王妃のためなら国王陛下はなんでもするほど、溺愛していると聞いた。王妃が大切にしている甥を怒ることはできないだろう。

（公爵様だとは知っていましたけれど、まさか国王様の甥にあたるだなんて……辺境地の貧乏貴族には想像もできない世界ですわ……私これから一体どうなるのでしょうか。いまさらながら怖くなってきました）

不安に襲われていると、ジュリアの腰をマーカスが引き寄せた。くるまっているシーツがはだけそうになって、彼女は悲鳴をあげる。

「きゃぁっ！」

「どうしてそこで青くなるんだ。普通は喜ぶところだろう。ジュリアは本当に予測ができない女だな」

マーカスがムッとした顔になった。そうして反論する暇も与えられずに何度もキスをされる。

「んんっ……マーカス……様、でもジェームズ……は、どうなさるのですか？」

キスの合間を縫ってジュリアが質問すると、マーカスがようやく唇を離した。

「ジェームズとは、芝居で付き合っていたふりをしていたんじゃないのか？」

「私もそう思っていたのですけれど、誘拐される少し前に、ジェームズから正式に求婚されましたわ」

あれは嘘ではないだろう。しかもジェームズにとって、マーカスは友人という枠を超えた大切な存在らしい。

彼が二人の結婚をどう捉《とら》えるのかさっぱり予測できない。

マーカスはじっと考え込んだ。しばらくして、真剣な瞳でジュリアを見つめる。その熱い瞳にジュリアの胸はどきりと跳ねた。

（どんなことを言ってくださるのかしら……何があっても他の男には渡さないと

か……？）


　期待にどんどん胸が高鳴っていく。するとマーカスは口を開いた。

「ジュリア、とにかく服を着てくれ。やるべきことが他にあるのに、またお前を抱きたくなるじゃないか」

「ま、マーカス様っ！」

　愛の言葉を囁《ささや》かれるとばかり思っていたのに、まさか欲情していただけだなんて。ジュリアは頬を膨らませて抗議する。

　マーカスは爽やかに笑うと、さっと服を着て部屋から出た。

　彼と入れ替わるように侍女たちが部屋にやってきて、着替えさせられる。

　全ての支度が終わったあとに、筆頭執事のチャールズが入室してきた。相変わらず風格を感じさせる彼を前に、ジュリアは心を引きしめる。

　チャールズはジュリアに朝の挨拶《あいさつ》をすると、深々と頭を下げた。

「ジュリア様、このドレスでご満足いただけたでしょうか。時間がありませんでしたので、サイズが合うものを取り寄せました。午後には仕立て屋を来させますのでお好きなドレスをお作りください。宝飾屋もそのあとに来ます」

　そう彼は言うが、普段着として用意されたものでも、ジュリアの夜会用のドレスよりもずいぶん高級だ。しかも宝石まで準備してもらえるとなると、さすがに心苦しい。

「自分のドレスなら持ってきていますし、装飾品もある程度ならあります。お気持ちはありがたいのですけれど、お気を遣わないでくださいませ。マーカス様には私からお断りしておきますので」

「いいえ、ジュリア様。私はあなた様に本当に感謝しております。私は……私は公爵家の跡継ぎのことを諦めかけていました。ジュリア様のお陰で、公爵家に希望が見えたのです。これで公爵家も安泰です」

チャールズは心からジュリアの存在を喜んでいるようだ。

彼だけでなく、侍女たちまでが目を潤《うる》ませ、揃《そろ》ってジュリアに頭を下げた。

（あぁ、彼らはマーカス様の体質のことを知っているのですね。公爵家の筆頭執事ですもの、当然ですわよね。使用人ですら女性は遠ざけているようですし……）

まさか公爵家の使用人に、ここまで感謝されるとは思っておらず、ジュリアは戸惑う。貧乏貴族の分際で当主をたぶらかしたと、敵意を向けられるのではと覚悟していたくらいだ。

「私は何も特別なことはしていませんわ」

「いいえ、ジュリア様には本当に感謝してもしきれません。これで亡き先代様もご安心なさることでしょう。それにジュリア様のお体は、いまや公爵家にとって非常に大事なもの。誠心誠意《せいしんせいい》、私たちはジュリア様にお仕えさせていただきます」

それはマーカスの子を身籠《みごも》っている可能性があるという示唆だ。

ジュリアはかあぁっと顔を熱くした。

「ありがとうございます。私こそよろしくお願いいたしますわ」

ジュリアはにっこりと笑って、みんなに頭を下げる。和《なご》やかな空気が流れた時、廊下から大きな声が響いてきた。

「お待ちください！　いくらあなた様でも、勝手に公爵家を歩かれては困ります！」

「悪いけど、もう時間がないんだ。だからそこをどいてくれない？　じゃないと剣を使うことになるよ」

聞き覚えのある声に気がついて、ジュリアはすぐに廊下に出る。そこには公爵家の使用人と揉めている、ジェームズの姿があった。

「ジェームズ！　お怪我は大丈夫でしたか？」

「ジュリア！　あぁジュリア！　会いたかった！」

ジュリアが駆け寄ると、すぐにジェームズの胸に抱きしめられる。よほど心配していたのか、まだ顔色が悪い。

「僕のせいで怪我をさせてしまってごめんね、ジュリア！」

彼は感情的になっているようで、ジュリアを離そうとしない。そればかりか頬を合わせて頬ずりまでしてくる。

「あ……あの、ジェームズ……。も……う少し離れてくださいませんか……？」

両手で突っ張るが無駄な抵抗だった。強引に腕の中に抱きしめられて息が苦しい。

「ジュリア！」

そこに険しい顔をしたマーカスがやってくる。彼はジェームズの肩を掴んで、無理やりジュリアから離した。

すると、ジェームズはマーカスに勢いよく抱きつく。マーカスが驚いて固まった。

「僕のために君が諜報《ちょうほう》隊員になっただなんて知らなかった。見捨てられたと思って怒っていたんだ。ごめんね。昼過ぎにはバステール王国に向かわなければいけないんだけど、会えてよかった」

初めは戸惑っていたマーカスだが、ジェームズの背中をぎこちなく抱く。

「俺のほうこそすまん。ジュリアは俺と結婚することになった。ジュリアだけは譲れない。だから諦めてくれ」

ジェームズは体を離すと、目を見開いてマーカスを見る。彼が驚いているのか怒っているのか……ジュリアには判断ができなかった。

「……結婚って……ジュリアがマーカスと一緒になるっていうこと？　どうして？　僕が先にジュリアにプロポーズしたのに……」

「そういうことだ。国王陛下の許可はもう取ってある」

マーカスが淡々と事実を告げる。

（あぁ、もう相変わらずの朴念仁《ぼくねんじん》ですわ。もう少し言い方があるでしょうに……！）

ジュリアは慌ててジェームズに駆け寄ると、その手を取った。

「あ、あの、ジェームズ。あなたの気持ちは嬉しいのですけれども、私はマーカス様を愛していますの。ごめんなさい」

「じゃあ、僕は？　僕はジュリアにとってなんなの？　マーカスと一緒になったら用なしなの？」

その言葉に、ジュリアは頬を膨らませて怒った。

王都に来てから、ジェームズには色んな場所に連れていってもらった。思惑があったにせよ、彼といるのはとても楽しかった。

そのうえジェームズは一緒に攫《さら》われた時、ジュリアを命懸けで守ろうとしてくれた。

彼が用なしだなんてことが、あるわけがない。

「そんなことはありませんわ！　ジェームズは私にとって、大切な親友ですわ」

「親友って……一体なんなの？　それって結婚するよりもいいものなの？」

ジェームズが泣きそうな顔でジュリアを見る。ジュリアは握っていた彼の手を、目の高さまで持ち上げた。そして、その目を見据える。

「親友は、何があっても互いに助け合うものですわ。もし世界中の人があなたの敵になっても、私は味方でいます。マーカス様がずっとあなたを陰から守っていたように……それでは駄目ですか？」

ジェームズはしばらく固まっていたが、息を大きく吸った。その瞳には決意が宿っている。

「——分かった。だったらマーカスと結婚してもいいけど、マーカスは女性を抱けないから僕がジュリアと子どもを作るね。僕はマーカスとジュリアの役に立てることが一番嬉しい。親友は何があっても互いに助け合うものなんだろう？　ジュリア」

それまで静かに話を聞いていたマーカスが、急にジュリアとジェームズの間に割り込む。

「ジェームズ、悪いがそれは必要ない。女嫌いなのは変わらないが、ジュリアだけは違う。もうすでに何回もジュリアを抱いたからな。もしかしたら彼女のお腹に俺の子どもがいるかもしれない」

「ま、マーカス様っ！　こんな場所でおやめくださいませっ！」

ジュリアが真っ赤になって反論すると、ジェームズは妙な顔をした。

「じゃあ僕、二人の子どもを見ることができるんだね。このままじゃ子どもができないだろうから、心配していたんだ。僕の大事な二人の子どもがこの世に誕生するかもしれないなんて、これほど嬉しいことはないよ」

「ジェームズ……」

ジュリアはジェームズの反応に拍子抜けする。

マーカスとジュリアが結婚するということは、ジェームズにとっては愛する二人からの心の支えを失うということ。受け入れてもらうには、もっと時間をかけて説得するしかないと思っていたのに。

「ジュリア。僕はマーカスもジュリアも同じくらいに大好きなんだ。だから気兼ねなくマーカスとの子どもをたくさん産んでね。それで僕と一緒に育てようよ。楽しみだなぁ」

満面の笑みで頬を染め、ジェームズは喜びを語る。

（ジェームズなら、私たちの子どもを目に入れても痛くないほど可愛がってくれそうですわね）

そう考えると、ジュリアの口元は自然と緩んだ。

「ふふふ……ジェームズ。ありがとうございます。そう言ってくれて嬉しいですわ」

複雑そうな顔のマーカスを横目に、ジュリアはジェームズの頬に親友のキスをした。


それからマーカスは、ジュリアとの結婚準備をどんどん進めていった。

ジュリアの両親はヘルミアータでマーカスからの手紙を受け取り、とても驚いたようだ。すぐに王都まで来訪して、二人の婚約を涙を流して喜んでくれた。

ハンナはキャラメルの追加注文に対応するため、毎日のように中央区に通っている。

トーマスとの仲も順調のようで、近々プロポーズされるかもしれない。

いま、ジュリアはマーカスと馬車にのっている。二人の婚約披露パーティーが王城で開かれることになったからだ。

はじめは公爵家で開こうと考えていたのだが、アデリーヌ王妃がどうしても王城で開きたいと言ったのだ。

なので、今夜のジュリアはとびきり着飾っている。薄い黄色のドレスには、数えきれないほどの小さな真珠が上品に縫い込まれている。

髪にも真珠の髪飾りをつけた。公爵家に代々伝わるという、ダイヤのネックレスも身につけている。

「ジュリア、お前、何を考えている……？」

馬車の轍《わだち》の音が響く中、どこかで聞いたような懐かしい台詞《せりふ》が聞こえた。

向かいに座っているマーカスに、ジュリアは意味深な微笑みを向ける。

「半年前に馬車の中であなたに会わなければ、どうなっていたのかと考えていましたの」

「そうだな、俺はグルスク人に襲われていただろう。死にはしなかったろうが、煙玉《けむりだま》を食らって夜会は延期だったな。でも、また数か月後には開かれていたはずだ。だからジュリアには出会う運命だった」

「いいえ、違いますわ。あの夜会には十八歳から二十四歳までの未婚の令嬢が集められましたのよ。私は夜会の二週間後に二十五歳になりました。王城の夜会には参加できませんでしたわ」

「そうなのか……それは危なかったたな。そうしたら俺は一生独身だった。いまでもジュリア以外の女は好きじゃない。どうやってもお前にしか反応しないからな」

マーカスは熱を孕《はら》んだ目でジュリアを見た。きっとまた欲情しているのだろう。

するとマーカスは白くて小さな何かを上着のポケットから出し、ジュリアに手渡した。

何かと思って見ると、ウサギの形をした髪飾りだった。

マイセルン中央区のお店で、ジュリアが買おうか迷ったものだ。どうしてマーカスが持っているのだろうと首を傾げると、照れくさそうに彼が言った。

「ずいぶん遅くなったが、誕生日プレゼントだ。お前の誕生日会に招待されたが行かなかったからな」

「もしかしてあの日、助けていただく前から、私に気がついていらしたのですか？」

マーカスは目を逸《そ》らしたまま、顔を赤くして頷く。

女性でいっぱいの可愛らしい店で、マーカスは一体どんな顔で買い物をしたのだろう。

しかも彼はジュリアに剥き身のまま髪飾りを渡した。

男性が女性用の髪飾りを買うのだから、店員は必ず包装を勧めるはず。よほど居心地が悪くて、急いで店から出たかったのだろうと推測される。

その光景を想像して、ジュリアはくすりと笑い声を零《こぼ》した。

「ありがとうございます。これは一生大事に使わせていただきますわ」

するとマーカスは安心したように微笑んだ。金色の睫毛《まつげ》が揺れて、青緑の瞳がじっとジュリアを見つめる。

ジュリアはドキリと胸をときめかせて、気恥ずかしさから目を逸《そ》らした。

正式な騎士服を着用したマーカスは、一段と格好いい。

あれからずっと公爵家で一緒に暮らしているのに、王国一の美丈夫《びじょうふ》であるマーカスの隣にいることはまだ慣れない。

傍に座っているだけで精一杯。そのマーカスが夫になるだなんて、未だに信じられなかった。

心臓の音が大きく鳴り響いて、マーカスにまで聞こえてしまいそうだ。

「どうして俺の顔を見ないんだ、ジュリア。怒っているのか？」

あまりにも格好よすぎて見られないとはとても言えない。目を逸《そ》らしたままでそっけなく答える。

「いいえ、今日は嬉しい日ですもの。でもお気をつけくださいね。今夜も女性に言い寄られるかもしれませんわよ」

二人のことが公《おおやけ》になってからというもの、マーカスはいままでにも増して女性から声をかけられるようになった。

多分ジュリアのような普通の女が彼と結婚すると聞いて、欲が出たのだろう。愛人でもいいという女性すらいる。

その度にマーカスは気分を悪くして、ジュリアに抱きついてくるのだ。彼女に触れると落ち着くらしい。

「頼むから俺の傍にいろよ、ジュリア。だから社交の場は苦手なんだが、自分の婚約披露パーティーに出ないわけにはいかないからな」

青い顔で呟くマーカスを見て、ジュリアは微笑んだ。

王国一眉目秀麗《びもくしゅうれい》の公爵様が、ジュリアだけにしか欲情しない。こんな女冥利《みょうり》に尽きることはないだろう。

「そうですわね。心配なさらなくても、マーカス様は私が守って差し上げますわ」

そう言うと、マーカスは頬を緩めた。

「ははっ、そういえばジュリアは敵の隠れ家にのり込んだ時も、俺を守ろうと剣を手にしたことがあった。騎士の俺を守るだなんて、ジュリアはやっぱり男なのかもな」

「もうっ！　マーカス様っ！　そのお話はおやめください！」

あの時のことを思い出して、ジュリアは頬を膨らませた。

そのうちに馬車は王城に到着した。マーカスにエスコートされて馬車を降りる。

近衛《このえ》兵や使用人が並ぶ廊下を抜けると、王の間に案内される。国王とアデリーヌ王妃が二人を待っていた。王妃はマーカスに似た顔立ちの美しい女性だ。

「マーカス、ジュリア。あぁ、こんな日が迎えられるだなんて思いもよりませんでした。妹夫婦が生きていたらどれほど喜んだでしょうか」

「アデリーヌ、あまり興奮すると体に障《さわ》るぞ」

「でもとっても嬉しいのですもの」

王妃はマーカスとジュリアをそれぞれ抱きしめて、感涙にむせぶ。その隣で国王陛下が愛おしそうに彼女を見守っていた。

大勢の招待客が集まる中、国王陛下が高らかに声をあげた。

「今日というよき日に、マーカス・アシュバートン公爵とジュリア・ヘルミアータ子爵令嬢が婚約したことを、ここに宣言する」

マーカスは腰をかがめると、ジュリアの唇に軽いキスをした。途端に、割れんばかりの歓声があがる。招待客の祝福を受けて、ジュリアは最上級の幸せを噛みしめた。

はじまりは馬車の中。まさかアシュバートン公爵と結ばれるなんて、夢にも思わなかった。

(それに女遊びがひどいという公爵様が、本当は全然女性に慣れていない方だなんて……ふふ)

ジュリアは、隣に立つマーカスを見上げた。すぐに目が合って、彼が照れくさそうに微笑む。

祝辞を一とおり受けて一息ついていると、ジュリアはマーカスの耳元で囁《ささや》いた。

「マーカス様。あれから、月のものが遅れていますわ。もしかしたら子どもができたのかもしれません」

いつもはきっちり同じ間隔でくるのに、今回は遅すぎる。

てっきり喜んでくれると思っていたのに、マーカスはものすごく複雑な顔をした。ジュリアが暗い顔で尋ねる。

「あの……結婚式もまだなのに、早すぎると思われましたか？」

「いや……違う、違う。ジェームズが喜ぶ顔が瞼《まぶた》にちらついた。あいつ、俺たちの子を育てるために公爵家に引っ越してきそうで怖いんだ」

たしかに彼は二人の子どもにとても興味を持っていた。あの様子では世話係を志願しそうだ。ジュリアは苦笑いを零《こぼ》す。

マーカスは顔を押さえて、表情が変わらないようにしているようだ。けれども、目尻が下がり口角が上がっているのをジュリアは見逃さない。彼は小さな声でジュリアに言った。

「でももし、本当ならすごく……嬉しいな。違っていても構わない。また頑張ればいいからな」

「どうしたの？　マーカスにジュリア」

二人のもとにやってきたジェームズが、笑顔で尋ねる。彼はこの日に合わせて、わざわざバステール王国から戻ってきてくれた。

「なんでもありませんわ、ジェームズ」

「あ、ずるいな。親友の僕に隠し事はなしだよ」

ジェームズは二人の間に立って頬を膨らませた。マーカスはジェームズの肩を抱いて、彼の耳に囁《ささや》く。きっと、彼にも教えているのだろう。すると彼は満面の笑みを浮かべた。

「やった！　名前をつけるのは君たちの親友に任せてね！」

「ジェームズ。まだ決まったわけじゃないから大騒ぎするな。それよりも、バステール王国はどうなった？」

ジェームズの話によると、バステール王国ではエドワード王子の幽閉が確定し、第一王子のアレックスが王位を継ぐことが決定したという。それによって、ようやく王国の政治が安定したらしい。

「アレックス兄さんは僕に戻ってきてほしいって言ってたけど、断ったよ。だってあっちにはマーカスとジュリアがいないからね。常に傍にいて、助け合うのが親友だろう？」

彼は親友という単語がことさら気に入ったようで、あれから何度も口にするようになった。弟ができたみたいで、ジュリアも満更ではない。

ジュリアはマーカスとジェームズの手を取って、その上に自分の手を重ねた。

「私はものすごく幸せですわ。王都に来て、こんなに素敵な旦那様と親友を見つけられたのですもの。もう木苺の始末に悩まないで済みそうですわ」

きっと、どこかの林で種を植えることはもうないだろう。

彼らが、ずっと彼女の傍にいるのだから。

そうしてジュリアはこのうえなく、幸せに微笑んだ。

終章　幸せのほんの少し先

——ある日の深夜のこと。

アシュバートン公爵の屋敷の前には、馬にのった騎士が次々と集まってきていた。

彼らは平時にもかかわらず戦闘用の鎧《よろい》を身につけ、その時を待ち構えている。

これは、騎士の屋敷でそれがある時、家主の代わりに仲間が家を守るという王国の伝統だ。

通常来るのはせいぜい数名だというのに、すでに数十人を超える騎士たちが集まっていた。遠路からはるばる訪れる者もいるため、その数は膨れ上がるばかり。どれほどマーカスが仲間に慕われているのかが窺《うかが》える。

その時が来るまでは、声を発してはいけない決まりだ。騎士たちは一列になり、馬にのったまま無言で屋敷の灯《あか》りを見つめていた。

屋敷には、一睡もせずに息を潜める使用人たちがいる。

ことが起きている東館には、限られた者しか出入りを許されていない。なので多くの使用人たちは本館に集まっていた。

みんなが心配そうに顔を寄せ合っていると、筆頭執事のチャールズが厳《おごそ》かな顔で現れた。

一同が息を呑む中、チャールズが重々しく口を開く。

「……元気な男の子と女の子です。お二方とも、健《すこ》やかでいらっしゃいます」

その言葉に歓声が沸き上がる。チャールズは零《こぼ》れる涙を拭《ぬぐ》いもせずに、満足そうに語った。

「これで、アシュバートン公爵家も安泰です。ジュリア様、ありがとうございます」

外で待っている騎士たちにも朗報が伝えられ、彼らは大きな声をあげた。公爵家が用意したご馳走が振る舞われる。

みんなが喜びに沸いている時、ジェームズは東館にいた。

ジュリアとマーカスは婚約披露パーティーの三か月後、盛大に結婚式を挙げた。それからまだ半年。ジュリアはあっという間に子どもを授かった。しかも男女の双子。喜びも幸せも二倍だろう。

いまは二人とも、用意した赤ちゃんベッドの中で気持ちよさそうに眠っている。

ジェームズはベッドに座っているジュリアとマーカスを見た。

「思ったより大変ではありませんでしたわね」

ジュリアはホッとしたように言う。彼女の隣のマーカスは、ベッドに腰かけたまま、彼女の手を離そうとしなかった。

王国の英雄と呼ばれるマーカスは、ジュリアの出産時には弱かったようだ。苦しんでいるジュリアを見ているのが、よほど辛かったらしい。いきむジュリアの手を握りながらも、青い顔で憔悴《しょうすい》しきっていた。

見ていられなくて、ジェームズはマーカスの代わりに付き添うと申し出たのだが、部屋の外に追い出された。仕方がないのでおとなしく待っていたが、産声《うぶごえ》を聞いてすぐに部屋に戻ったのだった。

「すごいよ！　ルークはジュリアに似てて、アデリアはマーカスそっくりだ！」

ジェームズは二人の赤ん坊を見て、うっとりと目を細めた。

子どもの名前は、マーカスの亡くなった両親の名をそのままつけたらしい。

「それは困りましたわ。できれば子どもはみんな、マーカス様に似てほしかったもの」

そう言って顔を歪《ゆが》めたジュリアに、ジェームズはにやりと笑った。いままでの柔和《にゅうわ》な笑みではなく、何か企《たくら》んでいるような顔だ。

「ははっ、大丈夫。ジュリアの顔はそんなに悪くはないよ。黙っていれば素敵な女性だ。

てておいて」

心配しないで。二人の親友の僕が、ルークとアデリアをしっかりと教育するから、任せておいて」

「待て、ジェームズ。ルークもアデリアも俺の子どもだということを忘れていないよな」

マーカスが睨《にら》んでくるので、ジェームズは肩をすくめた。そして満面の笑みを浮かべる。

「そうだよ。だからこの二人は僕にとっても命よりも大事なんだ。マーカスがいなかったら、僕はすでにこの世にいなかったからね」

「ジェームズ、それは言いすぎだ」

そんな風にマーカスは言うが、それは真実だ。

そうしてジェームズは、マーカスと出会った頃の自分に思いを馳《は》せた。


ジェームズ・バステール。

バステール王国の第三王子は、七歳の時に隣国のボッシュ王国に売られた。

バステール王国は五十年前に建国された新しい国。希少な鉱石が大量に採れることが分かってから、その利益で国を豊かにしていった。

けれども、隣国の侵略に対抗できるほどの兵力がないのが弱点。軍事大国であるボッシュ王国に第三王子を売ることで、バステール王国は隣国からの脅威を回避した。

……とされているが、バステール王国から毎年たくさん贈られる献上金のほうが、ボッシュ王国にとってはおいしいはずだ。

ジェームズの存在は、互いの国の強固な結びつきを見せつけるための、ただの印に過ぎない。

（誰も僕を求めないし、何も期待しない――生きていることだけが僕の唯一の価値なんだ）

ジェームズが勉強や剣術で頭角を現すと、周りの大人たちに恐れられた。なので何かを頑張ることを諦めた。

表では美辞麗句《びじれいく》を並べ立てる大人たちが、陰で彼をどう呼んでいるのかも知っていた。

『傀儡《かいらい》の王子』

それを聞いた子どもたちまでが、ジェームズを馬鹿にした。人生に目的を見出せないまま、息をするだけの生活に疑問を持ちだした時――ジェームズはマーカスに出会った。

十歳になったジェームズは、世界を呪いながらぼんやりと毎日を生きていた。

ある日、王城の庭の隅で寝転んでいるところを、マーカスに見つかったのだ。

「お前、そこで何しているんだ？」

ジェームズは彼を一瞥《いちべつ》しただけで動かなかった。彼は有名人だから、よく知っている。

当時十七歳だったマーカスは最も優秀な成績で学園を卒業し、騎士学校に入ることも決まっていた。国王夫妻の甥ということで、血筋も申し分ない。そのうえ顔は美しい。周りが放っておくわけがなかった。

(アシュバートン公爵だ。きっと苦労することもなく育ったんだろう。放っておいてくれ)

ジェームズは彼に背を向けるが、立ち去る気配がない。それどころかさらに話しかけてきた。

「おい、お前。暇ならちょっと手伝ってくれ」

マーカスはそう言って、ジェームズの手を取った。そうしてどんどん林の中に足を踏み入れていく。抵抗するのも面倒で、ジェームズは彼についていった。

(こいつは僕が王子だってことを知らないんだね。もし知っていたら、こんな風に僕に関わろうとは思わないはずだ)

マーカスは急に立ち止まる。そこにはぐったりと横たわる猫がいた。馬車に轢《ひ》かれてしまったのだろうか、呼吸は途絶えてしまっているようだ。

「さっき見つけて、移動させたんだ。ここに穴を掘って墓を作ってやろう」

地面の一か所を指さして、マーカスは言った。

そんな泥臭いことを、公爵がするわけがない。鼻で笑いながらマーカスを見ると、予想に反して彼の表情は真剣だった。

「ああ……ジェームズはこういうことをしたことがないか。すまない、俺がやる」

マーカスは上質なシャツの袖をまくると、木の枝で器用に地面を掘りはじめた。それを感心しながら眺める。

「君、僕のことを知っているんだ」

「ああ、王城に来る度に見かけていた。話したことはなかったよな。俺はマーカスだ」

彼は握手を求めて泥だらけの手を差し出す。そんな汚れた手を取る気にはなれなかったので無視した。けれど、気になることがあったので、思わず尋ねる。

「……どうして君はきちんと名乗らないんだい？」

マーカスは平然とした顔で、穴を掘りながら言った。

「マーカスって言っただろう？」

(違う……！　どの貴族も爵位を自慢して、名乗る際には家名を真っ先に言う。アシュバートン家という最強の家名を持っているのに、どうしてこいつは主張しない！)

「ほら、穴が掘れた。ここに埋めてやろう。そうしたら土に還《かえ》ってまたこの世界に戻ることができる」

ジェームズはマーカスに言われるがまま、猫を穴に入れた。マーカスが土をかぶせながら呟く。

「人間だって死んだら、家名なんてなんの役にも立たない。貴族だろうが平民だろうが、こうやって土の中で干からびていくだけだ。俺の両親もそうやって土に戻った。だから俺は家名に頼らない。自分のやりたいことをする。そのために、いまは力をつけているところだ。お前はどうなんだ、ジェームズ」

ジェームズはわざと柔和《にゅうわ》な笑いを浮かべた。敵意を感じさせない笑顔。これがジェームズの唯一の武器だった。

「僕は何も期待されないバステールの王子。だから、お望みどおり何もしないんだ」

するとマーカスはジェームズのほうに向き直る。

「お前は家名にとらわれすぎているのかもな。よし、俺がお前のやりたいことを見つけてやる。騎士学校に入るまでまだ二か月ある。その間、毎日ここに来るから一緒に遊ぼう」

「遊ぶって何をするんだい？　チェスか？　狩猟でもするのかい？」

ジェームズは平静を装《よそお》ってはいたが、混乱していた。マーカスの意図が全く掴めない。こんなわけの分からない人間は初めてだ。

「違う、森で遊ぶんだ。森は面白いぞ。世界の縮図だ。小さな虫だって毎日生きているんだ。剣も教えてやるから、今度来る時は自分の剣も持ってこいよ」

「そんな泥臭いことなんかしないからな！　絶対に行くものか！　待ってても無駄だからね！」

ジェームズは怒りながら叫んだ。

結局ジェームズはその日から、毎日マーカスと遊ぶことになる。

一緒に川で泳いだり釣りをしたり、木登りや火おこしも教えてくれた。

この国の大人は彼に怪我させることを恐れて、外で遊ばせてくれなかった。それなのに、マーカスは様々な体験を与えてくれる。

マーカスはジェームズを色眼鏡《いろめがね》で見ていないことが分かってきて、だんだん彼のことを考える時間が増えてきた。

（そうだよ、マーカスは最初から、僕のことを名前で呼んでくれていた）

毎日頭の中はマーカスでいっぱいだった。そんな時に、マーカスから女性が苦手だと聞かされる。

複数の女性から、ストーカーのようなことをされたらしい。そのせいで女性不信を募《つの》らせてきたようだった。

「俺は女が大嫌いだ。女が近づいてきただけで吐き気がする。実際、何回嘔吐したか分からない。ジェームズが男で本当によかった」

捕ったばかりの魚を食べながら微笑むマーカスを見て、胸が温かくなる。

そうして決めた。一生マーカスと離れず生きていこうと。

それからジェームズは、マーカスに彼女ができないよう陰で工作をはじめる。

わざと女をそそのかして、マーカスに強引に迫らせた。その度にマーカスの女嫌いは加速して、女に触れられると過呼吸を起こすまでになった。

マーカスが結婚して、自分と遊んでくれる時間が減ってしまうのが怖かった。

マーカスが休みの日は一緒に遊ぶ。そういう毎日が永遠に続くものと思っていた。

なのに、それから七年。ジェームズが十七歳の時。あの事件が起こった。

ジェームズが王宮内の反対勢力と結託して、ボッシュ王国を乗っ取ろうとしていると糾弾された。

あとで身の潔白が証明されたが、その頃からマーカスがジェームズに会いに来る回数が減った。

なんの用事があるのか問いただしても、煙に巻かれてしまう。誰が言ったかは覚えていないが、ジェームズと一緒にいると出世ができなくなるから、マーカスは距離を置いたのだと聞かされた。

（まさか、マーカスがそんなことをするものか！）

ジェームズはマーカスを信じていた。そうでないと心の均衡が保てなかった。

彼にとってマーカスは唯一の存在。失うわけにはいかない。

そんな時に、あの招待状が届いた。なんでも国王がマーカスの結婚相手を見つけるために、王国中から結婚適齢期の令嬢を集めて夜会を開くらしい。

（絶対にマーカスを結婚させるわけにはいかない！）

ジェームズは思わず招待状を握り潰していた。

（マーカス……君にただ傍にいてほしいだけなんだ。見返りのない友情を教えてくれたのは君だ。僕はマーカス以外は誰も必要ない！）

そうしてその夜会で、ジュリアに会った。

マーカスに興味がないと言った女性。あのマーカスが、その名前を大切そうに呼んでいた。

はじめは、ジュリアとマーカスを結婚させまいと躍起《やっき》になっていたのに……

（……まさか、こんなに大事な女性になってしまうなんてね）

ジェームズは未だスヤスヤと眠っている双子の赤ん坊を見つめて、頬を緩める。

（ジュリア……君は驚くかもしれないけど、君と初めて話をした時から、僕は君を愛していたのだと思う。君もマーカスと同じで、僕を王子として扱わなかったから。僕を戒《いまし》めてくれる人なんて、君たち以外誰もいなかった。君に愛の告白をしたのも、本気で君を幸せにしたかったから。でも僕はマーカスも大好きなんだ。彼の大事な女性を奪うわけにはいかない）

ジュリアはジェームズを大切な親友だと言ってくれた。世界中の人を敵に回しても味方になると。その言葉は自分が一番欲しかったものだ。

（僕は結婚なんて形式にはこだわらない。傀儡《かいらい》の王子だという形式に縛られてきたから、そんなものに意味はないことを知っている……大好きなマーカスとジュリアの傍にいられるなら僕はなんでもするよ）

ジェームズは心の中で、そう強く誓ったのだった。

◆　◆　◆

――アシュバートン公爵家に双子が生まれてから、十四年が経った。

彼らより七歳下の男の子も生まれた。彼らの弟は、まだマーカスとジュリアにべったりだ。

公爵家の長女として生まれたアデリアは、貴族の子女のための学園に通っている。

マーカスの娘だけあって、双子の兄であるルークには敵《かな》わないものの、成績は常に上位をキープしていた。彼らが生まれた頃からずっと世話をしてきたジェームズにとって、それはとても喜ばしいことだ。

アデリアの学校が休みの日には、ジェームズはたいてい彼女と過ごすことにしている。ルークは勉強が好きすぎて、教授のもとに入り浸っていた。休みでも屋敷に帰ってこないので、彼女は退屈そうだった。

今日はアデリアと公爵家の裏にある林で、馬にのることにした。ジェームズは彼女のあとを遅れずについていく。青と白の乗馬服が、アデリアの初々しさを引き立たせている。最近の彼女は大人びていて、まだ十四歳とは思えないほど立派なレディに成長していた。

(二人が生まれたのはほんの少し前だと思っていたけど、子どもはあっという間に大きくなるものだね)

マーカスに似た顔立ちに金色の髪。青緑色の瞳にはまだ幼さが残るが、美しい少女であることは間違いない。

現に、彼女に恋をする青年はあとを絶たない。けれどもアデリアは、誰の想いにも応えることはなかった。王国一の美貌を持つ父がいるのだ。理想が高くなるのも無理はない。

それに、まだ恋愛は早いだろうとジェームズは思っている。

「ジェームズおじさま。今度バステール王国に行かれる時は、私も一緒に連れていってくださらない？　とても素晴らしい滝があるって本で読みましたのよ」

アデリアが美しい髪をなびかせて微笑む。その輝きに、ジェームズは一瞬目がくらんだ。色とりどりの葉に囲まれて白馬にのる彼女は、生命力に溢《あふ》れている。

「いいよ、アデリア。でもマーカスがいいって言ったらね。そんなに綺麗な滝があるんだったら、きっとジュリアも行きたいんじゃないかな」

するとアデリアは急にジェームズを振り返って、頬を膨らませた。馬が行く先を計りかねて、脚をもたつかせている。

「いやですわ！　どうしておじさまは、いつもお父様とお母様ばかり構うのですか？　私だって来年には社交界デビューします。もう結婚だってできる歳ですわ！　その時はジェームズおじさまがエスコートをしてくださいね」

「駄目だよ、僕は君をエスコートするのにふさわしくない。でも大丈夫。君のために最高の男性を見つけておくから」

すると、アデリアは泣きそうな表情になった。彼女はすぐにころころと表情を変える。

性格はジュリアに似ていると言われているが、そうでもない。アデリアは良くも悪くも、ジュリアよりも素直で直情的なのだ。

「私はもう子どもじゃありません。だから何もかも知っています。おじさまはお母様にプロポーズをしたって聞きました。おじさまは、まだお母様を愛してるのですか？」

そんなこと、誰に聞いたのだろう。もうずいぶん昔の話だというのに。

「そうだね、僕はジュリアをいまでも愛しているよ」

笑って答えると、アデリアは顔を歪《ゆが》めた。ジェームズの答えが気にくわなかったらしい。

「……でも、お母様はお父様と結婚しています」

「知っているよ。結婚式に参列したからね。でも、だからといって愛がなくなるわけじゃない。僕はずっとジュリアとマーカスの傍にいられれば幸せなんだ」

アデリアはしばらく何かを考え込んだようだ。そしていきなり顔を上げると、妙な質問をする。

「じゃあ、私はどうですか？　私が傍にいるとおじさまは幸せですか？」

彼女が何を考えているのか分からないが、ジェームズは丁寧に答えた。

「もちろん幸せだよ。こんなに満たされた人生を送っていることを、神に感謝している くらいだ。アデリアとルークの成長を見守るのはとても楽しいからね。君はどんどん素敵な女性になっていく。でも変な男に騙《だま》されちゃ駄目だよ。僕が認めた男じゃないと許さない」

「…………」

アデリアは俯《うつむ》いて何かを呟いた。頬が赤らんでいるように見える。

次の瞬間、二人の間を突風が吹き抜けていった。髪を掻き上げながら、ジェームズは彼女に問う。

「何か言った？　アデリア」

するとアデリアは我慢できないとばかりに、淑女らしからぬ大きな声で叫んだ。

「来年を楽しみにしてくださいと言いましたのよ！　私はお父様に似て、思い込んだらしつこいですから。それにお母様に似て度胸もあります。好きな男性の心は力ずくでも奪いとってみせますわ！」

あまりの迫力に気圧《けお》される。好きな男性をジェームズに管理されるのが気に入らなかったのだろう。

太陽に煌《きら》めいた金髪が風に舞い、意思の強い青緑の瞳がその隙間から覗いている。

白馬にのるアデリアは、まるで戦争の女神のようだ。

「ははっ、アデリアらしいね。じゃあ僕も全力でアデリアの恋人を吟味《ぎんみ》してあげる。覚悟してね」

「もう！　おじさまったら！　大嫌いっ！」

それからアデリアはむくれたままだ。まだまだ子どもだとジェームズは微笑ましく思う。

すると、リスが胡桃《くるみ》の木を駆け上がっていく。アデリアは満面の笑みを浮かべた。

「ジェームズおじさま！　いまの見ました？　可愛いっ！」

ついいましがた大嫌いと言ったことを忘れてしまったのだろうか。

「そうだね。いまは秋だから食べ物を蓄えているんだろうね」

ざぁっと風が吹いて、地面の落ち葉を吹き上げる。枯葉の行き先を辿《たど》ると、くすんだ空が広がっていた。

「アデリア、雨が降ってきそうだ。もう少ししたら屋敷に戻ろう」

ぎゅっ、ぎゅっ、ぎゅっと馬の蹄《ひづめ》が柔らかい土を踏みしめる。

ジェームズはいまここにある何気ない幸せを噛みしめた。

未来への予感を含ませながら。

書き下ろし番外編

公爵家のそれから

「お母様！　僕ね、家庭教師の先生に褒められたんだよ！　今いる生徒の中で僕が一番発音がいいんだって！」

昼過ぎのアシュバートン公爵家。勢いよく扉が開かれたと思ったら、髪をぴょこぴょこ跳ねさせながらリオンが現れた。

両親譲りの煌《きら》びやかな金髪に、ジュリアと同じ紫の瞳。端整な顔立ちはマーカスにそっくりだ。

驚いているジュリアに抱きつき、目をまんまるにして「褒めて、褒めて」と見上げる姿は天真爛漫でとても愛らしい。思わず顔が緩んでしまう。

「すごいわね、リオン」

公爵家の双子に続いて生まれたリオンは、まだ七歳。

物心ついた時には兄と姉であるルークとアデリアは、寄宿舎のある私立校に通っていたので、一緒に遊ぶことはあまりなかった。

けれど両親だけでなくジェームズや執事、使用人たちの愛情を独り占めして育った彼はとても甘えん坊。

「うん、僕はすごいんだ。だから僕、大きくなったらヘルミアータのおじい様のお手伝いをするんだ。そうしてキャラメルを世界中で売る人になる。だから、たくさんの国の言葉を覚えてるの」

ジュリアがハンナと一緒に売りはじめたキャラメルは、王国であっという間に人気になった。一年後にはマイセルン中央区に専門店を構えるまでになり、今では国中に支店があるほどだ。

苺やブルーベリーなど、季節のフレーバーが揃《そろ》っているのも人気の理由だ。おかげで領民の暮らしはずいぶんよくなった。

「なんだ、リオンはもう将来のことを考えているのか。偉いぞ」

いつの間にかマーカスが仕事から戻ってきていたらしい。開いたままの扉からマーカスが顔を出した。

結婚式を挙げてから十四年。マーカスは四十四歳になったが、天を流れる星のような金色の髪に緑がかった青い目、王国一の美丈夫《びじょうふ》は今も健在だ。

どちらかと言えば大人の魅力が加わって、さらに磨きがかかった。現在は役職もあがり、騎士団長として王国の防衛を担《にな》っている。

騎士団長の制服も彼のオーラを、さらに引き立てていた。

「お、お帰りなさいませ、マーカス。ずいぶんと早いお帰りですわね」

結婚してずいぶん経つというのに、ジュリアは今でもマーカスを見ると落ち着きをなくしてしまうのだ。

「わぁ！　お父様！　お帰りなさーい！」

勢いよく走ってきたリオンを、マーカスが抱え上げる。リオンは首にしがみついて、ぷっくりとした頬を擦《こす》りつけた。

ジュリアと目が合うと、マーカスが艶《あで》やかに微笑む。ミドルエイジの落ち着いた男性の色気にあてられ、ジュリアはさらに心臓を高鳴らせた。

「今日、アデリアが寄宿舎から戻ってくると聞いたからな。だが、あいつはどこにいるんだ？　まさか、またジェームズと一緒なのか」

ルークとアデリアが生まれてから、ジェームズはほとんどの日々を公爵家で過ごしている。客人というよりも家族の一員だ。

「そう！　アデリア姉様は、ジェームズおじさまと一緒にお馬にのりに行くって言ってたよ！」

マーカスがあからさまにがっかりとした表情を見せる。

「そうか……だとしたら、陽が暮れるまで戻ってこないかもしれないな」

「ねぇ、お父様。また剣のお稽古をしてちょうだい。僕、お父様より強くなりたいんだ！」

「ははは、お前は頼もしいな、リオン！」

嬉しそうに目尻を下げるマーカスの姿を見て、ジュリアは微笑ましく思う。

（ふふ、ルークとアデリアの時もそうだったけれど、まさかマーカスがこれほど子煩悩な父親になるなんて思ってもみませんでしたわ）

「いいぞリオン、稽古をつけてやろう。だがその服じゃ無理だ。先に着替えてきなさい」

「はーい、お父様！」

元気よく叫んだリオンはマーカスの腕からぴょこんと飛び下りると、控えていたチャールズとともに退室した。

ジュリアと二人きりになり、マーカスはやれやれとため息をつく。

「はぁ、それにしてもアデリアときたら、たまに帰ってきても真っ先にあいつに会いに行く。俺とジェームズ、どちらが父親か分からないな。大体、ジェームズがアデリアに甘すぎるのがよくないんだ」

愚痴《ぐち》るマーカスに、ジュリアは心の中で呟いた。

（ジェームズが父親？　いいえ、それは違います。アデリアは男性としてジェームズが好きなのですわ。物心ついた時からずっと……）

母であるジュリアは、以前からアデリアのジェームズに対する恋心に気がついていた。だが朴念仁《ぼくねんじん》であるマーカスのこと。きっと想像すらしていないだろう。

（ジェームズはアデリアを子どもにしか見えていないようですわ。よほどのことがないと、この恋は実らないでしょうね。――でもアデリアは絶対に諦めないでしょう。彼女はマーカスに似て、とても頑固ですもの……）

だけど、もしかしたらその頑固さが、いつかジェームズの歪《ゆが》んだ心を戻すかもしれない。

そんな未来を想像してみると、意外に楽しそうで思わず笑ってしまった。

マーカスはそんな彼女の様子を見逃さない。密《ひそ》やかに微笑んだ彼女の腰を抱いて引き寄せる。

「……ジュリア、いま何を考えている？」

「ふふっ、いいえ。何も……」

このことをマーカスに伝えるつもりはない。アデリアの想いは彼女だけの大切なものだから。

マーカスがあまりにじっくりとジュリアの顔を見ているので、思わず頬を赤らめて顔を逸《そ》らした。

「そ、そんなに見ないでください。私ももう四十近いですわ。小じわもあるし肌の張りだって若い頃とは違いますから」

「ははは っ、それを言うなら俺だって四十半ばの中年だ。だがお前を見ると、いまでもあの頃と同じように胸が痛くなって心がざわつく。どうしてだろうな──」

昔を思い出すように目を細めて語る彼に、ジュリアはふたたび胸を高鳴らせた。

(もしかしてマーカスも、まだ私にときめいてくれているのかしら？)

そう考えるだけで胃の辺りがぞわぞわする。

顔を見せまいと体を反らすが、マーカスが自らの腕の中に引き寄せた。

「おっと、ジュリア。頼むから俺から逃げるなよ。今でもあの時のことはトラウマなんだからな」

隠れ家で二人が初めて結ばれた日、朝、目覚めたジュリアが彼から逃げた時のことを言っているのだろう。

「もしジュリアが俺に顔を見られたくないなら、もっと近づけばいい。例えばこんな風にな」

マーカスが顔を近づけてきた。口づけをするつもりなのだ。

「で、ではマーカスが先に目を閉じてください」

「はっ、お前は相変わらずだな」

マーカスは小さく笑うと目を閉じ、強引に唇を重ねた。マーカスの柔らかな金髪がジュリアの頬を撫でる。

「……んっ……」

温かい唇の感触に、頬をかすめる甘い吐息。幸せが全身に満ちて心が落ち着いていく。

（あぁ、このままお爺さんとお婆さんになっても、ずっと——ずっと、マーカスと一緒にいたいわ）

ジュリアが彼を抱きしめた瞬間、背後から甲高《かんだか》い声が聞こえてきた。

「あーー！　またお父様とお母様が仲良くしてる！　ずるい！　僕も一緒に仲良くしたい！」

リオンが着替えから戻ってきたようだ。

唇を離したマーカスとジュリアは互いに見つめ合ったあと、弾けたように同時に笑いだした。

公爵家の中庭で、マーカスがリオンと剣の稽古をはじめる。ジュリアはそんな二人を少し離れたところから見守っていた。

彼女の隣にはチャールズがいて、二人の姿を感慨深そうに眺めている。

視線を上げると曇った灰色の空に、赤や黄色に染まった木々の葉が見える。もう秋が近づいてきている。

きっとこれからもこんな風に毎日が続いていくのだろう。マーカスと一緒に歳を重ねて、二人がお爺さんお婆さんになるまで……

「あぁ、チャールズ。私、どうしようもなく幸せだわ……」

ジュリアが呟くと、チャールズは言葉を発することなく、静かに頷いた。

本書は、2019年4月当社より単行本として刊行されたものに書き下ろしを加えて文庫化したものです。


この作品に対する皆様のご意見・ご感想をお待ちしております。

おハガキ・お手紙は以下の宛先にお送りください。

【宛先】

〒150-6008 東京都渋谷区恵比寿4-20-3 恵比寿ｶﾞｰﾃﾞﾝﾌﾟﾚｲｽﾀﾜｰ 8F
（株）アルファポリス　書籍感想係

メールフォームでのご意見・ご感想は右のＱＲコードから、
あるいは以下のワードで検索をかけてください。

アルファポリス　書籍の感想　検索

ご感想はこちらから

ノーチェ文庫

女嫌《おんなぎら》い公爵《こうしゃく》はただ一人《ひとり》の令嬢《れいじょう》にのみ恋《こい》をする

南《みなみ》 玲《れい》子《こ》

2021年4月30日初版発行

文庫編集－斧木悠子・篠木歩
編集長－塙綾子
発行者－梶本雄介
発行所－株式会社アルファポリス
〒150-6008 東京都渋谷区恵比寿4-20-3 恵比寿ｶﾞｰﾃﾞﾝﾌﾟﾚｲｽﾀﾜｰ8F
TEL 03-6277-1601（営業）　03-6277-1602（編集）
URL https://www.alphapolis.co.jp/
発売元－株式会社星雲社（共同出版社・流通責任出版社）
〒112-0005 東京都文京区水道1-3-30
TEL 03-3868-3275
装丁・本文イラスト－緋いろ
装丁デザイン－AFTERGLOW
（レーベルフォーマットデザイン－ansyyqdesign）
印刷－中央精版印刷株式会社

価格はカバーに表示されてあります。

落丁乱丁の場合はアルファポリスまでご連絡ください。

送料は小社負担でお取り替えします。


ISBN978-4-434-28805-0 C0193